起手有回小女子 4 完

笙歌 著

風文創 649

風文創 649

目錄

風文創
649

第九十一章　趕上了

距離零食鋪子開業的時間沒有幾天了，林莫瑤全心全意投入了忙碌之中，偶爾再跟著林氏跑一跑將軍府。

就在零食鋪子即將開業的前三天，興州府那邊送貨的人總算是到了，林莫瑤懸著的心也跟著放下，她一直擔心若趕不上開業的時間，就得將日子往後移了。

更讓林莫瑤意外的是，這次隨著送貨的隊伍一起進京的人。

「姊、姊夫！你們怎麼來了？」林莫瑤驚喜地看著出現在自己面前的夫妻倆，還有那被奶娘抱著、剛出生兩個月的小娃娃。

林氏更是驚喜得直接從奶娘手上接過自己的小外孫，眼中噙滿了淚花，高興地問道：「你們怎麼……怎麼這個時候來了？來之前也不知道給我送個信。孩子還這麼小，你們怎麼能帶著他一起出這麼遠的門呢？」

林莫琪和蘇飛揚並肩站在一起，笑道：「娘，您別生氣，這一路上都有下人伺候著，馬車裡也都鋪著軟軟的墊子，而且每到一個城鎮，我們就會好好休整一番。我們不是跟著商隊一起來，而是早就出發了，若不是照顧孩子，我們也不會跟商隊碰上。」

林氏滿是責怪地瞪了兩人一眼，聽了他們的話之後，也算是消了消氣，抱著孩子到旁邊去玩，反正剩下的事情就交給林莫瑤了。

林氏一走，林莫瑤就看著夫妻倆，問道：「怎麼突然來京城了？連信都沒有。」

林莫琪拉著林莫瑤坐在椅子上，蘇飛揚坐在林莫琪旁邊，開口道：「這是二叔的意思，讓我們先進京，後面二叔和爺爺他們也都會來的。」

林莫瑤面上一喜。蘇鴻博一家要來京城了嗎？怎麼之前從未聽蘇鴻博提過？

蘇飛揚見林莫瑤的眉頭忽皺了皺，知道她怕是誤會蘇鴻博了，便解釋道：「其實這事也是你們走了以後才決定的，先讓我和妳姊來看看，他們或許要到年後才動身。看二叔和爺爺的意思，是準備將生意做到京城來。」

林莫瑤恍然大悟，沒再多問。

因為蘇飛揚和林莫琪來得突然，蘇家在京城也沒有房子，就只能暫時住在林莫瑤他們這裡，等年後蘇家自己來找了房子，安頓好之後再搬過去。這也是林氏的意思，她想親自照顧外孫。

既然貨已經到了，林莫瑤就開始著手準備開業當天的儀式。除了將軍府之外，林莫瑤給太傅府、柏家都送了帖子。

另外，赫連軒逸和沈康平也幫著給京城裡他們交好的幾家公子，都送了邀請的帖子，說明林家的零食鋪子何時開業。

到了當天，零食鋪子門口可謂是人頭鑽動、熱鬧非凡，母女兩個及林莫琪、蘇飛揚甚至林紹安，都在忙著招呼客人。

隨著那些前來送禮的人自報家門，圍觀的人們也開始對零食鋪子議論紛紛了。之前，聽說這是興州府一戶小戶人家開的鋪子，人們還存著看熱鬧的心思，想著這鋪子多久會被人排擠？但是，隨著前來送禮的人陸陸續續多了起來之後，那些存了輕視之心的人，也不敢再小看這間小小的零食鋪子了。

這些來祝賀的人家，或是沈康平和赫連軒逸的好友，抑或是之前派人去林家學過種西瓜、有些交情的官宦世家；再有的，就是純粹來結個善緣的，誰也不想得罪那幾家幫著宣傳的人家。

讓林莫瑤意外的是，徐氏竟然親自帶著赫連軒逸過來，就是沈太傅都換了一身便裝，帶著沈康平出現在鋪子門口。

「徐姊姊，妳怎麼親自來了？」林氏見到徐氏，便丟下手中的事情，主動迎了上去。

今日為了方便做事、招待客人，林氏特意換了一身簡約的衣裳，讓她整個人顯得極為幹練，再配上雅緻的配飾，倒是別有一番風味，若是不說，決計沒人會想到她都是當外婆的人了。

徐氏拉著林氏的手，先是將她上上下下的打量一番之後，才笑道：「沒想到妹妹這般打扮，倒是別有一番韻味了。」

林氏被徐氏打趣，臉上浮起了一絲不自然的紅暈，笑道：「徐姊姊就知道取笑我！」

這邊兩人有說有笑的往裡面走，那邊跟著徐氏後面來的沈太傅和沈康平，卻站在門口沒有往裡走。

因為沈康琳沒有來，林莫瑤就沒有往前去，而是交給了林紹安和蘇飛揚。

父子倆站在門口，沈康平站在自家爹爹的後面，見他站在原地不動，上前準備喊他，卻發現沈德瑞正看著前方發呆。沈康平順著沈德瑞的視線看去，發現除了剛剛掀開簾子進了後院的徐氏和林氏，啥也沒有，心中奇怪，更何況這樣站在這裡不妥，便喊了沈德瑞一聲。

「爹，您看什麼呢？」

沈康平突然出聲，嚇了沈德瑞一跳，他連忙收回視線，尷尬地咳嗽了兩聲，道：「沒什麼，走吧，咱們進去。」說完，完全不等沈康平，自己就走進了零食鋪子裡，開始看了起來。

見沈德瑞進了門，鋪子裡專門招呼客人的小廝便主動迎了上來，帶著他四處看看，並且積極的將一些沈德瑞看上的零食，取出來給他品嚐。

沈康平盯著沈德瑞，看了半天都沒看出什麼來，就收回視線，重新和林紹安說起話。

「三郎，這位是？」沈康平指著一旁的蘇飛揚。

林紹安一聽，連忙介紹道：「看我，都忘記給你介紹了。這位算是我的姊夫蘇飛揚；姊夫，這是沈太傅的公子，沈康平，也是我的好朋友。」

蘇飛揚連忙抱拳行禮，沈康平立即回禮。
就在這個空檔，身後負責唱禮單的人突然揚聲喊了一句——
「禮部尚書府，禮金五百兩。」
此話一出，圍觀的人群立即譁然，議論聲紛紛響起。
「禮部尚書，不就是太子殿下未來的老丈人嘛！」
「可不是嗎？嘖嘖，這開店的人到底是誰啊？連太子殿下的老丈人都來送賀禮了！」
「噓，小點聲吧，待會兒要是讓人聽見了不好。」
隨著這人提醒，後面的議論聲漸漸就小了。
這些話傳到林莫瑤的耳朵裡，她也只是微微一笑，並沒有太過在意。
當聽到唱禮單的人喊出禮部尚書的時候，林莫瑤也有些意外，不過轉念一想，怕是柏婧紓不好以她的名義送禮，便頂了禮部尚書的名頭送過來，想到這裡，林莫瑤決定，下午這邊忙完了，就讓人裝上一份零食，送到柏府去。
又過了一會兒，一個丫鬟掀開後院的簾子走了出來，徑直到了林莫瑤的身邊，行禮道：「二小姐，夫人請您進去。」
林莫瑤回過頭看了一眼，見是林氏身邊的紅月，便點了點頭，道：「嗯，我這就去。」
她轉身正準備往後院去，卻突然在外面圍觀的人群中看見了一個熟人，移動的腳步立即停了下來，就這樣站在原地，毫不掩飾地盯著人群中的那人看。

或許是林莫瑤的目光太過直白，對方很快就發現了，也同樣回視著她。兩人目光交會，林莫瑤剛剛還喜逐顏開的表情，立即就變得冰冷起來，眼中不帶一絲情緒。

在對方看來，她的目光裡有著鄙夷和恨意。這個發現讓對方嚇了一跳，不自覺的躲閃著林莫瑤的目光，等再次看過去時，卻又什麼都沒有了，那雙漂亮的眼睛裡只有好奇，甚至，在他看過去的時候，那站在臺階上的少女還衝他露出了一抹禮貌的笑容，跟他點頭示意，隨即便跟著旁邊的婢女轉身離開，彷彿之前他所見到的冰冷目光是他看錯了一般。

「老爺，怎麼了？可是想吃零嘴？要不小的去買些回來？」跟在中年男人身後的小廝見他盯著那家店鋪看，便自作主張，討好地問了一句。

這時候，那個和林莫瑤對視的中年男人才收回視線，掃了身後的小廝一眼，淡淡道：「不必了，我只是隨便看看。走吧，回府。」說完，便帶著小廝，轉身離開了圍觀的人群。

隨著他的離開，林莫瑤也從鋪子的拐角站了出來，冷冷地站在那裡，目光冷冽地看著中年男人離開的背影。

中年男人並沒有在街上過多停留，直接回了家，一路上，他都是一副心事重重的模樣，進了府之後，也沒有像往常一般去到夫人的院子，而是徑直回了書房。

坐在書桌後面，中年男人的目光透過房門看向了遠方，口中喃喃說了一句。「舒娘，是妳嗎？」

與此同時，零食鋪子迎來了一個今日最為尊貴的客人。

當李賦出現在零食鋪子門口時，一直陪著林紹安待在鋪子裡的沈康平差點就跪了，連忙拉著林紹安和蘇飛揚迎了上來。因為人多，他只能抱拳彎腰行禮，低聲問候了一句。「太子殿下，您怎麼來了？」

一旁的林紹安也跟著行禮，只有蘇飛揚先是一愣，隨即差點就跪了下去，幸好沈康平眼疾手快的一把將他給拉住。

「免禮吧。本來我只是想請教太傅大人幾個問題，可去了你家卻被告知你們不在府上，我就順便過來看看了。」李賦笑道。

今日的李賦穿了一件淡紫色的長袍，整個人看起來溫文爾雅，周身的氣勢收斂，不知道的人也只覺得這是哪家的貴公子，並不會想到他是當今的太子殿下。

既然李賦來了，這鋪子裡是不能繼續待了。林紹安叫來夥計和劉管事，交代他們照顧好鋪子裡的事之後，便陪著沈康平，將李賦請到後院，他們三人也隨後跟上。

徐氏和沈德瑞由林氏、赫連軒逸和林莫瑤陪著，正在後院喝茶聊天，徐氏這會兒手裡正抱著林莫琪家的孩子，幾人有說有笑的，就看見通往鋪子的簾子被人掀開，隨後沈康平和林紹安陪同著李賦出現在了後院。

林氏和林莫琪是不認識李賦的，但徐氏和沈德瑞包括林莫瑤，都一眼就認出了眼前的少年，正是當今太子李賦。

兩人同時起身，連忙走上前去，撩袍就給李賦下跪。

「臣沈德瑞參見太子殿下。」

「妾身參見太子殿下。」

身後的林氏等人一聽，連忙就跟著跪了下來，一時之間，院子裡除了李賦之外，其他人都跪下了。

「老師、夫人，請起。」說完，便主動扶起抱著孩子的徐氏，又將沈德瑞也扶了起來，之後，便對剩下跪著的人揚聲道：「都起來吧。」

「謝太子殿下。」眾人齊聲道謝之後，才敢慢慢的站起來，一時之間，誰都不敢開口說話，倒是讓氣氛變得有些尷尬。

就在眾人不知道該如何打破這種尷尬的局面時，小小的蘇星淳突然發出「哇」的一聲。徐氏這才驚覺，自己無意之間將孩子抱得太緊，這一不舒服，孩子就直接哭了。

「哎喲，小乖乖，別哭了、別哭了！」徐氏連忙哄著。

後頭的林莫琪在聽見蘇星淳那一聲哭聲之後，差點嚇死了，生怕因為他的哭聲惹惱了面前的人，見徐氏半天都哄不好哭泣的蘇星淳，林莫琪也顧不上別的，連忙往前走了幾步，從徐氏手中將小小的蘇星淳接了過來。

或許是到了母親的懷抱裡，聞到了熟悉的味道，剛剛還在哭的人立刻就安靜下來，直接伸出手指，塞進了自己的嘴裡，睜著一雙眼睛好奇的四處看，還時不時發出「啊啊」的叫聲。

「小兒不懂事，驚擾了太子殿下，望太子殿下恕罪。」蘇飛揚立即出來賠禮。

李賦看了看他，問道：「這是你家孩子？」

為了妻兒，蘇飛揚只能硬著頭皮上。「回太子殿下，正是犬子。」

「呵呵，還挺可愛的！咦？對了，本宮記得之前是林家的誰也生了個孩子，本宮還送了禮物來著的？」李賦記得，自己好像送過林家的一個孩子一塊玉珮。

隨著他的話落，林紹安站出來行禮道：「回太子殿下，那是我大哥家的孩子。」

李賦點點頭，道：「對對對！那孩子如今怎麼樣了？」

林紹安又是一禮，道：「多虧了太子殿下庇護，那孩子如今長得很好，身體也很壯實了。」

李賦這才點了點頭。「什麼庇護不庇護的，那孩子是個有福氣的，以後必然有大出息。」說完，李賦掃了一圈院子裡因為自己的到來而變得緊張兮兮的人們，找了個地方坐了下來，笑道：「好了，你們也不必緊張，本宮今天就是隨便過來看看，大家該幹什麼就幹什麼。」

「是。」眾人應了一聲，這才重新回到自己的座位上。

林莫瑤站在林氏的身後，趁著眾人不注意時，悄悄打量了一番李賦，發現他和前世並沒有太大的變化。為了不讓對方發現，林莫瑤的目光並沒有過多的停留，反而是李賦，目光時不時地落在林莫瑤的身上，帶著一些審視。林莫瑤這麼敏感的人，自然也發現了李賦的打量，但為了不讓對方起疑，她只能全程裝作沒有發現，不去在意。

倒是赫連軒逸發現了，他主動過來擋住李賦的視線，將李賦的注意力引到別的地方。李賦看著剛剛好阻攔住他視線的好友，明知道這是好友故意的，他卻無可奈何。在接收到赫連軒逸滿是不贊同的目光之後，李賦直接攤手投降，表示「我不看了還不行嗎」，赫連軒逸這才滿意的放過他。

因為李賦是有事要找沈德瑞，乾脆就直接在這裡聊了起來。

徐氏則找了個藉口，帶著林氏離開了後院。前面是鋪子，兩人只能帶著林莫琪、蘇飛揚和蘇星淳先行離開。

第九十二章　誰跟你熟了

林莫瑤乾脆端著盤子，去前面的鋪子裡拿了許多零食過來，又因為遣退了丫鬟，林莫瑤只能親自幫他們沏上茶水。

等到茶水奉上，林莫瑤準備閃人時，卻被赫連軒逸抓住了手腕。

林莫瑤掙扎了一下，瞪了他一眼，赫連軒逸這才不捨的鬆開，指了指自己旁邊的凳子，道：「坐在這兒。」

林莫瑤看了他一眼，剛準備拒絕，卻發現因為赫連軒逸出聲，這會兒在場所有人的目光都集中在她的身上。林莫瑤無奈，只能硬著頭皮對幾人行禮，道：「民女先行告退。」

李賦揶揄地看了一眼赫連軒逸，笑道：「無妨，林姑娘也算是大家的熟人了，坐下來一起說話吧！」

林莫瑤心想：什麼熟人？我跟你不熟啊！可礙於對方的身分，只能乖乖的行了個禮，千恩萬謝之後，在赫連軒逸的身邊坐了下來。

一坐下來，林莫瑤就接收到赫連軒逸那傻子一般的笑容，當即就回了他一記白眼。

赫連軒逸吃了癟，只好尷尬的摸了摸鼻子，將注意力轉回大家的談話上。

兩人的互動，其他幾人只當沒有看到，繼續自己說自己的。

李賦找沈德瑞本就是為了學術上的問題，這會兒兩人乾脆就在這個毫不起眼的小院裡展開了討論，剩下的幾個人，除了林紹安全程認真旁聽之外，沈康平、林莫瑤和赫連軒逸幾人，這小差都不知道開到哪裡去了。

也不知道他們具體討論了多久，中途林莫瑤給幾人換了兩次茶水，點心和零食也補充了兩次，終於等到李賦起身對沈德瑞抱拳行禮。

「多謝老師。」

「太子殿下聰慧，這些都是老臣應該做的，當不得太子殿下謝。」沈德瑞回禮道。

李賦淺淺一笑，也不跟他爭論，直接看向林莫瑤，轉移了話題。「還煩勞林小姐將我們剛才所吃的零食打包上兩份，本宮想帶回宮裡給父皇、母后嚐嚐。」

「是，太子殿下請稍等，民女這就去。」說完，林莫瑤直接往前院去了。不一會兒，便拿著兩個精美的食盒走了過來，放到幾人面前的桌上，屈膝對李賦行禮道：「太子殿下，都裝在裡面了。」

李賦點了點頭，打開食盒的蓋子往裡面看了一眼，只見食盒裡分層擺放了好幾種零嘴，除了各種肉脯之外，還有不少其他種類，便點了點頭，合上蓋子，將其中一個食盒拎了起來，遞給身後的隨侍太監，道：「送到柏府給柏小姐。」

「是。」太監領命，拿著食盒就退了出去。

李賦再次看向林莫瑤，眼含深意，過了一會兒突然就笑了，道：「本宮今日出宮沒有帶銀子，這零食的錢，下次再送來可行？」
林莫瑤在心中鄙視了一把李賦，臉上卻做出一副誠惶誠恐的模樣，連忙行禮表示道：「能得太子殿下青睞是咱們小店的福氣，哪裡敢要太子殿下的銀子？您只管拿回去吃，若不夠，再派人來取便是了。」
李賦失笑，道：「這可不行，本宮若是占了妳這個便宜，有人必然不會輕饒我的。」說這話的時候，還調皮地對著赫連軒逸眨了眨眼睛。
「不會的！」林莫瑤連忙說道，說完，還警告地瞪了一眼赫連軒逸。
赫連軒逸露出無奈的表情，逗笑了李賦。「這可是妳說的啊，那本宮可就不客氣了！」
零食鋪子的順利開張，再加上開業當天李賦的出現，讓暗中觀察、想要找麻煩的人直接打了退堂鼓。雖然不知道為什麼李賦會注意到這個小小的零食鋪子，但憑李賦的身分，那些身後的人就不敢輕舉妄動。這倒是省了林莫瑤不少麻煩，看在這點的分上，林莫瑤決定，就讓李賦一直免費吃好了。
有了李賦這棵大樹，接下來林莫瑤也輕鬆了不少。
李賦那天給柏婧紓送了一食盒的零食，讓柏婧紓高興了許久，後來乾脆直接找來林莫瑤，想將花會當天招待客人的零食都交給她。
偏偏這次送上京城的貨，基本上都或訂或賣出去了，到了花會那天，怕是所剩無幾。也幸好第二批送貨的人已經在路上，因此，林莫瑤直接派人沿著他們來的路線去找人，讓他們加快腳程，務必要趕在花會舉辦之前抵達京城。

另外，林莫瑤還給柏婧紓提了幾個意見。這次舉辦花會的地方，正是皇家眾多園林中的一座，名為菊園。金秋時節，滿園的菊花爭相開放，林莫瑤就想，若能將花會辦成自助式的，必定別有一番新意。

林莫瑤跟柏婧紓和沈康琳說了之後，立即引起了兩人的興趣。這樣的花會形式史無前例，柏婧紓不由得有些期盼花會當天帶來的迴響了，也因此，柏婧紓對林莫瑤便存了些感激之心，她知道，林莫瑤做這一切，都只是為了讓她不在京城貴女中丟臉，畢竟，不知道有多少人都在盼著她這個未來太子妃丟人呢！

臨到花會的前兩天，林莫瑤早早就拿了柏婧紓從李賦那裡弄來的權杖，帶著人提前進入菊園，將菊園按照後世自助宴會的模式徹底裝飾了個遍。當然，也不可能完全照著後世的套路來，基本還是符合這個世界的規矩，否則就不是幫柏婧紓，而是害她了。

將一切都準備好，林莫瑤又再三檢查，確認沒有任何紕漏之後，就帶著人去了一趟柏府，跟柏婧紓回報一下情況，忙完之後才回了自己家，等待著第二天花會開始。

到了第二天，林莫瑤正準備出門，就聽下人來報，說沈小姐來了，林莫瑤連忙起身迎了出去，果然在院子裡看到了幾天不見的沈康琳。

今日的沈康琳雖然要顧慮到不能搶了柏婧紓的風頭，但也是精心打扮過的，穿在她身上的長裙，雖說不如柏婧紓那條精緻華貴，卻也是獨一無二的，收腰的設計將沈康琳的身材優勢，徹徹底底的展現出來，再配上和衣服同色的寶石飾品，當真是美人一個，就是林莫瑤都有些看呆了。

沈康琳到了林莫瑤的身前，見她盯著自己，便抬起手晃了晃，道：「發什麼愣呢？」說完，沈康琳才注意到林莫瑤今天的打扮，眉頭就皺了起來，扯了扯林莫瑤的裙子，問道：「妳怎麼穿這條裙子？咱們之前準備的呢？」

林莫瑤低下頭看了看自己身上剛剛換上的裙子，笑道：「吃早飯的時候不小心弄髒了，所以就換了這條，一樣的。」

沈康琳眼中有著責怪地看著林莫瑤，說道：「怎麼這般不小心？明知道今日的花會有多重要，還不多注意，我看妳啊，就是誠心不想好！」

相比沈康琳的激動，林莫瑤倒是顯得淡定許多。「沒關係啦，這條裙子也挺好的。」

今日的主角是柏婧紓，儘管自己很放心，柏婧紓今天的裝扮絕對會是全場的焦點，但是未雨綢繆，林莫瑤覺得自己還是普通一點的好。

就這樣，雖然騙了沈康琳，林莫瑤自己卻求了個心安。

兩人到的時候，菊園裡已經有不少人，沈康琳的出現引起了不小的轟動，不少小姐都圍在一起，對著她身上的衣服指指點點。

對於別人的崇拜和羨慕，沈康琳很是受用，不一會兒，就有好幾個千金圍上來找她說話了。

林莫瑤覺得無趣，就帶著墨蘭找了別的地方閒逛，瞧著時辰差不多了，才回去找沈康琳。

不過，快到沈康琳身邊的時候，林莫瑤瞧見了兩個熟人。

兩個少女被人眾星拱月般地簇擁著進了菊園，和沈康琳等人撞了個正面。

林莫瑤很清楚地在那兩個少女眼中看到了嫉妒的神色，只是，年長一些的不會掩飾，全部寫在臉上，相比之下，年幼一些那個就比較會掩飾了。

轉瞬即逝的目光，若非林莫瑤一直盯著她看，都不一定能看見。

在這抹神色消失之後，年幼的少女便恢復了那副柔若無骨的模樣，眉目之中所露出的，只有小女兒的嬌態和柔情，這會兒帶上了一些為難和糾結，先是看看自己身邊的年長少女，再看看亭子裡毫不掩飾嫌棄及厭惡的沈康琳，做出了一副猶豫不決、不知道該先勸誰的可憐模樣。

這副樣子落在林莫瑤的眼裡，她冷冷的笑了一聲，喃喃道：「還真是一點兒都沒變。」

墨蘭一臉莫名其妙，剛想問林莫瑤，便被打斷了。

林莫瑤說道：「別說話，看戲。」

沈康琳覺得這樣對視很沒意思，便直接坐了下來，看著二人，皮笑肉不笑地說道：「呵呵，是秦小姐和杜小姐啊！來得這麼晚，可是有事耽擱了？」

年長一些的少女叫秦蓉薇，此時不發一言，一雙眼睛死死地盯著沈康琳身上的衣服，恨不得噴出火來，一把將它給燒了。

沈康琳也注意到了她的目光，得意地笑了笑，還裝模作樣地撫了撫裙子，隨即朝秦蓉薇丟去一個得意的眼神。

秦蓉薇被沈康琳氣了個倒仰，差點按耐不住心中的火氣衝上前去。

倒是一旁的杜欣若發現了她的異樣，連忙拉著她的手，輕輕搖了搖頭，露出一抹不贊同的神色。

「哼！」秦蓉薇微不可見的哼了一聲，隨即甩開杜欣若的手，傲慢地偏過頭去，不再看沈康琳了。

杜欣若這時才慢慢地對沈康琳福了福身，道：「沈小姐好。」

對杜欣若，沈康琳似乎也不大喜歡，眼中的不耐煩毫不掩飾，淡淡地應了一聲。見被自己挑釁的秦蓉薇不回嘴，便覺得無趣，也不再管她們，叫上幾個和自己交好的貴女就離開了亭子。

不過，其他人就不如沈康琳走得這般瀟灑了，眾人在離開之前，都是朝著秦蓉薇和杜欣若那邊行了禮才走的。

對於這樣的情況，沈康琳也只是裝作沒有看到，畢竟其他人和她不同，不是誰都不怕秦相的。

等到沈康琳走了，秦蓉薇和杜欣若才帶著人走進涼亭，不過，看秦蓉薇的模樣，似乎被沈康琳氣得不輕。

見沒什麼好看的了，林莫瑤才再次起身，帶著墨蘭繞開了秦蓉薇和杜欣若，去找沈康琳。

沒過多久，園子裡就響起了太監通報的聲音——

「太子殿下到！柏小姐到！」

眾小姐們誰都沒想到，太子會親自陪著柏婧紓來，就連坐在涼亭裡的秦蓉薇也嚇了一跳，又驚又喜。她是同時和柏婧紓一起被指給太子的，憑什麼柏婧紓是太子妃，而她就只能是個側妃？

秦蓉薇整理了一下身上的衣裙。她今天本就精心打扮過，為的便是要壓過柏婧紓一頭，可現在太子來了，那自己必須以最美麗的儀態迎接太子，將太子的目光吸引到自己的身上來才行。

只是，當秦蓉薇抬起頭時，整個人卻當場愣住了。

秦蓉薇怔怔地盯著面前的一男一女，或者說，是盯著柏婧紓。她眼中滿是震驚，臉色唰的一下就變了，若非顧及到李賦還在場，秦蓉薇絕對不可能把情緒控制得這麼好。

今日的柏婧紓穿上了林莫瑤替她準備的衣裙，林莫瑤站在遠處，看著眼前的一對璧人。李賦的目光，由始至終就沒從柏婧紓的身上移開，甚至連看都沒有看一眼站在他們對面的秦蓉薇。

林莫瑤嘴角不自覺地浮起一絲冷笑。此情此景這麼的相似，只不過，景中的主角從她和李響、杜欣若，變成了李賦、柏婧紓和秦蓉薇。

秦蓉薇極力端著得體的笑容往前走了兩步，對李賦福了福身，溫柔道：「參見太子殿下。」

李賦開口道：「秦小姐不必多禮。」

「太子殿下今日怎麼有空來了？」秦蓉薇問道，那模樣似乎和李賦很親近一般。

比起看柏婧紓時的那種驚豔，此時的李賦顯得平靜許多，面對秦蓉薇也沒有任何特別的情緒，只簡單地回道：「本宮出來逛逛，在路上正好碰見了婧紓，知道今天是她舉辦花會招待諸位小姐的日子，便跟著一道兒過來了。怎麼，不歡迎本宮？」

聽見李賦叫自己秦小姐，卻直呼柏婧紓的名字，秦蓉薇藏在袖子裡的手握成了拳，心中雖怒，臉上卻不顯，說：「怎麼會？臣女高興還來不及呢！」

李賦也沒與她多說，只是淡淡地點了點頭，就扭頭對柏婧紓說道：「走吧，咱們過去。」說完，似乎覺得將秦蓉薇丟在這裡不大好，便對秦蓉薇禮貌一笑，道：「秦小姐不如一起到涼亭裡坐坐吧。」

「是。」秦蓉薇笑著應道，主動站到李賦的另外一邊。

李賦對此毫不在意，牽著柏婧紓的手就走進了涼亭。

柏婧紓全程都保持著笑容，在李賦主動牽她的時候，臉上的嬌羞讓一旁的秦蓉薇都快氣死了！

第九十三章　人就在這

三人抵達涼亭後，李賦才轉身看向身後還站著的眾位貴女，揚聲道：「諸位小姐不必拘謹，本就是花會，大家輕鬆一些吧！」

「謝太子殿下。」眾人齊應，隨即散去，三三兩兩的集結在一起。不過，自從李賦出現後，這些姑娘們的目光便不時地往這邊看來。

涼亭裡的幾人倒是沒怎麼在意，李賦打量了一番園子裡的佈置，便笑道：「婧紓這個花會倒是別緻，本宮還是第一次見到這樣的佈置呢！」

柏婧紓笑了笑，接過婢女送上來的菊花茶，慢慢給李賦斟了一杯，放到了他的面前，才說道：「殿下可別誇臣女了，這園子不是臣女佈置的，臣女也是多虧了別人的幫忙。這是臣女前幾日用這園子裡的菊花烘製的花茶，殿下嚐嚐？」

李賦聞言挑了挑眉，端起茶杯輕輕抿了一口，入口香甜，味道還不錯，便笑道：「沒想到太子妃還有這種手藝。」

一句「太子妃」，讓柏婧紓臉一紅，笑道：「殿下喜歡就好。」

由始至終，兩人都將秦蓉薇給無視了個徹底，彷彿亭子裡根本沒有這個人一般。

秦蓉薇心中有氣卻不能發，只能自個兒找話說。「柏小姐剛才說這花會是別人幫妳佈置的，不知找的哪家酒樓？回頭也給我介紹介紹吧，等以後我辦花會的時候也用得上。」

李賦淡淡地瞥了她一眼，說道：「嗯，本宮也很好奇。」

柏婧紓根本無懼秦蓉薇的挑釁，說道：「回殿下的話，這花會佈置找的可不是酒樓，是臣女的一位好友幫忙準備的。」

「喔？是誰？」李賦來了興致。

柏婧紓莞爾一笑，道：「殿下若想見她，不用改天，今天就行。」說完，叫來婢女吩咐了一句。

婢女應了一聲後，出了涼亭，朝著沈康琳幾人的位置而去，行禮道：「沈小姐、林小姐，我家小姐請二位過去。」

林莫瑤、沈康琳一起看向涼亭的方向，就見柏婧紓抬起手對二人招了招。

兩人點了點頭，對婢女道：「好，我們這就過去。」

當兩人出現在涼亭外的時候，李賦的嘴角便揚了起來。

「臣女見過太子殿下，殿下萬福。」

「民女參見太子殿下。」林莫瑤不比沈康琳，她是平民的身分，見到太子是要下跪的。不過，正當她準備往下跪的時候，卻被李賦出聲攔住。

「林小姐不必多禮。」

林莫瑤一聽，就直接站了起來。反正李賦也不讓她跪了，她肯定是不跪的。

倒是其他人，見林莫瑤行禮至一半卻又站起來，都覺得不可思議。雖說太子殿下讓她不用多禮，可這不過是句客氣話罷了，她竟還真敢直接就站了起來！

李賦也是意外了一下，隨即笑了。這性子和赫連軒逸還真是像，能不吃虧，絕對不會吃虧。

不過，李賦不準備追究，不代表一旁的人會放過這個給柏婧紓找不痛快的機會。

林莫瑤和沈康琳是柏婧紓叫來的人，而現在，林莫瑤公然挑釁李賦的權威，這讓一旁的秦蓉薇找到了發作的機會。「好大的膽子，竟敢對太子殿下這般無禮！」

隨著秦蓉薇一聲嬌喝，林莫瑤心中冷笑了一聲，但還是面無表情，根本沒把秦蓉薇的話放在心上。

倒是李賦，眉頭微不可見的皺了皺。

一旁的柏婧紓臉上也浮現一絲不悅，直接道：「秦小姐請慎言，阿瑤不用行禮是太子殿下首肯的，又哪裡來的無禮之說？」

秦蓉薇沒想到，柏婧紓這個時候就敢跟她唱反調了，一時怒急便瞪了回去。

李賦見她這般囂張跋扈的模樣，眼中閃過一抹厭惡，出聲道：「夠了！本宮和林小姐也算是舊識了；再說了，今日的主角是太子妃，林小姐既是太子妃的貴客，那便是本宮的客人。這事到此為止，誰都別說了！」

見李賦生氣，柏婧紓和秦蓉薇不敢再坐著，連忙起身彎腰行禮，誠惶誠恐地應道：

「是！」

「太子哥哥，消消氣。」沈康琳適時地站出來打圓場，讓李賦的臉色緩和了許多。

李賦看了一眼旁邊站著的兩人，道：「好了，都坐下說話吧！」

「是，多謝太子殿下。」柏婧紓和秦蓉薇謝了恩之後，才重新坐回椅子上。

只是，秦蓉薇的一雙眼睛卻猶如淬了毒一般，狠狠地看向林莫瑤。

太子幫著柏婧紓，這簡直就是把她的面子丟到地上踩，絲毫不顧及她的身分，這一切，秦蓉薇都歸咎到林莫瑤的身上。若不是她，自己也不會被太子殿下這般嫌棄！

對於秦蓉薇的怨毒目光，林莫瑤猶如未見。

倒是李賦，笑著對林莫瑤說道：「沒想到能在這裡見到林小姐。」

柏婧紓驀地看了看林莫瑤，又看了看李賦。一個秦蓉薇已經讓她夠煩了，但她自己也很清楚，太子的身分擺在那裡，將來後宮必然不會只有自己一個人，她必須要學著習慣，偏偏林莫瑤是她的朋友，太子對她的關注讓柏婧紓心裡很不是滋味。強忍著心中的酸澀，柏婧紓笑著問道：「太子殿下和阿瑤認識？」

李賦微微一笑，道：「嗯，認識。」隨即當著眾人的面，低下頭，在柏婧紓的耳邊咬起了耳朵，悄聲說了幾句話。

柏婧紓先是一愣，隨後就笑了。「真的？」她挑了挑眉，看向林莫瑤，眼光裡有著揶揄。

林莫瑤不知道李賦跟柏婧紓說了什麼，只覺得柏婧紓現在看她的目光有些怪怪的。

一旁的秦蓉薇只能像個外人一般坐著，看著李賦和柏婧紓親密的相處。此時的她，在這裡待著尤為尷尬，遂道：「太子殿下，臣女突然覺得有些不舒服，想去休息一會兒。」

李賦只是淡淡地看著她，問：「秦小姐哪裡不舒服？可要請太醫來看看？」

秦蓉薇搖搖頭，道：「沒什麼大礙，可能是早上起來得太早，這會兒有些累了。」

李賦點點頭。「原來如此。」說完，直接扭頭去看柏婧紓，示意她來處理這件事。

柏婧紓收到李賦的目光，先是對秦蓉薇關心了一番，隨即叫來菊園中伺候的婢女，吩咐道：「帶秦小姐去客房休息。」

今天的花會是一整天的，到了中午還有宴席，而且秦蓉薇也只是說要去休息一下，並沒有說要離開，所以柏婧紓乾脆就讓婢女將人帶到菊園的客房去休息。這裡為了方便皇室成員來遊玩休息，本就準備了好幾間客房。

秦蓉薇沒有推辭，起身向李賦行了禮，又跟幾人告別之後，才帶著貼身丫鬟，跟著菊園的婢女離開了涼亭。

等到她走了，沈康琳才走進涼亭，直接坐在柏婧紓的身邊，嘴裡嘟囔道：「總算是走了，真是煩人！」

柏婧紓的目光，不贊同地瞪了沈康琳一眼，嗔怪道：「這裡人多嘴雜，說話還是小心些的好，免得給沈伯父惹來麻煩。」

沈康琳撇了撇嘴，雖然不屑這麼做，卻沒有再繼續說了。

李賦在一旁看著，只是笑而不語。

秦蓉薇走後，涼亭裡的氣氛和諧了許多，沈康琳一邊喝著柏婧紓泡的茶，一邊問李賦。「太子哥哥，你怎麼突然來了？」這種女孩子家的聚會，沈康琳覺得李賦應該沒興趣才是。

「我今天本來約了妳哥和軒逸他們，不過妳哥臨時有事去莊子上，軒逸要去軍營，我就準備自己逛逛，結果在路上碰見了太子妃，便跟她一起過來了。」李賦笑著說道。對於沈康琳，李賦話語當中更多的是哥哥對妹妹的寵溺。

這就是為什麼雖然李賦對沈康琳稱呼「我」，對其他人包括柏婧紓都是「本宮」，可是柏婧紓卻從來不會跟沈康琳計較的原因。

皇后只有太子一個孩子，其他嬪妃所生的公主，現在要嘛出嫁了，要嘛就還小，倒是有幾個和沈康琳差不多年紀的，但母妃都不怎麼受寵，也就跟李賦不大親近。這種時候，天真爛漫又活潑的沈康琳，因為經常跟在李賦的身邊，哥哥長、哥哥短的，久而久之，這哥哥對妹妹的愛護之情就越來越深；再加上皇后對她的寵愛，這也是為什麼，在這京城，沈康琳雖說只是個太傅之女，地位卻和那些公主、郡主差不多的原因。

回答了沈康琳的問題後，李賦又看了一眼林莫瑤，隨即邀請她坐下來，才對柏婧紓問道：「太子妃不是說，要介紹幫妳佈置這場花會的人給本宮認識嗎？」

柏婧紓神秘地笑了笑，回道：「這人遠在天邊，近在眼前呀！」

「喔？」李賦揚了揚眉，目光在沈康琳和林莫瑤的身上轉了一圈，最後停在林莫瑤的身上，笑道：「原來林小姐還有這種本事，倒是讓本宮意外了。這樣的想法確實不錯，既能讓大家品嚐到美食，也能欣賞到美景，最重要的，是解決了宴會主人眾口難調的難題，不錯，不錯！」

林莫瑤笑著對李賦點了點頭，謙虛地說道：「太子殿下過獎了，阿瑤也是瞎胡鬧罷了，只希望別給婧紓姊姊丟臉就行。」

「哪裡的話，我感謝妳還來不及呢！這樣的花會舉辦方式，不知新穎了多少，我可是都聽說了，不少貴女千金都說以後家裡頭要是再舉辦個什麼花會、宴會的，就照著這樣的法子來，既省事，也能顧及到所有人的口味，簡直就是一舉多得。」柏婧紓也出言誇獎，誇得林莫瑤都不好意思了。

一旁的沈康琳看著兩人你一言、我一語的，只顧著誇林莫瑤，便插話控訴道：「太子哥哥，婧紓姊姊明明叫的是我們兩個人，為什麼你就覺得這事是阿瑤辦的？」

聽了她的話，李賦直接哈哈大笑了起來，隨後毫不客氣地說道：「從小到大，妳腦子裡有多少東西我還不知道？妳要是能有這樣的新意，怕是早就坐不住，拉著我和妳哥他們炫耀了。」

隨著李賦說完，柏婧紓也跟著笑起來，顯然，他們都很瞭解沈康琳的性子。

就是林莫瑤也委婉地拿手帕擋住了嘴巴，可是那一聳一聳的肩膀，讓人一看就知道她也在笑。

沈康琳被幾人笑得惱了，直接放下茶杯，冷哼了一聲就說：「哼，懶得理你們，我出去拿吃的去了！」說完，起身對李賦行了一禮，直接就走了。

「這丫頭真是！」李賦笑得無奈。

林莫瑤見沈康琳走了，自己待在這裡純粹就是個大燈泡，就也跟著站起來告辭，去追沈康琳了。

兩人一起走在寬敞的花園裡，幾個之前和她們在一起說話的少女見她們倆出來了，就重新回到兩人身邊，一群人又湊到一起，嘰嘰喳喳的說著話。

一群人在花園裡隨意的走著，突然，林莫瑤的腳步一頓，停了下來，身邊的幾人也只能跟著停下。

沈康琳有些莫名其妙，便問道：「阿瑤，妳怎麼了？」說完，還順著林莫瑤的視線往前望去，就看見距離她們不遠的地方，也是幾個少女湊在一起，正好和她們走了個照面。

現在走的這條路，是為了方便人們走在花園中近距離欣賞美景，道路本就不寬，她們兩邊都各有五、六個人，若是湊在一起，除非有一方讓路，或者將隊形變成豎列，一個跟著一個才能走過去。只是，看沈康琳見到那幾人就瞬間黑臉的架勢來看，她是絕對不會退讓的。

「真是晦氣！」沈康琳嘟囔了一句。

站在她身邊的一名少女聽見，就拉了拉她的袖子，不贊同地搖了搖頭。

沈康琳無奈，看向林莫瑤，見林莫瑤還在盯著那幾個人看，就低聲解釋道：「瞧見沒？中間那個女的，就是跟著秦蓉薇一起來的那個，以後妳看見她，一定要離她遠一點，知道不？」

林莫瑤看著那個被簇擁在中間的少女，眼中沒有任何情緒，只是，藏在袖子下的手已經緊緊的攢在一起，沈康琳後面說了什麼，她都沒有聽見，只是定定地盯著對方，心中發出了一絲冷笑。

杜欣若，咱們又見面了。這輩子，我一定不會再輕易地放過妳，我要讓妳，血債血償！

收回目光，林莫瑤又變成了那副淡然的模樣，看了看沈康琳，問道：「現在怎麼辦？」

沈康琳剛想說「怕她做甚」，就被一旁的少女給拉住。

「康琳，算了吧，咱們從這裡繞過去走另外一條路好了。」

「對啊，今天是婧紓姊姊的大日子，而且太子殿下還在那邊，咱們還是多一事不如少一事吧！」

幾人說完，都紛紛看向了沈康琳，眼神中有著勸說。

沈康琳見幾名好友都看向自己，只能不高興地撇撇嘴，任由幾人拉著她走向另外一條路。

只是，她們準備避開，對面走過來的幾人卻不打算就這麼放過她們。

「喲，我還以為是誰呢，原來是沈小姐啊！」

此話一出，林莫瑤幾人只能停下來，轉身面對她們。

剛才的話，就是杜欣若身邊一個略長一些的少女道出的。林莫瑤看向她，京兆尹家的長女，前世裡，杜欣若介紹她認識，對方假意巴結自己，可是從自己這裡撈走了不少的好處。

既然對方不肯偃兵息鼓，那她們也不需要客氣了！

第九十四章　裝模作樣

沈康琳嫌棄地掃了幾人幾眼，不悅地反問道：「幹什麼？有事？」

對方並不在意她的惱怒，嘲諷道：「沈小姐不是一向自持清高的嗎，怎麼，現在也淪落到巴結一個商戶女了？這麼重要的場合，還真是什麼阿貓阿狗都敢往裡帶，也不嫌丟人！」

沈康琳先是一愣，隨即唰的一下回頭，看向自己身後的幾名好友，林莫瑤的身分她只跟她們幾個提過。

其中一人臉色唰的一下就白了，解釋道：「我不是故意的！剛才有人來跟我打聽康琳的裙子，我、我一不小心就說漏嘴了……」

林莫瑤看著說話這人，正是幾人當中最小的柳小姐，見她內疚得臉都白了，眼中噙滿委屈的淚水，林莫瑤便知道，這人怕是被人給利用了。微微嘆了口氣，林莫瑤乾脆拉了盛怒中的沈康琳一把，說道：「行了，柳小姐怕也是被人給算計了。」

沈康琳能和這幾人交好，自然是瞭解對方的性子，見她滿臉委屈，眼淚都快掉下來，再加上被林莫瑤一勸，怒氣也就消了。

「好了，不許哭，不然待會兒她們指不定怎麼笑話咱們呢！」沈康琳丟下這句話，回過頭看向那邊囂張至極的幾人，毫不退縮。「怎麼，跟誰交朋友是我的自由，總比有些人整天像條狗一樣的只會巴結別人的強！」

沈康琳的戰鬥力也是不容小覷啊，一擊就直接說中對方要害。

那幾個被杜欣若慫恿來找麻煩的少女一聽她這話，臉色唰的一下都變了，在場的幾人，哪個家裡的官銜都不比沈康琳家的低多少，這會兒被她這麼羞辱，幾人就不樂意了。

「沈康琳！妳、妳別仗著妳爹是太子太傅，皇后娘娘喜歡妳，妳就可、可以目中無人！」對方顯然被沈康琳氣得不輕，說話都有些哆哆嗦嗦。

不過，沈康琳對此根本就不屑一顧，嗤笑了一聲之後，連應都懶得應，直接甩了對方一個白眼，這可把對方給氣得不輕。

眼看著形勢越來越不可收拾，突然，一道溫婉的聲音打破了這針鋒相對的局面。

「妳們都別吵了。少蘭，妳怎麼能這麼跟沈小姐說話？」說完，只見這個溫柔聲音的主人微微轉了個身，朝沈康琳福了福，道：「沈小姐，我替少蘭給妳賠不是了，她也不是故意的，還請沈小姐別跟她一般見識。」

一句話，看似勸架，實則是拐著彎地坐實了沈康琳仗勢欺人的架勢，若是沈康琳搭腔的話，怕是就中了她們的圈套。

林莫瑤心中冷笑。杜欣若，妳還是跟前世一樣。

沈康琳剛要搭腔，就被林莫瑤一把抓住了手腕，將人拉到自己的身後，對面前的少女淡淡地說道：「這位小姐言重了，大家都是同齡人，當不得誰怪罪不怪罪的。不過，康琳這個人就是心直口快，就是喜歡說些實話，自己得罪了人也不自知，對此，倒是給幾位小姐添麻煩了。」說完，林莫瑤學著對方的樣子，對著幾人也行了個禮。

林莫瑤的一番話，直接將杜欣若後面的控訴全堵在了嘴裡，也讓對面幾人的臉色更加難看。

沈康琳天真爛漫、心直口快、愛說實話，這不就是說，她們幾個就是她口中只會巴結別人的狗嗎？雖然這本就是事實，可是幾人根本就不會承認。

杜欣若被打了個措手不及，她完全沒想到，林莫瑤會站出來替沈康琳擋下來！在這之前，沈康琳這個蠢貨從來就聽不懂這些拐彎抹角的話，不然的話，也不會在京城貴女圈留下個囂張跋扈的名聲。可是今天，自己卻被這個不知道哪裡來的野丫頭給將了一軍！

杜欣若一口銀牙差點咬碎，卻還是裝作一副溫婉柔弱的模樣，笑著道：「好了，既然都是一場誤會，那大家就繼續賞花吧，太子殿下還看著呢！」

眾人聽了她的話，本能地往涼亭的方向看了一眼，果然看見李賦和柏婧紓正往她們這邊看，這才歇了繼續爭吵的心思。

林莫瑤一手拉著沈康琳，對杜欣若點了點頭，隨即便拉著她轉身，頭也不回地上了另外一條小路。剩下幾人，扶著柳小姐跟在後面，臨走時，柳小姐還憤憤不已地回過頭，狠狠瞪了一眼站在杜欣若身後的幾人。

等到她們走了，站在杜欣若身後的少女才往前一步，說道：「欣若，就這樣放過她們了？」

杜欣若這時直接撕下了善良的偽裝，冷笑一聲。「我們低估了那個姓林的了。好了，今天這事就到此為止，太子殿下在這裡，千萬不能失了禮，也不能讓柏婧紓抓到把柄。大家都去玩吧，我去看看我表姊。」

林莫瑤拉著沈康琳走到一處無人的地方，沈康琳才甩開林莫瑤的手，生氣地說道：「妳拉我做什麼？像她們那樣的人，就該好好收拾收拾她們！」

剩下的幾人也一臉奇怪地看著林莫瑤。若是平時她們這樣碰到，不爭個高低，肯定是不會甘休的。

林莫瑤看著幾人的反應，嘆了口氣，對沈康琳說道：「妳是不是覺得，妳在京城貴女圈的名聲不夠難聽，想讓她們再給妳加上幾筆？」

沈康琳一愣。

「我看妳啊，白長了這麼大的個子，就不長腦子！這麼明顯的圈套都看不出來？」林莫瑤看著沈康琳，無奈道。

沈康琳這個時候冷靜下來，回憶了一番，總算是回過味來了，咬牙切齒道：「我就知道那個裝模作樣的臭女人不安好心！」

林莫瑤挑了挑眉。「臭女人？那個帶頭的？」

「對，就是她！阿瑤，妳是不知道這個女人有多噁心，仗著自己的外公是秦相，還得貴妃娘娘的寵愛，平時在外人面前就裝得一副柔若無骨、惹人憐愛的模樣，實際上這人的心思比誰都深！呸，整天裝模作樣的，我就是看不慣她這副樣子，才每每針對。」沈康琳說道。

「那個女人叫杜欣若，她爹是戶部侍郎杜大人，她娘是秦相最寵愛的三小姐，如今宮裡最受寵的貴妃娘娘，就是她娘一母同胞的姊姊。」同行的少女擔心林莫瑤不知道對方的身分，連忙解釋道。

林莫瑤聽了這句話之後，眉頭就皺了起來，毫不掩飾的情緒讓沈康琳看了個真切。

忽然，沈康琳像是想到了什麼一般，叫了一聲，隨後表情複雜地看著林莫瑤。

沈康琳突然驚叫，其他幾人都嚇了一跳，看著她，擔心地問道：「怎麼了？」

沈康琳看了看林莫瑤，見林莫瑤對她微微搖了搖頭，便咳嗽了兩聲，尷尬道：「沒什麼，只是剛剛在腳邊看到一隻蟲子。」

隨著她的話落，剛才還關注她的幾人，立即就站了起來，在原地跳來跳去，生怕自己腳下也有隻蟲子突然冒出來。

沈康琳看著她們幾個，笑道：「蟲子早就走了，看妳們嚇的！」

聽著沈康琳的笑聲，幾人這才知道自己被耍了，一個個瞪著眼睛表達對她的控訴。

沈康琳笑夠了才看向柳小姐，問道：「對了，她們是怎麼知道阿瑤是……呃，商女的？」

柳小姐陡然被問到，先是一愣，隨即臉上就湧起一抹自責的神色，對林莫瑤委屈道：「林小姐，對不起，都是我不好。」

林莫瑤輕輕搖了搖頭，道：「這事不能怪妳。妳先說說看，她們是怎麼知道的？」

「妳們被太子妃和太子殿下叫走之後，我們幾個人就自己去散步了，中途我肚子不大舒服，就去了一趟茅房，回來的時候碰上李大人家的小姐，她一路上都跟我走在一起，和我閒聊，最後聊起了康琳的裙子。我被她追問，在她再三保證下就跟她說了這衣服的來路，也就說了……說了林小姐要開鋪子的事。對不起……」說到最後，柳小姐眼中又含上了眼淚，似乎馬上就會落下。

柳小姐所說的李小姐，正是剛才跟在杜欣若身後的其中一人。

林莫瑤嘆了口氣，輕輕地拍了拍她的肩膀，道：「這不是妳的錯，妳年紀小，最容易上當，所以她們才找上妳的。妳也不用自責，這事反正也不是什麼秘密。」

「嗯……」柳小姐抽噎著點了點頭。只要林莫瑤和沈康琳不怪她就好。

因為考慮到柳小姐的感受，所以林莫瑤和沈康琳即使有一大堆的話要說，也只能先忍著，暫時沒有和她們分開走。直到下午，花會快要結束的時候，沈康琳和林莫瑤找到了柏婧紓，跟她說兩人有事就先回家了，而柏婧紓這會兒也忙著應對其他人，便讓兩人先離開，改天有時間再叫她們去家裡說話。

兩人上了馬車後，沈康琳才有機會跟林莫瑤說話，她一把抓住林莫瑤的手，驚訝地說道：「那個杜欣若，不會就是妳妹妹吧？」

林莫瑤點了點頭，道：「逸哥哥跟我說過，那姓杜的和他現在的夫人有個女兒，想來應該就是她了。不過，沈姊姊，她可不是我什麼妹妹，我只有一個姊姊，我娘和我那負心漢的爹早就已經和離，現在我們可是姓林不姓杜。」

「是是是，是我說錯話了！哎，妳說，她娘知不知道妳們來京城了？」沈康琳想到秦氏那樣的人，若是知道林氏母女已經到了京城，而且還和她女兒見過面，真不知道那個討厭的老女人會做出什麼事來？

林莫瑤搖搖頭，道：「不曉得。也許知道了，也許不知道，畢竟我娘除了去將軍府之外，從來不出門；而我的話，那姓杜的離開家的時候我還小，這麼多年過去，他怕是也不認識我的。」

沈康琳點點頭，又想到了什麼，說道：「那要是他們知道了怎麼辦？」

這次，林莫瑤直接給了沈康琳一個白眼，道：「知道了又怎麼樣？我是來京城做生意的，又不是來找他姓杜的。再說了，我們早已經沒關係，我們到哪兒，難道還得問過他們不成？」說完，林莫瑤接著又道：「不用管他們，我們該怎麼過就怎麼過。我和我娘還有姊姊現在過得挺好的，就算他們找上門來，我也不怕。」

「嗯，還有我，我也絕不會讓那個姓杜的有機會找妳麻煩的！」沈康琳拍了拍胸脯保證。

林莫瑤噗哧一笑，心想：妳不被杜欣若激怒入坑就行了，還保護我？不過沈康琳這話還是讓林莫瑤覺得心裡暖暖的。

此時此刻，京城的另外一個地方，秦氏坐在椅子上，滿臉震驚地看著下面跪著的婆子，問道：「妳沒看錯？」

跪著的婆子連忙點頭，道：「夫人，奴婢絕對不會認錯。前幾年可是奴婢去林家村接這母女三人，雖然過去了好幾年，可這模樣卻是沒變的。再說了，奴婢就算認錯了小的，也不可能認錯大的呀！夫人，真的是她們母女！」

砰！

跪著的婆子只聽見「砰」的一聲響，緊跟著頭頂就傳來了秦氏的一聲暴喝，咬牙切齒地說道：「該死的賤人，竟然敢帶著那兩個小雜種追到京城來了！」

跪著的婆子被嚇得抖了一下，隨即小心翼翼地問道：「夫人，那現在怎麼辦？」

婆子說出的話，讓秦氏目光一凜，冷冷地掃了她一眼，之後便冷聲道：「哼，既然她們自己送上門來，就別怪我不客氣了！派幾個人去盯著她們母女倆的動靜，有什麼事及時來回報我。還有，注意別讓老爺知道了這件事，更別讓老爺有機會見到她們母女。」

「是，奴婢這就去！」跪著的婆子磕了個頭之後才從地上爬起來，連忙退出去找人盯梢去了。

等到人走了，屋子裡只剩下秦氏一個人，她目光狠毒地盯著遠方，嘴裡喃喃道：「當初就不該心慈手軟留著妳們的……」

過了幾天，劉管事讓人給林莫瑤送來一包棉花，說是林家村送來的。

當包袱打開之後，入目那一團團的白色花朵，讓林莫瑤眼中露出了驚喜的神色。她伸出手去撫摸，軟軟的手感、白白的顏色，真的就像冬天鋪滿大地的白雪一般。

「棉花，總算是種出來了……」林莫瑤抓了一團放在手裡，喃喃道。

林莫瑤當天就拿著棉花去找赫連軒逸，和他商量了一番接下來的計劃。按照兩人的意思，若是能將棉花大力推廣，這東西的禦寒能力能讓許多人冬天不至於凍死，可該如何推廣，卻難住了兩人。

兩人琢磨了半天後，赫連軒逸突然說道：「阿瑤，不如趁著太子殿下大婚，送給他做賀禮怎麼樣？」

林莫瑤想了想，覺得這事可行，可他們也不能這麼大張旗鼓的交給李賦，得想個辦法。

「有了，我等大舅把記載了棉種植技術的冊子送來之後，拿去給婧紓姊做添妝，讓她當作陪嫁送到太子手上不是更好嗎？這樣也能幫著婧紓姊姊博個好名聲。」說完，林莫瑤又道：「婧紓姊姊的地位不如秦蓉薇那個女人，現在她做正妃，秦蓉薇做側妃，秦蓉薇心中肯定有怨氣，指不定要怎麼算計她呢！我現在和婧紓姊也是好友，總不能看著她吃虧。」

赫連軒逸也知道，林莫瑤現在和沈康琳、柏婧紓的關係好，三人還一起合夥開了栩星閣，況且林莫瑤說的這也是個好辦法，就這麼辦吧。

林莫瑤只回家和林氏商量了一下，就將這件事給定下了，只等林泰華將冊子送來，就可以直接送去柏府。

第九十五章　沈德瑞的心思

這段時間，沈康琳天天跟林莫瑤湊在一起，就算林莫瑤不在家，沈康琳也喜歡待在林莫瑤家，和林氏在一起。

林莫瑤只當沈康琳從小沒了娘親，林氏對她又好，所以在林氏身上找點母愛。

這日，沈康琳像往日一樣，從林府蹭完飯回到家，就被沈康平一臉神秘地拉到了旁邊。

「大哥，你幹麼啊？」沈康琳一臉疑惑。

沈康平一笑，神秘兮兮地說道：「妳猜我今天在爹的書房外面聽見啥了？」

「啥？」沈康琳從未見過自家哥哥這樣，就更好奇了。

沈康平先左右看了看，遣退了兩人的貼身婢女和小廝之後，才附在沈康琳的耳朵旁邊細聲說了幾句話。

「什麼?!你說真的？」待沈康平說完，沈康琳頓時就大叫了一聲，臉上寫滿了驚詫，不敢相信自己的耳朵。

沈康平被她的叫聲嚇了一跳，連忙抬手摀住她的嘴，說道：「妳小點聲，爹還在書房呢！」

沈康琳連連點頭，表示自己知道了，沈康平這才慢慢把手放開，沈康琳一把就將他的手給抓住，問道：「大哥，你說真的？你沒唬我？」

「千真萬確！」

沈康琳的眉頭一下子就皺了起來。

沈康平一愣，隨即試探著問道：「琳兒，妳難道不高興？」隨即想到妹妹可能是一時半會兒接受不了，就勸道：「琳兒，我覺得吧，這事也挺好的，妳看對方是咱們熟悉的人，而且爹為了我們倆，這麼多年來家裡連個侍妾都沒有，如今好不容易有個喜歡的人了，妳總不能看著爹再繼續光棍下去吧？」

沈康平絮絮叨叨地說了一堆，沈康琳才看向他，問道：「我什麼時候說我不同意了？」

沈康平一噎，指著她的眉頭，問：「那妳什麼意思？」

沈康琳懶得理他，說道：「你知道林姨那個和離的前任是誰嗎？」

「這哪能不知道，當初這件事還是我幫軒逸去查的呢！」沈康平說道。

沈康琳隨即兩手一攤，道：「既然你知道，那爹知道嗎？爹自然也是知道的。爹是太子太傅，自然不將他一個小小的侍郎看在眼裡，但是，咱們家不在乎，林姨呢？萬一她顧慮這個怎麼辦？爹這麼冒冒失失的就讓人去林家送禮，這不是明擺著把林姨往外推嘛！若是讓有心人知道了，誰曉得他們背後會怎麼議論這件事情？人言可畏，人言可畏你懂不懂？」

「那妳說怎麼辦？」自家妹妹說的並非沒道理，沈康平此時也回過神來了，坐在妹妹的旁邊問道。

沈康琳沈吟了一會兒後，突然問道：「爹派去送東西的婆子呢？走了嗎？」

「應該還沒走，我剛剛聽爹在吩咐她，我就跑來找妳了，這會兒應該還在家裡。」沈康平回道。

沈康琳點點頭，隨即指向一旁候著的幾個人，對沈康平的小廝說道：「你，快去把人攔住了，絕對不能讓她去林府。」

「是，小人這就去！」能留下來，沒有被打發到遠處的，自然都是兄妹倆的心腹。這個小廝跟在沈康平的身邊也許多年了，當然希望自家老爺能有個幸福的晚年。

沈康琳派人去攔人後，起身整理了一下裙子，然後對沈康平說道：「走，找爹去！」

「哎，不是，妹妹，妳就這麼直接去問爹這事？」沈康平追上沈康琳問道。

沈康琳腳步不停，嘴裡繼續說：「當然得直接問了！確定了爹的想法，咱們才好對林姨下手啊！你也不想好不容易有個適合的人選來給咱倆當娘，結果卻讓爹自己給搞砸了吧？」

「那是肯定的呀！」沈康平點點頭。林氏他也見過幾次，雖說林氏待他不如待沈康琳那般親切，但是只要他到了林家，和林紹安在一起的時候，林氏對他也是照顧有加的，就衝這一點，若是他爹真的有這個想法，想娶林氏做續弦，他絕對不會有意見。

兄妹倆直截了當的就往沈德瑞的書房去了。

吩咐完婆子去林府送東西的沈德瑞，這會兒正偷樂著在書房裡整理桌上的書冊，結果「砰」的一聲，書房的門突然被人從外面大力的推開了，隨後，沈德瑞就見自己的一雙兒女氣勢洶洶的走了進來，嚇得他手裡的書「啪」的一聲，直接掉在桌子上，差點打翻硯臺。

「你、你們這是幹什麼？」雖然自己想續弦並不是什麼見不得人的事情，但兒女這般氣勢洶洶的衝進來，沈德瑞不免有些心虛，說話也有些結巴。

沈康琳來到書房中間站定，就這樣定定的盯著自家老爹，上上下下打量，那眼神，看得沈德瑞更加尷尬了。

「你們都下去吧！」沈康琳對剛剛在門口想攔住他們卻又攔不住，只能跟進來的下人說道，就連自己和哥哥的隨從、婢女都一併攆走了。

在兒子、女兒清場的這段時間裡，沈德瑞已經恢復鎮定，從書桌後面走了出來，坐在旁邊的茶桌旁，正裝模作樣的給自己倒了杯茶，一邊喝，一邊問道：「我跟你們兩個說過多少次，不能這麼冒冒失失的。說吧，你們這樣氣勢洶洶的跑來，又想幹什麼？」

沈康琳歪了一邊嘴角，看著佯裝沒事的老爹嘲諷一笑，隨後直接說道：「說吧，您是不是看上林姨了，想娶她給我們做後娘？」

噗——

沈康琳的一句話，讓沈德瑞剛剛喝到嘴裡的水，直接嚇得悉數噴了出來。「死丫頭，妳胡說八道什麼？」沈德瑞被女兒嚇得不輕，可是被說中了心事，又有些心虛。

沈康琳翻了個白眼，說道：「敢做不敢當！您要真想娶林姨，我和大哥又不攔著，您這麼偷偷摸摸的幹麼？」

問。

「啊？」沈德瑞愣住了，閨女不是來興師問罪的？「琳兒，妳什、什麼意思？」沈德瑞

沈康琳看了他一眼，說道：「好好的事差點就讓您給搞砸了！幸好我和哥哥知道得早，不然的話，還不全讓您給毀了？」

沈德瑞一下子就跳了起來，叫道：「我搞砸什麼了？我什麼也沒幹啊！」

「您還跟我們裝蒜是吧？」沈康琳反問。「您派去給林姨送東西的婆子，被我和大哥攔住了。」

「哎，你們攔她幹麼？」沈德瑞好不容易鼓起勇氣，準備送點東西討美人歡心，結果還被閨女和兒子給攪和了！

沈康琳嘆息一聲，道：「爹，您這麼貿然的讓人送東西去，您知道林姨什麼心思嗎？就敢亂送，小心把人給嚇跑了！」

沈德瑞一聽，嚇了一跳，嘟囔道：「這……不能吧？」

兄妹倆對視一眼，同時嘆息，問：「爹，您知道林姨的情況嗎？」

沈德瑞點點頭，道：「這是自然的，爹這段時間都打聽清楚了。」

「那您應該也知道，林姨和杜侍郎的關係嘍？」沈康平又問。

沈德瑞看了看他，臉色有些不自然的回道：「他們二人和離這麼多年了，現在各自為家，能有什麼關係？你們休要壞你林姨名聲。」

「爹，您不介意？」沈康琳試探著問道。

沈德瑞冷哼了一聲，道：「那姓杜的眼瞎，為了榮華富貴、錦繡前程，棄了那蕙質蘭心的糟糠之妻，那是他的無知，你們爹我又豈是那種人可以比的？」

兄妹倆一聽，噗哧一聲就笑了出來，說道：「爹，哪有人這樣自己誇自己的？」

「哼，我說的是實話！」沈德瑞一臉得意。

兄妹倆笑夠了，這才繼續說回正事。「可是，爹，您有沒有想過，咱們是不介意，可您知道林姨是怎麼想的嗎？還有，您這樣給林姨送東西，若是讓有心人知道了，傳出些風言風語，難保背後不會有人拿這件事做文章。若是林姨對您有意的話還好說，若是無意，這閒言碎語一出來，別說您沒機會了，就是咱們兩家的關係怕是都要跟著遭殃。」

聽了兒女的話，沈德瑞的眉頭就皺了起來。「這麼嚴重？」

沈康平連連點頭，指著沈康琳說道：「就是這麼嚴重！爹，您是不知道，最近妹妹和阿瑤開的那個什麼栩星閣，在京城是鬧得沸沸揚揚的，有多少人在背後盯著阿瑤這個做老闆的，生怕抓不到她家的把柄，您這麼貿然地讓人送東西上門，不是正好送談資到別人手上嗎？」

「就是就是！原本她們母女二人到了京城就無依無靠的，現在好不容易有了些名氣，差點就被您給害死了！」沈康琳也跟著附和。

沈德瑞這才驚覺自己差點闖下大禍，後怕道：「幸好你們提醒我了，不然就壞事了！」

兄妹倆見他這副緊張的模樣，對視了一眼，挑了挑眉，突然問道：「爹，您坦白說吧，送過幾次了？」

沈德瑞感覺自己給自己挖了個坑，但為了林氏著想，還是說道：「就送過兩次，都是以琳兒的名義，送一些女人家用的衣服料子和首飾什麼的，而且也不是從外面買，都是咱們家庫房裡，以前你們娘留下來的東西。」

沈康琳恍然大悟。難怪她前幾天去林府的時候，看到林姨頭上戴著的一根髮簪有些眼熟，原來是從他們家庫房出去的！

似乎怕兄妹倆不高興，沈德瑞連忙解釋道：「你們放心，我沒動你們娘的東西，那些東西都在庫房裡好好收著呢！這些是從以前別人送給你們娘的禮物裡挑的，你們娘沒用過。」

「爹，您先別慌，我們沒怪您。娘都死了那麼久，這麼多年來您為了她，身邊連個暖心的人都沒有，娘都看在眼裡呢！現在您好不容易有了自己喜歡的人，即使您把娘的東西拿去送人，娘也不會怪您的。」沈康琳笑道。

「是啊！爹，我相信娘也希望您身邊能有個人照顧，這樣她走得也安心不是？」沈康平也跟著勸道。

看著女兒和兒子這般懂事，沈德瑞心裡真的欣慰不已，連連點頭。

父女三人在書房裡談了許久。既然弄清了沈德瑞是怎麼想的，接下來這事就好辦了。

沈康琳第二天直接跑去找林莫瑤。這事還是得兩情相悅的好。

林莫瑤聽了沈康琳的話，整個人都驚呆了。「妳沒跟我開玩笑吧？」

沈康琳一本正經的坐著，指天發誓。「絕無半句虛言！」

林莫瑤把頭一拍，說：「妳讓我想想。」沈德瑞喜歡她娘？她之前怎麼沒發現？

沈康琳覺得，為了她爹，她還是得努力一下，便說道：「阿瑤，我爹他絕對是個萬裡挑一的好男人，真的！妳看，我娘去世了這麼多年，他身邊連個通房丫頭都沒有，不說舉國上下，就是這京城，我爹也是一股清流啊！而且，林姨辛苦了這麼多年，妳難道不想讓她晚年有個伴嗎？」見林莫瑤神色有些鬆動，沈康琳一喜，繼續道：「阿瑤，妳放心吧，林姨只要嫁給我爹，我和哥哥一定會將她奉為親母，不會為難她的，我是真心希望咱們能變成一家人。」

聽著沈康琳的話，林莫瑤是有些心動的。沈康琳說得不錯，沈德瑞確實是個良配，若他是真心喜歡林氏的話，那這也不啻是一樁好姻緣。只是，有些事情實在是太過複雜，比如，杜忠國。

林莫瑤嘆息一聲，說：「妳知道我爹的事吧？」

這是林莫瑤重生之後，第一次在外人面前主動提起杜忠國，也是難得的一次稱呼他為爹。

「我爹說他不介意，我問過了。」沈康琳立刻答道。

林莫瑤倒是一愣，沒想到沈康琳回答得這麼爽快，只是，這不是介不介意就能解決的。最後，林莫瑤覺得，這事她和沈康琳說再多都沒用，關鍵還是得看林氏怎麼說，就道：「妳先回家等我消息吧，這事我得問過我娘，讓妳爹別急。」

話都說到這個地步，沈康琳也不好再繼續糾纏，只叮囑林莫瑤一定要把這事辦好之後，沈康琳就回家給沈德瑞報信去了。

林莫瑤看著面前的花園，嘆息一聲，也起身找林氏去了。這事早說、晚說都要說，而且，沈德瑞給她們姊妹倆做後爹，確實也挺好的。

林莫瑤找了個機會將這事跟林氏說了，當得知沈德瑞想求娶自己的時候，林氏顯得有些慌亂，隨後便冷靜下來，斥道：「阿瑤，這種事情不可胡說！」

林莫瑤正色道：「娘，我沒跟您說笑，這件事是今天沈姊姊親自跟我說的。」見林氏臉上的神情動了動，林莫瑤繼續道：「娘，沈大人是真的不錯，人好，學問也好，還是三郎的老師。另外，我聽沈姊姊說，沈大人是個重情重義的人，沈姊姊的娘去世了這麼多年，他都沒再娶，且家裡連個侍妾都沒有。還有啊，娘您不是一直心疼沈姊姊和沈公子沒娘疼，覺得他們可憐嗎？那現在他們想讓您給他們當娘，您不就想怎麼疼他們，就怎麼疼他們了啊！」

林氏臉上有了猶豫。

林莫瑤乘勝追擊，道：「娘，我和姊姊都希望您能有個好的將來，能夠重新開始您自己的生活，徹底擺脫那個對不起您的男人。娘，我和姊姊都大了，您就為您自己活一次吧！」

林氏沈默半晌，突然就站了起來，對林莫瑤道：「行了，這事我知道了，我考慮一下。」說完，沒等林莫瑤說話，就徑直回了自己房間。

林莫瑤又找了機會，將這事跟林莫琪夫妻還有林紹安說了，三人對這事都沒有意見，特別是林紹安，他覺得，姑姑若是能嫁給老師，簡直就是太好了！

接下來的幾天，林氏除了吃飯，就把自己關在屋裡，偶爾讓人把蘇星淳抱到屋裡去陪著她玩一會兒，其他時候都是一言不發。林莫瑤有些擔心是不是她把林氏逼得太急了？為了安撫林氏，林莫瑤決定去一趟將軍府，請徐氏來幫忙。

徐氏從林莫瑤和沈康琳這裡知道了沈德瑞的打算，還有林莫瑤姊妹倆的心思，大概也猜到林氏心裡在想些什麼了。

「行了，妳們倆就別急了，這事我去跟妳娘說。」徐氏決定幫一幫這兩個人，沈德瑞這個人，還是信得過的。

徐氏去了林家找了林氏，林莫瑤也不知道徐氏是怎麼跟林氏說的，反正從她來過之後，林氏就漸漸的恢復正常了。

面對兩個女兒，林氏有些話還是說不出口，糾結再三之後，才說道：「妳們倆，真的希望娘再嫁？」

姊妹倆同時點頭，林莫瑤開口道：「娘，我們只是希望您身邊能有個人噓寒問暖，對您好。」

「可娘的身邊不是有妳們嗎？」林氏再次開口。

這次，姊妹倆同時搖了搖頭，道：「這不一樣。」

林氏失笑，嘆了口氣，看著姊妹倆說道：「妳們真的長大了，還知道替娘操心了。」

林莫瑤不忍心林氏難過。這麼多天來林氏都是魂不守舍的樣子，讓她很是心疼，這會兒聽了林氏的話，林莫瑤突然就後悔逼她了。

「娘，如果您不願意就算了，是女兒的錯，沒考慮周全。」林莫瑤道歉。

林氏輕笑一聲，道：「娘沒怪妳，娘只是覺得太意外了，沈大人這麼高高在上的人，怎麼……怎麼會看上我呢？」林氏臉上染上了一抹羞澀。

林莫瑤看她這樣，突然就覺得好像有戲，笑道：「人家沈大人這叫慧眼識珠！」

一句話，惹得林氏噗哧一聲笑了出來，點著她的腦袋嗔道：「妳這丫頭，就會胡言亂語！」

林莫瑤只是笑。

林氏嘆息一聲後，道：「妳們的心思我明白，沈大人的心意我也懂，只是我不想連累他。妳們也知道，妳們爹和沈大人同朝為官，若是娘真的嫁給沈大人，娘擔心會讓他淪為旁人的笑柄。」

「這個啊，這個娘您根本不用擔心，沈大人說他會搞定。」林莫瑤說道。能當太子太傅的人，肚子裡不光是只有四書五經，沈德瑞是良善之人，可對待杜忠國這種小人，他就從來不是那種迂腐的好人。

既然話都這麼說了，林氏也不好再多說什麼，在兩個女兒的注視下，林氏點了這個頭。

林莫瑤第一時間就把這個好消息告訴了沈康琳，沈康琳又告訴了沈德瑞和沈康平。不過，林莫瑤有個條件，那就是不能讓林氏在這件事中受到一點傷害，輿論有時候是能害死人的。

沈德瑞當然明白這其中的道理，好不容易遇到一個自己喜歡的女人了，他又如何會錯失這個機會呢？便跟林莫瑤保證，讓林氏安安心心在家準備做新娘就好，其他的事都交給他。

林莫瑤自是相信沈德瑞的能力，也就沒多管了，而這麼好的一件事，林莫瑤迫不及待的想和赫連軒逸分享。

然而派人去將軍府尋人卻發現，這人已經好幾天沒有回將軍府了，林莫瑤只能派墨香去打聽，原來是李賦的大婚快到了，赫連軒逸這段時間都在忙著給他準備大婚的賀禮。

林莫瑤這才發現，不知不覺的，已經快到李賦成親的時候。

第九十六章　沈林兩家的親事

晚上，林莫瑤躺在床上，翻來覆去的睡不著，突然想到了一件事，直接就從床上爬了起來。

在外間守夜的墨香、墨蘭第一時間就醒了，問道：「小姐，可是要起夜？」

「沒事，我睡不著，起來看會兒書，妳們睡妳們的。」林莫瑤回道。

儘管林莫瑤這麼說，但墨香和墨蘭還是起來了一個。墨香拿著蠟燭，進到房間裡將林莫瑤書桌上的蠟燭點著，又給林莫瑤披上厚厚的外套，這才隨侍在旁。

林莫瑤看著她略顯疲憊的臉，吩咐道：「我自己來就行，妳去休息吧。」

打發了墨香後，林莫瑤在書桌的抽屜裡翻出一張地圖，鋪開放在了桌子上，然後開始思索。腦子裡翻過前世的一切，林莫瑤提筆，在地圖上圈出了幾個地方，並著重對某個城鎮或某座山做了標注。

做完這一切，林莫瑤等到墨跡乾涸之後，又重新將地圖摺好，找了個精緻的盒子，將地圖放進去，鎖了起來，這才重新躺回床上，滿懷心事的慢慢入睡。

再次見到赫連軒逸，已經是幾天後了，這人為了賀禮忙得焦頭爛額，找了好多都覺得不滿意，無奈之下，只能來找林莫瑤求助。

林莫瑤將他帶到自己房間，讓墨香和墨蘭守在門口，這才將自己那天晚上畫的圖拿了出來，遞給赫連軒逸。

「這是什麼？」赫連軒逸奇怪地問道。

林莫瑤並沒有回答，只是說：「看到上面圈出來的地方了嗎？」

赫連軒逸沒看出什麼名堂，只能求解。「阿瑤，這些是什麼啊？」

林莫瑤微微一笑，淡淡道：「銀礦。」

啪！

赫連軒逸把錦盒蓋上，滿臉的驚訝和不可置信。「阿瑤，這……」赫連軒逸有點懵。

林莫瑤沒等他問出口，就說道：「逸哥哥，你說我們送這個給太子殿下做賀禮，他會不會喜歡？」

赫連軒逸目瞪口呆。他還能說什麼？這根本就不用想啊！

「阿瑤，妳確定嗎？」赫連軒逸看著林莫瑤，認真地問道。這事非同小可，容不得半點閃失。

林莫瑤點頭，道：「確定。」

赫連軒逸的臉上有著喜色，但更多的是疑惑。

林莫瑤只能搶先道：「逸哥哥，什麼都不要問好不好？你只要知道，我不會害你，更不會騙你。」

赫連軒逸定定地看著她，最後重重地點了頭，說：「嗯，我信妳。」

聽他一句「我信妳」，讓林莫瑤懸著的心放下了，她其實也怕赫連軒逸會追根究柢的問。

赫連軒逸帶著錦盒進宮，將錦盒交給了太子，兩人在書房裡坐了一下午，沒有人知道他們說了什麼，只是從那天以後，李賦變得更加倚重赫連軒逸了。

李賦拿到地圖的第一時間，就直接派人按照地圖上所標示的幾個地方去暗中查探，果然都發現了銀礦，有幾個地方甚至已經有人在開採了。

順著線索往下查，其中幾個銀礦背後的勢力，竟然直指秦相，也有幾家是私自開採的。李賦查出這些之後，並沒有驚動對方，而是暗中派人盯著，搜集證據，準備在適時的時機，給他們致命的一擊。

過了正月，太子大婚，就在人們還未從太子大婚的喜慶中回過神來時，竟然又爆出太子殿下的手下，接連發現幾個銀礦的事情。突如其來的消息，震驚了秦相一黨，凡是涉及銀礦的人，還未來得及做任何準備和反應，就被太子派出去的人，阻斷了和銀礦那邊所有的聯繫，直接在這些大臣的眼皮子底下，將幾個銀礦給一鍋端了，連同那些開採出來還未運走的銀子，全部落入了國庫之中。

為從這件事中脫身，不被太子和皇帝抓到把柄，秦相一黨連夜會面商量對策，卻對太子現在到底掌握了多少證據一無所知。

秦相生性多疑，這次更是斷定他們的人當中出了奸細，否則如此隱蔽的一件事情，為什麼會被太子得知，而且還悄悄安插了這麼多的人手，連反應時間都沒有，就直接一鍋端了？足以見得，這些人手是早就已經埋下去了！

再有，這件事，聖上究竟知道多少？諸般種種，都讓秦相一黨傷透了腦筋。眼看李賦在聖上眼中越來越受重用，貴妃娘娘和二皇子李響坐不住了。

秦相書房，李響滿臉愁容的看著秦相，問道：「外公，現在該怎麼辦？」

秦相眉頭緊鎖地掃了李響一眼，說道：「為今之計，只有暫時先穩定住現在的局勢，不能讓太子繼續追查下去。若是讓聖上知道了銀礦的事，那我們之前所做的一切就都白費了。」

「可是，我聽說大哥已經將幾個銀礦上負責的人都抓住了，現在正在押送進京的路上。」李響急道。

秦相擺了擺手，示意李響不要慌張，隨後看著窗外說道：「無妨，他真的以為只要抓住了人就行嗎？只要死無對證，就算有證詞又能怎麼樣呢？」說這話的時候，秦相眼中露出了一抹殺意。

李響看著這個眼神，不由得打了個寒顫。

幾天後，被押解回京的幾個盜採銀礦的負責人，竟然在半路遇到了刺殺。對方派出的似乎是死士，在打鬥時，一心只想殺死被護送的犯人。最後，刺客雖說都被就地斬殺，可犯人也幾乎死絕，唯一一個受了重傷的，後來也不治身亡。

這件事情傳回京城，皇帝龍顏大怒，指明了讓太子徹查此事，勢必要將背後之人揪出來！

也不知是不是秦相多心，在皇帝說這句話的時候，他似乎感覺到皇帝的目光在自己身上停留了一瞬。

不過，沒等秦相多想，皇帝就又給他委派了一個重要任務——今年的科考，依然還是交給秦相負責；另外，又指派了幾個翰林院的學士給他打下手。

雖是指派太子一黨的人，但往年也都是如此，這件事讓秦相心中剛剛產生的疑慮放了下來。若皇帝真對他起疑，如何還會將科舉這麼重要的事情交到自己手裡呢？反正現在重要的人證已經死了，也就不需要再擔心了。

三月一過，沈德瑞便大大方方的上門提親，這件事在朝堂和整個京城都引起了轟動，一時間說什麼的都有。

對於這些，沈德瑞絲毫不在意，依然我行我素，將三書六禮全部做全，給了林氏最大的尊重。沈德瑞這麼大張旗鼓，很快就有了關於林氏的流言傳出，沈德瑞也似乎早就知情，完全沒將那些閒言碎語放在心上。

沒過幾天，這些流言漸漸的就變了味，主角沒換，不過卻從鄙夷變成了同情。至於另外一位流言的主角杜侍郎，現在全京城的人都認為，杜侍郎是個忘恩負義、薄情寡性的負心漢，甚至有人將秦氏也一併罵了。到了最後，林氏非但沒有受到傷害，反而收穫了一票的同情和祝福。

最讓林氏感動的是，沈德瑞竟然瞞著她，悄悄和林莫瑤合謀，把林劉氏等人都請上了京城。

看著家人站在自己面前，林氏撲倒在林劉氏的懷裡，哭得像個孩子。

沈德瑞和林氏成親之後，林莫瑤就跟著林氏一起搬進了太傅府，這倒是方便了沈康琳整天跟她湊在一起廝混。

一個月之後，沈康琳和林莫瑤收到了一張宴會的邀請帖，下帖子的人是平慶王府的旒萱郡主。

「這旒萱郡主不是都嫁人了嗎，還用平慶王府的名義下帖子是啥意思？怕我不去嗎？」沈康琳一臉的嫌棄，將帖子丟到了桌子上。

林莫瑤順勢拿了過來，看到上面的字之後，笑了。「上面寫的是邀請沈府的兩位千金，呵呵，這是把我也算進去了。」

沈康琳毫不客氣地搶過帖子丟回桌上，嗔道：「什麼算不算的，妳本來就是我們太傅府的三小姐，誰敢說句不是，看我不收拾他！」

林莫瑤見沈康琳氣呼呼的瞪著自己，連忙陪笑道：「好姊姊，我錯了。」

沈康琳見她服軟認錯，這才要笑不笑地嗔道：「知錯就好，哼！」說完，沈康琳又正色道：「阿瑤，妳想去嗎？妳要是不想去，那我們就不去了。」

林莫瑤輕笑著搖了搖頭，道：「妳也說了，這旒萱郡主已經嫁了人，卻還用娘家的身分給咱們下帖子，那不就是怕我們不去，以身分壓人嗎？這個時候我們若還不去，便會有人說我們太傅府不將平慶王府放在眼裡，到時候，麻煩的怕是我們。」

被林莫瑤一說，沈康琳也回過神來，皺著眉又罵了一句。「真是應了那句話，不是一家人，不進一家門。一門子的壞痞子！」

一句話，惹得林莫瑤噗哧一笑，道：「沈姊姊，妳說話可得小心一點兒，小心隔牆有耳。」

沈康琳聽了她的話，抬起手就戳了過來，在林莫瑤的額頭上點了點，教訓道：「我看妳也是個不聽話的！跟妳說了多少次，叫二姊，叫二姊！妳怎麼就改不過來？」

雖然林氏嫁給了沈德瑞，但林莫瑤姊妹因為早些年已上了林氏的族譜，因此就沒改姓沈了。

見林莫瑤吐了吐舌頭，又叫了一聲「二姊」之後，沈康琳才勉強放過她，接著道：「妳說得對，不去也不行，那就去吧！跟娘說一聲，咱們去會會她們，看看她們又想耍什麼花招？」

旒萱郡主這次的宴會設在平慶王府的一個別院裡，這園子是專門供平慶王府的女眷們遊玩賞花的地方。

林莫瑤和沈康琳本就不樂意去，卻又不能去得太晚，免得遭人說閒話，只好掐著時間，卡著中間段去。這個時候，貴女們都來得差不多，也不大會引人注意。

可是，當姊妹倆出現在園中的時候，依然引起了一番不小的騷動，畢竟如今最門庭若市的栩星閣就是她們家的，兩人身上的衣裙都是京城貴女圈裡最時興、最好看的。

旒萱郡主作為今天宴會的主角，兩人進門之後必然要前去拜會。

今日旒萱郡主特意挑了一件前幾天從栩星閣花了五百兩買來的一條裙子，在沈康琳和林莫瑤來之前，幾乎所有的貴女都圍著旒萱郡主，很是恭維了一番，只是，當姊妹倆一出現，所有貴女的目光就被吸引過去，不少人還發出了不小的一聲低呼，饒是歷來很會做人的旒萱郡主都差點端不住臉色。

林莫瑤和沈康琳身上的衣裙款式差不多，可顏色卻挑了適合二人的，上面繡的花紋也根據二人的性格和膚色設計搭配，兩人穿在身上，只一眼看過去，就會覺得那件衣服合該是屬於她們自己的。

也不知是不是心理作用，儘管知道自己穿的裙子是栩星閣這一季的新款，旒萱郡主在看到沈康琳和林莫瑤身上的衣服時，就萌生了一種被二人比下去的感覺，覺得二人就是故意打扮成這樣來羞辱自己的！不過，想到今天的目的，旒萱郡主臉上的不悅便硬生生憋了回去，在兩人走近時就一副熟稔的起身，迎了上前。

「兩位妹妹總算是來了，我們剛才還說到妳們呢！」

「參見郡主。」兩人同時對旒萱郡主福了福身。儘管不喜歡對方，但該有的禮節卻是不能讓人挑錯的。

旒萱郡主又是一番裝模作樣的客氣表現，然後將兩人迎到了自己休息的亭子裡。待坐下，沈康琳便毫不客氣地回問道：「郡主說在聊我們姊妹倆，不知道郡主和幾位姊姊妹妹在聊些什麼呀？」

旒萱郡主臉色不變，笑道：「能聊什麼？不就是想從兩位妹妹這裡打聽打聽，栩星閣下一季的新品什麼時候出呀，妳們說對吧？」

旒萱郡主一開口，其他人也跟著附和了起來。

沈康琳心中冷笑，面上卻裝作恍然大悟的模樣。「原來是這樣！不過，我們栩星閣不是早早的就定下了規矩，每三月為一季，上新款嗎？我記得前幾天才剛剛上過一次，下次上新款要到九月了呢，難不成郡主和各位姊姊妹妹都忘了嗎？」

沈康琳的話讓旒萱郡主的面色有些尷尬，差點就繃不住。

林莫瑤見狀，為免沈康琳做得太過，便上前來打圓場。「二姊，妳這是什麼話，郡主怎麼可能會忘？不過是郡主和妳說句玩笑罷了，妳還當真了？」

林莫瑤的話一出口，旒萱郡主便順著臺階下來，笑道：「林妹妹說得是，我不過是逗妳玩罷了。好了好了，今兒個主要是想著找姊妹們過來聚聚，大家該怎麼玩就怎麼玩吧，我也是好久沒有這麼熱熱鬧鬧了。」

沈康琳微微一笑，維持著周到的禮數，並不像其他人那般對旒萱郡主上趕著吹捧。兩人聽旁人的恭維，覺得有些厭煩，就提出想去四處看看。

誰知道二人剛剛起身，旒萱郡主便跟著站了起來，攔住了沈康琳。「我與琳兒妹妹也許久沒見了，正好想跟妳好好聊聊呢！若林妹妹覺得無趣，可以先去逛逛，我讓丫鬟陪著。」

沈康琳剛要拒絕，可旒萱郡主卻不給她機會，直接叫了自己的侍女，吩咐道：「妳好好帶林小姐轉轉，切不可怠慢了貴客，知道嗎？」

「奴婢知道了。」

這是連拒絕都不能了？沈康琳有些擔心地看向林莫瑤。這一看就是有陰謀啊！

見沈康琳要發作，林莫瑤便輕輕地對她搖了搖頭，示意她稍安勿躁，自己則對著旒萱郡主福了福身，笑道：「那阿瑤便不跟郡主客氣了，還煩勞這位姊姊帶路。」

旒萱郡主似乎看不出沈康琳的急躁一般，笑容滿面地讓侍女帶著林莫瑤去了，而她自己則跟沒事人一樣，繼續跟沈康琳有一搭、沒一搭的說話。

儘管沈康琳的臉色極為難看，旒萱郡主卻依然樂此不疲，眼中還隱隱有著得意之色，氣得沈康琳牙癢癢的，卻又無可奈何。

第九十七章　和前世一樣的手段

林莫瑤跟在旒萱郡主派來的侍女身後，慢慢的在花園裡走著，看似隨意閒逛，實則前面的侍女，卻是有意識地將林莫瑤往某處引去。

林莫瑤和沈康琳總覺得這個旒萱郡主不懷好意，所以，今日在出門的時候，就把墨蘭和墨香都給帶上了，如今墨香留在沈康琳身邊，林莫瑤則帶了墨蘭。她們兩人到了京城之後，從來沒有對外展示過武功，外人更是不知道兩人身懷絕技，只知道墨蘭懂些醫術。

這會兒，林莫瑤察覺到侍女的目的之後，便跟墨蘭對視了一眼。

一個眼神過後，墨蘭便明白了林莫瑤的意思，渾身透露出警戒，一面垂首跟在林莫瑤的身後，一面觀察著周圍的環境。

前面帶路的侍女也沒想到，林莫瑤會這麼安靜乖巧地跟在自己身後，待來到花園中便開始跟林莫瑤介紹起園中的景色。

林莫瑤看著眼前的園子，道路蜿蜒，兩旁的花圃裡種滿了各種各樣的花朵，此時正值六月，是花兒開得正好的時候。穿過庭院，不遠處便是一座大湖，湖水清澈見底，湖面上鋪滿了綠色的荷葉，一朵朵漂亮的荷花站立在那群綠葉之上，真真是應了那句「出淤泥而不染，濯清漣而不妖」。

湖中心立了一座涼亭，此刻亭子裡三三兩兩的坐著幾個貴女，很顯然看這情況，侍女是不準備把她往湖邊帶了。想到這裡，林莫瑤輕輕鬆了一口氣。她雖說會游泳，可若真的「一個不小心」被人給碰到了湖裡，這天氣雖不冷，但把衣服弄髒了她可受不了。

就在林莫瑤想得出神時，前面的侍女突然開口道：「姑娘這邊走，穿過這條迴廊就是咱們別院裡景致最好的一處了，裡面有座假山，山上有座涼亭，在亭子裡可是能將整個別院的景致盡收眼底呢！」話語之間滿是抑制不住的得意之色。

林莫瑤聽著她的話，嘴角浮起一絲冷笑。看來，鐵定有什麼在那裡等著她了。不過，有墨蘭在身邊，林莫瑤倒是一點也不擔心會被算計。

「那就煩勞這位姊姊帶路了。」林莫瑤微微一笑說道，絲毫沒有懷疑。

帶路的侍女又福了福身，連聲說著「不敢當」，可那副得意的樣子，真真是壓都快壓不住了。

林莫瑤也懶得看她，只淡定地欣賞起周圍的景色。

穿過面前的小道，林莫瑤跟著侍女直接上了迴廊。穿過這條迴廊，就能抵達園子的另外一邊，侍女所說的那座假山便是在那兒。這一路走來相安無事，倒是讓林莫瑤覺得有些無趣了。她隨意地和身旁的墨蘭說著話，無非就是這裡的花好看、那邊的花開得豔等等。

若想抵達另外一邊，就得從迴廊上拐個彎，可這樣一來，除非林莫瑤能上了假山上的涼亭，否則這邊園子裡的人就很難看見她了。

正當兩人一邊說著話，一邊跟在侍女身後往前穿過迴廊的時候，迎面走來了一個人，身旁帶著隨從，將林莫瑤的去路完全堵了個嚴實。至於那個一直在絮絮叨叨介紹這園子的侍女，也不知道什麼時候，竟然站到了林莫瑤和墨蘭的後面去，這會兒竟是將林莫瑤往回走的路都給擋住了。

待看清來人，林莫瑤渾身一僵。她本想帶著墨蘭讓到旁邊，等對方先走的，可是這會兒身體卻猶如被凍住一般，絲毫動彈不得。放在身前的手迅速垂下，藏到了袖子裡，只為了不讓人發現此刻她因為極力壓制而緊握的拳頭。

林莫瑤和墨蘭站著沒動，可她身後的侍女卻已經搶在兩人之前對來人行禮了。

「奴婢參見二皇子！」

「起來吧。」

淡淡的聲音響起，卻反而讓人有種親近之感。若不是經歷了前世的種種，林莫瑤怕是也會覺得，擁有這樣聲音的人，該是怎樣的溫潤如玉啊！

這道聲音對林莫瑤來說，再熟悉不過。

曾幾何時，這道聲音在她耳邊訴說衷腸，將她哄得一愣一愣的，甚至願意將這天下都送到他的面前；曾幾何時，這道聲音也曾說「阿瑤，我李響此生定不負妳」，可是，最後卻還是一樣無情地將自己廢棄。

李響！歷經兩世，咱們又見面了。

林莫瑤緩緩抬起頭，看向迎面站著、並不打算離開的男子，突然就明白了旈萱郡主的目的。今日將她引到這裡，必定是為了給她和李響製造一番偶遇。

眼前的人還是和前世一樣，披著那副溫文爾雅的偽裝，再次出現在她的面前。林莫瑤本以為可以輕易的調整情緒，控制住自己，可內心那濃烈的恨意，在見到李響的一瞬間，再次湧上，無奈之下，她只能低著頭，狠狠地掐著自己的手心，才不至於讓自己的身體顫慄。

李響的目光在林莫瑤的身上停頓了一下，開口道：「這位是？」

林莫瑤此時恨不得趕緊離開這個地方，可身後的路被堵住，而自己的身分也借由那個侍女的口給說了出來。

「回二皇子，這位是沈太傅家的三小姐。」

李響聞言，作出一副恍然大悟的模樣，輕笑道：「原來是林姑娘！」

對方已經主動開口，林莫瑤就是想裝看不見都不行了，只能硬著頭皮上前行禮，道：「參見二皇子。」說完，便垂手而立，不再多看李響一眼，一副不願與他多說的模樣。

李響原本準備好了許多和林莫瑤套近乎的話，可是此時此刻卻一句也說不出來，實在是因為無從說起。他只能強硬的找了個話題，依然是那副謙謙君子的模樣。「林小姐這是準備去哪兒？」

林莫瑤壓根兒就不準備和他說話，便只垂著腦袋，假裝沒有聽見。

眼看李響臉上的神情快要繃不住，身旁的侍女便接過話道：「回二皇子，奴婢正準備帶林小姐去後面的假山，欣賞整個園子的景致呢！」

李響聞言，便極為配合「喔」了一聲，隨後說道：「正好本宮也準備去那邊轉轉，不如就和林小姐做個伴吧？」

聽了他這些虛偽無比的話，林莫瑤心中一陣噁心，面上卻不顯，只淡淡地回道：「不煩勞二皇子了，小女子突然覺得身體有些不舒服，就先告退了。」說完，不等李響發話，便對著他盈盈一拜，隨後帶著墨蘭直接掉頭走人。

李響完全沒想到自己的示好竟然碰了壁，而且看林莫瑤的樣子，似乎一點也沒有將他這個皇子給看在眼裡，一時間，李響臉上的神情再也端不住，直接陰沈下來。

「噯，林小姐！」侍女沒料到林莫瑤竟這般突然離開，先是愣了一下，隨後反應過來，便著急地喊了一聲，又看向李響，見他臉色不豫，侍女嚇了一跳，連忙福身行禮，道：「二皇子，奴婢告退！」說完，著急地追著林莫瑤而去。

李響的目光此時銳利又陰冷，縱然林莫瑤背對著他，卻依然能感受到李響投注在自己身上的目光。她冷冷一笑，心中暗道：李響，這才是你真正的樣子吧？前世自己真的是瞎了眼，竟然覺得你是個君子。

儘管如此，林莫瑤依然腳下不停，直到走出迴廊，重新回到剛才的園子，才微微鬆了口氣。

「小姐，您臉色不大好，是哪裡不舒服嗎？」墨蘭皺著眉頭問道。

深吸了一口氣，林莫瑤讓自己的氣息平穩下來之後，才淡淡道：「我沒事，可能是今天起早了，這會兒有點累了。走吧，去二姊那裡，跟她說一聲，咱們先回去吧。」

墨蘭見她不願多說，也就不再問了。

主僕二人根本就不管身後跟過來的侍女，自顧自地朝著沈康琳的所在而去。

待到兩人走遠了，那邊迴廊上的李響才帶著人從轉角站了出來，冷冷地看著離開的兩人。

「殿下，這姓林的也太不識抬舉了！」李響身後的隨從憤憤不平地說了一句。

李響微微抬手，止住了他後面要說的話，眉頭蹙了蹙。就在剛才，和林莫瑤對視的那一瞬間，他從她的眼裡看到了濃烈的恨意，這讓李響有些莫名其妙。只是，待他再想看清楚的時候，卻發現那人眼睛裡只剩下平靜無波。

「算了，我們走。」今天來這裡的目的，只是為了接近林莫瑤，現在目的沒有達到，他也就沒有必要去前面的園子了。於是李響帶著隨從，轉身從另外一邊離開。

從始至終，來參加宴會的貴女們，除了林莫瑤之外，沒有一個人見過曾出現在園子裡的李響。

回去的一路上，林莫瑤不顧身後侍女的賠禮和哄騙，一邊走，一邊調整情緒，待走到沈康琳面前時，她已經恢復了常色。

「郡主、二姊。」林莫瑤走進涼亭，對旒萱郡主福了福身，臉上淡淡的，看不出情緒。

旒萱郡主笑著客氣了一句，便看向她身後的侍女，侍女對著旒萱郡主微微搖了搖頭，旒萱郡主的眉頭微不可見的皺了皺。

林莫瑤的表情太過淡然，讓沈康琳起了疑心，便問道：「阿瑤，妳可是哪裡不舒服？」

林莫瑤順著話道：「嗯，可能是早上吃壞了東西，這會兒難受得緊，想先回去了。」

「哎呀，這可不得了啊！不行不行，還是我陪妳一道兒回去吧，得趕緊回去請個大夫看看才是！」沈康琳聽了，從座位上站了起來，來到林莫瑤的身邊，隨後，在眾人還未反應過來時，就直接對涼亭裡的旒萱郡主說道：「郡主，今天我妹妹身體不適，我們姊妹倆就不多留了，還請郡主恕罪，容許我陪我妹妹先回去。」

話都說到這個地步，而且林莫瑤的臉色看起來也真的是不大好，旒萱郡主沒有理由再將人留下，只能尷尬地點點頭，叮囑林莫瑤好好休息之後，就讓人送她們出了園子。

等上了馬車，沈康琳才一把抓著林莫瑤的手，問道：「真是不舒服？」

林莫瑤輕輕搖頭，將手從沈康琳的手裡抽了出來，回道：「沒有，我騙她們的。」

「那是出什麼事了？墨蘭，妳說。」沈康琳扭頭去問旁邊的墨蘭。

墨蘭看了林莫瑤一眼，見她點頭，就將她們是如何跟著那個侍女走到後面，又是如何遇上二皇子李響的，都一一跟沈康琳說了。

聽完了墨蘭的回話，沈康琳的眉頭皺了起來，看著林莫瑤，一臉莫名其妙地說道：「什麼意思啊？這怎麼又扯上李響了？」

林莫瑤看著沈康琳，不知道該如何跟她解釋這件事情？難不成告訴她，他們想讓李響接近她，然後勾引她嗎？當然不能。所以，林莫瑤只能隨便找個理由將這件事給揭過去。

「不知道，可能是碰巧吧，畢竟這是平慶王府的別院，而且這園子這麼大，保不齊世子也在另外一邊邀請了二皇子等人呢。妳忘了，平慶王妃和貴妃娘娘可是一母同胞的姊妹。」

林莫瑤這麼一說，沈康琳的思路也就跟著被往這邊帶了。見她沒多想，林莫瑤才輕輕鬆了口氣。

「好吧，總之不管怎麼樣，今天沒吃虧就好。我跟妳說，那個女人單獨把我留下來，又讓人帶著妳出去的時候，我就一直很害怕，擔心她對付不了我，就想辦法找妳的晦氣。」沈康琳拍了拍胸口說道。

林莫瑤微微一笑，道：「我帶著墨蘭呢，她就算是想找我晦氣又能奈我何？若真的有人要找事，大不了讓墨蘭全部給揍了就是，怕他們做甚？」

沈康琳被她一句話給逗樂了，噗哧一聲笑道：「是是是，妳說得都對！」

丟開了不高興的事情，兩人一路上有說有笑的，在路過一家林氏愛吃的點心鋪子時，還特意買了點心帶回去。

第九十八章　月華的親事

姊妹倆回府的時候，徐氏也在沈府，見到兩人，臉上更是笑開了花。

「妳們倆不是去參加旎萱郡主的宴會，怎麼這麼快就回來了？」徐氏和藹地問道。

沈康琳小嘴一撇，便說道：「別提了，夫人還真當那個心高氣傲的旎萱是真心想請我們去參加宴會的嗎？若是真心實意的想邀請我們，便不會支開我，讓阿瑤——」

「咳！二姊，妳不是給娘買了點心嗎？點心呢？」林莫瑤見沈康琳的嘴沒個把門，差點把她今天遇到李響的事給說了出來，而且還是在她未來婆婆面前，連忙出聲打斷。

「啊？」沈康琳先是一愣，看到林莫瑤對自己投來的眼神，立即會意道：「對對對，我買了點心！點心呢？咦，點心哪兒去了？」沈康琳一看手裡，還真的沒有，這模樣直接逗笑了屋裡的人。

今天跟著沈康琳的是墨香，她上前一步，將自己手裡拿著的食盒遞給了沈康琳，笑道：「二小姐，點心在這兒呢！」

「啊，哈哈，謝謝妳，墨香！」說完，沈康琳從她手中接過食盒，直接放到徐氏和林氏中間的桌子上，笑道：「娘，這是專門給您買的，您最喜歡吃的松糕！夫人，您也嚐嚐。」

如今林氏對於沈康琳一口一個娘的已經漸漸習慣了，對她更是視如己出，甚至比對林莫瑤和林莫琪還要好，這會兒見沈康琳外出還記著給她帶點心回來，嘴角都快咧到耳後去了。

幾人一邊吃著點心，一邊說話，林莫瑤這才注意到，平時跟在林氏身邊的林月華竟然不在。

「娘，月華姊呢？」

林劉氏和林泰華一家幾天前已經離開了京城，單單只把林月華留了下來，這其中的緣由林莫瑤是知道的。

林月華在興州府被黃家人壞了名聲，林瑾娘不想她留在興州府受氣，只能將人送到林氏這裡來，想讓林氏作主給她找戶人家，林氏心疼這個姪女，就把人留了下來。林家人一走，林月華不可能一個人留在林家，林氏便把她接到了太傅府，這樣一來，跟林莫瑤和沈康琳也有個伴。

平時林月華都是跟在林氏身邊學規矩、學管家的，今日怎麼不見人影了？

提起林月華，林氏和徐氏相視一笑，說道：「我和將軍夫人有點事情要說，所以就讓她先回房了。」

林莫瑤來回看了兩人一眼，見兩人臉上的神情都透露著喜悅，心中猜測可能是託徐氏幫忙給林月華尋的親事有了眉目，兩人不好當著林月華的面談，便把人支開了。

這邊林莫瑤能想到的，沈康琳自然也想到了，只是她不像林莫瑤那般能沈得住氣，當場就問了出來。「有事？娘，是月華姊的親事嗎？」

沈康琳這一問，把林氏和徐氏都給驚了一下，隨即兩人同時無奈一笑，道：「妳這孩子，這種事情也要好奇？這是大人的事，妳一個姑娘家的，少問。」

「為什麼啊？現在月華姊可是我們家的人，她的親事我當然要問了！娘，妳們就告訴我們唄！」說完，還扯了扯旁邊的林莫瑤，想將她拉到同一陣線。

林莫瑤雖然嘴上不說，但是那雙眼睛就這樣直愣愣地看著林氏，一副尋求解答的模樣，讓林氏又是無奈、又是氣惱。

「妳們這兩個孩子真是……哎，告訴妳們也無妨，這人是將軍夫人介紹的，具體啊，妳們還是問她吧！」林氏直接把問題甩給了徐氏。

於是，兩人的目光又往旁邊挪了挪，看向了徐氏。

徐氏嗔怪地瞪了二人一眼，便說道：「是我家將軍麾下的一名小將，叫史帆，年前才剛剛調回京城，人品什麼的都還不錯，人也孝順懂禮。他家裡人口簡單，只有一個老母親和一雙弟妹，弟弟還小，妹妹去年議了親，準備今年年底就出嫁。這人是個孝子，當初徵兵的時候是征他爹的，不過那時候他爹病著，為了給他爹治病，他就自告奮勇去投了軍，拿了朝廷的撫卹給他爹看病，雖說最後人沒救回來，但是也改善了一家人的生活。他在戰場上立了不少功勞，我家將軍可憐他一家老小沒人照顧，就乾脆把他調回京城了。這人嘛，是沒得挑，長相也過得去，就是年紀有些大了。」

「幾歲了？」沈康琳問。

徐氏伸出了兩根手指，道：「今年二十二了，也是在戰場上耽誤的，他去投軍時也不過才十六、七歲。」

二十二歲，這要是擱在現代是年紀輕的，只是這裡的人都提倡早婚，所以二十二歲對他們來說，真的算是高齡了。但這都不是問題，男人年紀大一些反倒好，懂得疼人。

「那他家裡人怎麼樣？」這次問話的是林莫瑤。這人好，沒用，若是他家裡的人心眼不好，林月華嫁過去依然會吃虧受苦。

「左右鄰里都派人去打聽過了，都說這家人老實本分，還算是可靠的。」徐氏說道。

林莫瑤聽了，不由得感念徐氏辦事周全，連這個都想到了。

「這樣看來的話，確實是一戶不錯的人家。月華姊那邊呢？她怎麼說？」林莫瑤覺得，她們在這裡說再多都無用，關鍵還是得看林月華怎麼想的。

林氏噗哧一笑，說道：「我們這才剛剛商量好準備哪天讓月華去相看相看，還沒來得及跟她說呢，妳們倆就回來了。」

一聽「相看」，兩人的眼睛同時亮了起來，異口同聲地問道：「什麼時候？在哪兒？」

林氏和徐氏這次直接就笑了起來，抬起手點了點兩人。

「又不是讓妳們去，妳們這麼激動幹什麼？」林氏發現，林莫瑤從前沈穩的性子，自從到了沈家跟著沈康琳之後，也變得越來越活泛了起來。以前總覺得她這個小女兒太過懂事，現在看來，還是如今這樣知道調皮搗蛋比較符合她的年紀。

被林氏拆穿，林莫瑤和沈康琳一起吐了吐舌頭，沈康琳隨即說道：「我們幫著月華表姊一起去看看啊！阿瑤，妳說對吧？」

「對！」對於這件事，林莫瑤毫不猶豫的附和沈康琳。

林氏和徐氏被兩人鬧得無法，只能答應讓兩人陪著去。

「妳們跟月華一起去也好，這樣還能幫著她出出主意。」林氏說道。

林氏和徐氏挑了個時間，帶著林莫瑤、沈康琳還有林月華去了萬福寺，藉著這個機會讓林月華和史帆見了一面。

見過之後，林月華也滿意這門親事，從萬福寺回來不過半個月的時間，史家就在徐氏的幫忙下，去了太傅府提親。

婚期定下後，林莫瑤就派人去興州府將林瑾娘給接了過來。

林瑾娘表達了對林氏和徐氏的感激，之後便高高興興地把林月華送上了花轎。看著女兒如今能夠嫁得好，林瑾娘心中的大石才徹底的放下。

今年年初，在太子李賦的影響下，推廣了棉花的種植，這才不過一年的時間，到了冬天，京城裡大多數人都已經穿上了棉衣，不過也就是那些達官貴人或者家中有些家底的。

儘管如此，卻已經是往前邁了一大步了，如今棉已經漸漸成為了人們冬日裡禦寒的主流。

一轉眼，又到了一年的大年三十，與以往不同，今年的團圓年不再只是母女二人，而是多了沈家三口；另外，林泰華在除夕前一夜也到了京城，這讓林莫瑤很是意外。

「大舅，您怎麼會來？」林莫瑤奇怪地問道。這個時候，林泰華不是應該留在林家村陪家人過年嗎？

林泰華回道：「是太子召我進京的。」

林莫瑤滿心奇怪，太子這個時候召林泰華進京幹什麼？

沒過幾天，林莫瑤就知道了太子召林泰華進京的目的。

宣旨的太監都走好遠了，林泰華還愣著沒回過神來，手裡捧著聖旨，有些無措地看著身邊的幾人，目光落在林莫瑤的身上，喃喃道：「阿瑤，大舅這是……當官了？」

林莫瑤眉頭輕蹙。雖然不理解為什麼李賦會在這個時候給林泰華一個司農的官職，可見林泰華這激動的樣子，她只能暫時將疑惑放到了心裡。「大舅，是真的，阿瑤恭喜大舅了！」說完便對林泰華盈盈一拜。

林泰華這個時候才知道，自己不是作夢。

為了弄清這個疑惑，林莫瑤去找了赫連軒逸。

聽了林莫瑤的來意之後，赫連軒逸嘆了一口氣，說道：「阿瑤，這是太子殿下的條件。」

「條件？」林莫瑤一愣，問：「什麼條件？」

赫連軒逸看著她，突然說道：「太子這個人雖說大義，卻並不是一點疑心都沒有的。我將那畫了銀礦的地圖交給他時，太子就有了疑慮，而且一語中的，說這地圖是出自妳手，我知道他是在詐我的話，可當時我太過緊張妳，被太子給詐了出來，無奈之下，我只能和太子約法三章，由他出面解決這張圖紙的來歷，而我，必須要答應他幾個條件。」

聞言，林莫瑤的眉頭皺了皺，心中覺得這個太子真是太奸詐了，但還是問道：「什麼條件？」

「這第一個條件，就是保證我赫連家世代忠心。這點毋庸置疑，我赫連家幾代忠臣，自然不可能做出背主叛國的事。而第二個條件，便是妳。」赫連軒逸說道。

林莫瑤驚訝地指了指自己，疑惑道：「我？」她有些驚訝，太子怎麼會用她提條件呢？

「太子殿下隱隱猜到林家現在的一切都與妳有關，他不相信妳只是普普通通的一個農女，在妳身上必然有過人之處，只是，礙於我的關係，太子殿下一直沒有對妳下手調查，這也算是我欠太子殿下的一個人情。這次地圖的事之後，太子殿下答應我保妳，但也提了條件，就是讓妳從今以後和我一樣，以妳之長，用心地輔佐他、幫助他。」赫連軒逸慢慢的解釋道。

聽完了赫連軒逸的話，林莫瑤這才道：「所以，他才主張讓我大舅做這個什麼司農，其實也只是為了替我找個掩飾，對嗎？」有了林泰華的官職在身，他們家以後不管是種什麼或研究什麼作物，都可以不必再偷偷摸摸的。但這也有弊端，那便是他們也無法再借著這些來牟利了。

只是，換個角度想想，李賦的這個做法，何嘗不是還有另外一層目的呢？林莫瑤最終嘲諷一笑，冷冷道：「說得好聽，是替我掩飾；說得不好聽，不過是想將我的家人抓在手裡，讓我多一份顧忌罷了。何況，若大舅身在這職位，卻做不出成績，必然會受到懲罰，這樣一來，我就必須要幫著大舅，間接也就是在幫他，呵呵，好一個太子殿下，真是好算計啊！」

「不是啊，阿瑤，太子殿下他……」赫連軒逸還想解釋什麼，可一開口之後卻沒什麼底氣，畢竟，他很清楚，林莫瑤說得都對。

林莫瑤看他眉頭都揪在一起，頓時心就軟了。「逸哥哥，我都明白，你放心吧，我知道該怎麼做。」

縱使李賦算計了自己，可這也無法否認他確實是個適合的皇帝人選。雖然林莫瑤早早的就決定要幫太子，但這樣被他算計了一把，這心裡還是有些不大舒服。

因為嘔著這口氣，即使後來太子借著柏婧紓的手給她送了好幾次禮，林莫瑤都表現淡漠，甚至拆都不拆，就直接將太子送來的東西丟進倉庫。

除了給林泰華弄了個司農的職位，李賦還給林莫瑤和沈家人送來一個震撼的消息。據他的人說，秦貴妃有意替二皇子指親，而這個人，極有可能是沈康琳。

沈家人因此急壞了。他們不想讓沈康琳嫁給李響，李賦和皇后娘娘也不想，所以這段時間，秦貴妃在勸皇帝賜婚，皇后也在攔著皇帝賜婚，可這拖不了多久。

若秦貴妃真的說動了皇帝賜婚，這事就沒有回轉的餘地了，因此當務之急，就是幫沈康琳定下一門適合的親事，這樣秦貴妃就沒有理由再盯著沈康琳不放。

林氏這段時間天天忙著這件事情，可挑來挑去，總挑不到順眼的，眼看時間越來越緊迫，又挑不到人選，林氏這一急，就暈倒了。

這下可將沈家上下給嚇壞，已經領了官服和聖旨準備回興州府的林泰華，都嚇得將回家的行程給改了日期，沈德瑞更是直接丟下太子和一眾讀書的皇子，直奔回太傅府。

跟著他一起來的，還有太醫院的太醫。

「李大人，你趕緊替我夫人看看，這人好好的怎麼就突然暈倒了呢？」沈德瑞急聲道。

被稱為李大人的太醫聽了他的話，連連點頭，道：「太傅大人放心，老夫一定好好替夫人診治。」說完，已經有隨侍的藥童搬了椅子放到床邊，並且擺放了把脈枕。

過了許久，李太醫終於收回了手，眾人目光急切的看著他，等待結果。

「李大人，我夫人究竟怎麼了？」沈德瑞急問。

李太醫臉上的神情微妙，對著沈德瑞抱了抱拳，笑道：「老夫在這裡先恭喜沈大人了。」

此話一出，沈德瑞直接愣住，問：「恭喜？你恭喜我做什麼？」

李太醫哈哈一笑，說道：「沈大人，尊夫人這是有喜了，老夫不該恭喜你嗎？」

「等等，你說什麼？」沈德瑞以為自己聽岔了。

李太醫輕笑一聲，道：「沈大人，尊夫人這段時間太過勞累，對身體可不好，這胎隱隱有些滑胎的跡象，還是小心一些為上吧！我這就給夫人開幾副安胎藥。」

沈德瑞還傻站在那裡，一動也不動，還是一旁守著的林莫瑤等人最先回神。

林莫瑤叫過墨蘭，吩咐道：「墨蘭，妳帶李太醫出去開藥吧。」然後踹了一旁的沈康平一腳，說道：「大哥，你去送送李太醫。」沒辦法，沈德瑞這會兒人就像傻了一樣，指望不上啊！

所有人都動了起來，林氏也在這時幽幽醒轉了。

甫得知這個消息時，林氏和沈德瑞一樣，都有些愣神，隨後伸手撫上腹部，心中覺得驚喜。

她竟然又有孩子了，是她和老爺的孩子啊！

第九十九章　求娶

如今林氏有了身孕，一些事情便不好讓她再操心。這高齡懷孕本就危險，若是再勞累過度，影響了肚子裡的孩子可怎麼辦？況且如今月份還淺，不過才兩個多月，萬一出什麼事可就糟了。

但是，眼前最大的問題便是沈康琳的婚事。如今太傅府只有林氏一個主母，她不忙活，誰來忙活？若是因為她的身體而耽誤了沈康琳，到時候給了二皇子和秦貴妃可乘之機，林氏怕是會自責一輩子的。

柏婧紓送來消息，說秦貴妃這段時間已經連續請了皇帝好幾次，若非每次都是皇后以身體不適的理由給擋了回去，怕是早就已經得逞。只是，皇后也不可能總是幫他們攔著皇帝不去見秦貴妃，歸根究柢，還是要沈家自己把這個問題給解決了。

沈德瑞真是一夜之間都要急白了頭髮。

「老爺，妾身真的沒事，這件事情不能再拖了。」林氏半躺在床上，有些著急。

聽了林氏的話，沈德瑞臉上第一次出現了矛盾的神色，看著她，又想到那個自己捧在心間的女兒，真的是無法取捨。

看著林氏為她勞累，還差點出事，沈康琳愧疚得要命，不想再讓林氏操心勞累，若是李響真的要娶她，那她就嫁給他好了。

只是，深知李響這個人有多虛偽的林莫瑤，怎麼可能會同意沈康琳嫁給李響？所以，第一個站出來反對的就是她。但林氏現在的情況也不容輕忽，萬一再出什麼岔子，肚子裡的孩子怕是就保不住了。

林莫瑤猜測，林氏這次有孕，是不是冥冥之中注定，她那對雙胞胎弟妹要回到他們身邊了？為了讓他們能順利出世，這林氏是真的不能再亂跑了。

就在大家急得上火的時候，林紹安突然站了出來，說了一句讓眾人震驚不已的話——

「姑姑，把阿琳嫁給我吧。」

林紹安比林莫瑤大幾個月，沈康琳雖大林莫瑤一歲，卻比林紹安才大幾個月，也因此，林紹安從不肯喊沈康琳一聲姊姊，總是阿琳阿琳的叫著，這會兒說出這話，別說林莫瑤、林氏和沈德瑞父子了，就是沈康琳都直接被嚇傻了。

林泰華一把拉過自己的兒子，喝斥道：「三郎，這種話豈是你能胡說的！沈小姐什麼身分，怎是咱家能高攀的？你這小子，我看你是讀書讀傻了吧！」

林泰華的話毫不客氣，這話落在沈德瑞的耳中，只見他微微蹙了蹙眉，一臉的不贊同，就連沈康琳都皺了皺眉頭，似乎有話要說。

對於林泰華的話，林紹安不以為意。既然已經說出口了，那乾脆就一次說清好了。他甩開林泰華的手，面對眾人，斬釘截鐵地說道：「爹、姑姑、老師，我沒有胡說，我是認真的！我現在是配不上阿琳，但我會努力的，等我高中，一定會用八抬大轎風風光光娶阿琳的！」

林莫瑤意外地看著林紹安。這個時候她才發現，原來那個從小跟自己鬥嘴的少年，不知不覺中竟已經長成了翩翩小公子，而此時的他，說起求親的話來，雖有些羞澀，但面對這麼多人卻並不見任何膽怯，光憑這份勇氣，便是許多人不能比的。

林泰華被林紹安給震住，而林氏和沈德瑞則是對視了一眼。

林紹安是林氏看著長大的，又是她的親姪子，知根知底，且這孩子也是個上進的，比起這段時間挑來挑去的那些公子、少爺，確實是較適合的人選了，只是家世上的確和沈家並不相配。

對沈德瑞而言，林紹安是他的學生，品性上他自然很清楚，若是沈康琳真的嫁給他，將來必然不會受委屈，想到這裡，沈德瑞不禁有些動容了。

夫妻二人在對方眼中看到了猶豫和動搖，只是現在孩子們都在這裡，而且，這件事情說到底還是要沈康琳自己同意才行，不然豈不是害了她？

「好了，這件事情以後再說吧。琳兒、阿瑤，妳們先回去吧。」沈德瑞看著兩個女兒，嘆了口氣，揮手趕人。

沈康琳還有些愣愣的，被林莫瑤給拉著出了門。

沈德瑞見兩人離開了，再次看向林紹安，終究是什麼都沒有說，也揮了揮手，讓他先回去。

林泰華這會兒因為林紹安的突然求親，導致他面對沈德瑞的時候有些不好意思，見林紹安走了，叮囑林氏好好休息之後也離開了，房間裡頓時只剩下夫妻二人和沈康平。

「平兒。」沈德瑞喊了一聲。

「爹。」沈康平知道，沈德瑞單獨留下自己，怕是有事要吩咐。

沈德瑞和林氏對視一眼，終於嘆了口氣，對沈康平吩咐道：「找個機會散播一些流言出去，就說琳兒生病了，我們準備給她定門親事沖喜。」

沈康平愣了一下，驚訝道：「爹？」沈德瑞這樣做，豈不是將沈康琳往李響母子手裡推嗎？若是這時流言傳到宮裡，秦貴妃借此機會讓皇帝賜婚，那他們就真的擺脫不掉了啊！

沈德瑞自然明白沈康平的憂慮，只淡淡道：「你儘管照我說的去做。」

沈康平還想說什麼，但是對上自家老爹那固執的表情，便知道自己說什麼都沒用，只能恭敬的應了一聲是，隨後走出門，朝著林莫瑤和沈康琳的院子而去。

這時林氏才抓著沈德瑞的手，擔心道：「老爺？」

沈德瑞拍了拍她的手，安慰道：「夫人放心吧，我心裡有數。」沈德瑞拉著林氏的手，抬起頭，定定的看向了皇宮的方向。

太子是他教出來的學生，不說別的，就是太子也絕對不會讓他們家和二皇子扯上任何關係，在這件事情上，沈德瑞認為自己還有時間。

接下來的幾天，沈家的氣氛一度很奇怪，特別是沈康琳，幾乎大門不出、二門不邁了，即使有時候逼不得已，一家人出來吃飯的時候，只要林紹安在，沈康琳都會隨便扒上兩口飯就藉口吃飽了，然後溜回院子。

而林紹安每每見沈康琳這樣，也是一臉的傷心，食不下嚥，最後就乾脆從沈家搬回了林家。

正好林泰華因為林氏有孕的事，跟吏部申請等林氏這胎穩定之後再走，也好回家給家中老母報喜。吏部的人也不為難林泰華，畢竟他這個司農雖是六品，卻不必在朝中任職，皇帝可是特許他回到興州府，在當地任職的，所以當林泰華一來申請，就直接同意了。

另一方面，林泰華不忙著走，也是存了些私心。他也希望自己的兒子能娶到一個好媳婦，說他對沈家抱了一絲幻想也好，說他不放心也好，林泰華就這樣多留了半個月，直到沈康琳找上林氏和沈德瑞。

再後來，外面的人就看到沈家一改往日的平靜，竟然開始張燈結綵了起來——竟是沈家的二小姐要定親了！

眾人好奇，是哪家公子能有這麼好的運氣，娶到了沈太傅的掌上明珠？一打聽之下才知道，原來這運氣好的公子便是如今太傅夫人娘家的姪子，同時也是沈太傅的得意門生。

這樣一看，兩家結親，倒是有些親上加親的意味在裡面了。

當這個消息傳到秦貴妃耳朵裡的時候，秦貴妃氣得狠狠摔了一個年份久遠的花瓶。與此同時，已經一個多月沒有到她宮裡來過的皇帝，突然破天荒的來了。

借此機會，秦貴妃故意問了一下沈康琳定親的事。也不知皇帝是有意還是無意，在秦貴妃提起這件事情之後，還高興得不行，哈哈大笑了幾聲，緊跟著就在秦貴妃的面前誇讚起了沈康琳和林紹安。

秦貴妃故意拐彎抹角的說，沈德瑞堂堂一個太傅，這孩子成親也太隨便了些，而且皇后娘娘和皇上對沈小姐那麼好，竟也不知道跟二人稟報一聲。

聽了秦貴妃這話，皇帝不以為意，但說出來的話卻將秦貴妃氣了個半死。

「沈愛卿跟朕說過了呀！皇后還把她珍藏了許久的那對同心墜都送給了琳兒呢！」

秦貴妃頓時鬱結。搞了半天，誰都知道，就只有她一直被蒙在鼓裡！

秦貴妃和秦相的如意算盤落空，如今想要拉攏沈德瑞和赫連家的這條路已經走不通了，接下來他們必須要重新謀劃才行。

近來，秦相已接連收到謝家生意受阻的消息，有些地方的店鋪竟然都已經到了開不下去、要關門大吉的地步，而幕後之人也漸漸跟著浮出了水面。

然而現在最讓秦相和謝家家主頭疼的，並不是生意上的問題，而是太子突然提出公開招選皇商的詔令。

皇商，顧名思義便是為皇家提供商業交易的商人。因為秦相的關係，這皇商的位置自然而然的就落在了謝家頭上，可是如今，謝家的生意漸漸衰敗，可以說是呈現了苦撐之勢，許多合作對象若不是顧及到謝家背後的秦相，怕是也早就抽身出來了。

皇商五年一選，從前因為秦相，每次都花落謝家，這次卻被太子給中途攔截，直接提議公開招選皇商，給出的理由也很簡單——能者居上。

這四個字當著眾朝臣的面說出來的時候，太子竟似笑非笑的看了秦相一眼，但秦相恍若未見，依然眼觀鼻、鼻觀心，只是在皇帝詢問眾臣意見時，淡淡的開口附和了一句，看似平靜，內心卻早已經怒不可遏。

皇帝准了太子公開招選皇商的提議，凡是大齊商人，符合資格的，都可以報名參加招選，只要拿出自己家的優勢來，打敗眾多對手，就能拿下皇商的位置，一躍成為全國最大的商人。

這個誘惑太大，不少曾被謝家壓制的商家世族也開始動了心思。縱使這些人不關心朝政，卻也知道，如今太子之勢已經漸漸快要超越秦相，只不過，讓他們看不透的是，老奸巨猾的秦相竟然一再忍讓，彷彿對於太子的步步進逼完全視而不見。

這一次的皇商選拔，由戶部、禮部和內務府三方齊審，太子負責監督。原本皇帝想要秦相從旁協助太子，卻被秦相以身體不適為由給拒絕了，太子也樂得輕鬆。最後，皇帝直接點了一個在京城住著的閒散王爺幫著太子，這事便這麼定下來了。為了讓全國上下的商人能有時間準備，尤其一些外地的商戶還得要從遠處趕來進京參加，這日子便定在六月下旬，那時候，林莫瑤的及笄禮剛過。

第一百章　大哥，我們做個生意吧

四月末，距離林莫瑤的及笄禮還有約兩個月的時間。林氏如今胎位已穩，而且請了宮中善於診治妊娠的太醫來把了脈，得知林氏肚子裡懷的是雙生子，沈家上下，除了早有心理準備的林莫瑤之外，無不震驚喜悅。

讓林莫瑤開心的還有另外一件事情。就在前幾天，外出遊學的林紹平突然託人給林莫瑤送了東西，原本是直接送回興州府老家的，可林莫瑤早已不在興州府，林泰華看著林紹平送來的東西像是某種種子，又不敢確定，最後便留了一半下來，剩下的讓人連夜快馬加鞭地送往京城，務必交到林莫瑤的手裡。

這日，林莫瑤和沈康琳正陪著林氏在花園裡散步，便聽見下人來報，說老家來人了。

林莫瑤一聽，便知定是興州府那邊派人前來，交代沈康琳和墨蘭照顧好林氏之後，林莫瑤便帶著墨香直接去了前廳。

現如今林紹安已經和沈康琳定了親，也沒住沈府，前院不過是沈康平一個人住著，林莫瑤到的時候，沈康平正在接見林泰華派來的人，這會兒正好奇地抓著那人帶來的種子研究呢！

聽見林莫瑤的動靜，沈康平連忙衝她招了招手，喊道：「阿瑤，妳快來瞧瞧，大舅這是送的什麼來啊？我咋從來沒見過？」

林莫瑤看到沈康平面前的桌子上擺了兩個袋子，便徑直走了過去。來送東西的人見到林莫瑤便要行禮，被林莫瑤攔了，見他風塵僕僕的模樣，讓門外伺候的婢女將人給帶了下去好生安頓，等安排好之後，才有空去看桌上袋子裡裝的東西。

只一眼，林莫瑤便認出了袋子裡的東西，先是愣了一下，隨後便是滿目的驚喜之色。待放下手中的種子，林莫瑤看向沈康平，問道：「大舅可帶話了？」

沈康平點點頭，往旁邊指了指。「帶了，說是讓妳看看這兩樣東西可認得？他瞧著像是種子，卻不敢下定論，讓妳看了東西後給他個消息，若是種子就抓緊下地。另外，信裡頭還有另外一封信，好像是妳那個平表哥給妳的，妳看看吧。」

「好，謝謝大哥。」林莫瑤道了謝，便將桌上的信封拿到手裡，順勢坐在桌子旁的椅子上看了起來。

信上所言和沈康平說的並無差別，顯然沈康平之前已經先看過了一遍，林莫瑤便將那封林泰華寫的信收了起來，打開了另外一封。

這信上的字跡，一看便是林紹平的，林莫瑤看了一眼落款之後，確認了來信之人，便仔細看了起來。

信上林紹平先是交代了一下自己這一路的行程，所見所聞都簡略的帶過了一些，他說他一路走，一路記，竟然都寫了好幾本冊子了，這次他送信和東西回來的時候，便把手冊都一併送了回來。

看到這裡，林莫瑤猜想，可能是林泰華著急種子的事，覺得這手冊暫時不重要，便沒讓人帶過來吧。

看到後面，林莫瑤才知道，原來林紹平當時離開興州府之後，原本一路往江南方向，但中途卻碰上了意外，在渡河的時候上錯了船，等到發現時，他們已經往南方去了。左右這次出來就是為了遊學，林紹平乾脆就跟著這艘商船，直接順流而下，去了南方的沿海地區。

根據林紹平的描述，林莫瑤猜測，他怕是直接到了現代的福建、廣州一帶了。想到這裡，林莫瑤便對桌上兩袋種子的來歷釋然了。

收好信，林莫瑤突然抬頭看向對面的沈康平，粲然一笑，說道：「大哥，想不想做筆生意？」

林紹平讓人送回來的兩包種子，有一包是瓜子，另外一包，如果林莫瑤沒有認錯，應該是番茄的種子。

現在番茄還未出現，只在沿海地區極少的人家裡有，但也只是被當成了觀賞植物，並不知道它的食用價值。

按照林紹平的說法，這兩樣種子是兩個番邦人帶來的，他乘坐的那艘船上正好就有另個番邦的商人，他們大力吹捧這些種子。可惜的是，船上的商人們都比較看重實際的東西，像是珠寶香料，還有一些番邦的玩意兒等等，對於這種還不知道能不能種出東西來的種子，他們是不屑一顧的。

想到家裡的林莫瑤就喜歡折騰這些，林紹平乾脆出錢將這些種子買了下來，一下船就立即找了人將東西送回興州府。那個時候已經是二月底了，林紹平一度擔心會趕不上下種。

實際上這兩個東西，對於下種日期還真的沒什麼講究，只要不是寒冬臘月，下了種，基本上都能長出來。

林莫瑤拿了一些種子放在手裡發現，確實因為時間久遠，一些種子已經發黴，但大多數都還是好的。不過，就算只有一顆種子是好的，對於林莫瑤來說也是好消息。

沈康平無心入仕，一直以來就喜歡打理自家莊子和鋪子的生意，反而樂得輕鬆。自從林莫瑤跟著林氏到了沈家之後，沈康平簡直就是如虎添翼，時不時的就和林莫瑤湊在一起，琢磨一些新的賺錢點子。

林莫瑤腦子裡其實有很多能賺錢的法子，只是她不能告訴沈康平。樹大招風，若是他們家再將生意做大，怕是會被不少人盯上，所以她平時也就陪著沈康平小打小鬧一番。

聽林莫瑤說有筆生意要做，沈康平立即來了興致，問道：「小妹，什麼生意？說來聽聽。」

林莫瑤先沒有回話，而是似笑非笑的看著沈康平。「若是讓爹看到你現在的樣子，怕是又要說你了，整天不務正業，也不好好讀書。」

沈康平不以為意，現在聽到這些話甚至連眉頭都不會皺一下了，說道：「如今有了小安，爹才不會管我呢！快說快說，妳要做什麼？」

林莫瑤無奈苦笑。自從林紹安和沈康琳定下了婚事之後，沈德瑞對他可謂是更加的嚴謹了，每日除了去給太子和諸位皇子上課，其他時間都把林紹安叫來指點學問，這一段時間，林紹安的學問比起以前，可謂是突飛猛進。

林莫瑤和沈家兄妹倆都有些同情他，可林紹安卻樂在其中，用他的說法就是，只有這樣刻苦學習，科舉的時候才能一舉中第，然後風風光光的娶沈康琳過門。

一句話，既向沈德瑞表明了自己學習的決心，也哄了沈康琳高興。

收回思緒，林莫瑤看向沈康平，指了指自己面前的種子，說道：「這個。」

沈康平眉頭皺了皺，問林莫瑤。「阿瑤，妳還沒告訴我這是什麼呢？瞧著像是種子？」

林莫瑤輕輕點了點頭，抓了幾顆瓜子，當著沈康平的面給剝了，然後把瓜子仁遞給他。「哥，你嚐嚐。」

沈康平看了看林莫瑤，又看了看她手心的瓜子仁，想了想，還是將瓜子仁放進了嘴裡。這種味道很奇怪，現在也不是沒有瓜子，只不過都是南瓜子，後來有人發現西瓜籽也能吃，便又多了西瓜子。只是，這些瓜子仁的味道和眼前這個瓜子的味道完全不一樣，最主要的，這個瓜子比起南瓜子和西瓜子要好剝殼許多。

「這是什麼？還挺好吃的。」沈康平吃完了林莫瑤剝好的幾顆瓜子之後，就想伸手再去拿袋子裡的，卻被林莫瑤給攔了，隨後她對外喊一聲，墨香就走了進來。

「小姐。」墨香行禮。

林莫瑤取出手帕，捧了一捧瓜子放在上面，然後包好交給墨香，交代道：「妳去廚房，找個砂鍋燒乾水分，裡面放些鹽，然後將這些瓜子放進去炒熟了端過來。」

墨香接過瓜子，對二人躬了躬身便退了出去，徑直去了廚房。

林莫瑤讓沈康平不要著急，兩人就這樣坐著等，沈康平好奇，林莫瑤就由著他去拿生瓜子剝著吃。這一袋種子有個十多斤呢，就讓他吃點好了。

沈康平越吃越上癮，對這個嘴裡嗑下時的聲音很是享受，不知不覺的就吃了不少。

林莫瑤見他手速越來越快，只能無奈地攔下來。

「哥，照你這麼個吃法，咱們這些種子可就沒了。」林莫瑤說道。

沈康平聞言才回過神來，一看自己的面前果然已經堆了不少瓜子殼，連忙尷尬的笑了笑，說道：「阿瑤，這東西我是越吃越想吃，不知不覺就吃了這麼多，幸好妳提醒我了，不然啊，這種子都要被我吃光了！」

林莫瑤嗔怪地瞪了沈康平一眼，隨後笑了起來。

就在這時，去炒熟瓜子的墨香端著盤子走了進來。

精緻的白瓷高腳果盤上，黑白相間的瓜子一粒粒的堆放在那裡，看著便覺賞心悅目，等到果盤一放下，沈康平就迫不及待的抓了幾顆放到嘴裡嗑了起來。比起生瓜子，炒熟的瓜子顯然要好嗑許多，上下牙這樣一合，瓜子就開口了，舌尖一點，瓜子仁便落進了嘴裡，而且比起生瓜子，炒熟的瓜子味道要好了不止半點，這讓沈康平很是意外。

「不錯，好吃！」沈康平高興的連吃了好多，若不是看著盤子裡所剩無幾了，還得留著給家裡那麼多人嚐嚐，怕是就要全部吃光了。想到這裡，沈康平看向了旁邊的袋子，只是，一想到這些都是種子，為了將來能吃到更多，沈康平決定忍了。「阿瑤，妳說吧，要哥哥做什麼？」

林莫瑤揮手讓墨香下去，隨後低聲說道：「哥哥也看見了，咱們現在就這麼多種子，還有一半種子在大舅那裡，他那邊種出來的，怕是最後都落不到咱們手裡。」說完，林莫瑤還特意往上指了指。

沈康平立即會意。如今林泰華得了一個六品司農的職務，也就是說，凡是林泰華種出什麼新品種或者新吃食，怕是都必須上交到工部，由朝廷考核之後，統一在全國進行推廣，而這也是太子護下林莫瑤的條件，這件事沈康平是知道的。

當初沈康平得知這件事情的真相時，差點沒給嚇了個半死，他怎麼也想不到，太子找到的那些銀礦，竟然都是出自林莫瑤之手，這讓沈康平意外的同時，也有些後怕。

哪怕太子只要動了一點點的私心，別說林莫瑤，就連他們沈家恐怕也是難逃波及。好在最後，太子選擇相信了他們，這也是沈康平直到後來一直都效忠太子的原因。

沈康平曾私下問過林莫瑤，她是如何得知這些地方有銀礦的？林莫瑤自然不能拿當初糊弄林家人的那一套來糊弄他，只告訴他，自己是夢到的，而且說得極為認真。沈康平雖然覺得這個說法有些荒謬，可事實擺在眼前，似乎也只能這樣解釋了。林莫瑤意外的是，沈康平聽了她的解釋之後，居然只有一絲絲的疑慮，隨後就相信了她，並且再三叮囑她，這件事絕不許再跟任何人提起，跟沈德瑞、林氏和沈康琳都不能說，哪怕這些人都是他們如今最親近的人。林莫瑤心下感動，對沈家的人就更好了。

林莫瑤要沈康平做的事情很簡單，就是讓他找個機會去周邊買個莊子，不需要太好的土地，但是一定要大，土地的品質中等就行，最主要的，要旱地多，儘量不要水田。

如今京城周邊的土地貴如天價，沈家雖說也有個莊子，可現在早已種了糧食，而且旱地很少，大多都是水田，裡面都種了稻子，總不能為了種這些瓜子和番茄，將旱地裡的其他糧食都給毀了吧？

兄妹二人一商量，就決定去遠一些的地方看看。林莫瑤還有兩個月就要及笄，而且已經和赫連軒逸訂了親，出門不是很方便了，這件事就落在沈康平的身上。

沈康平也不敢耽誤，當天下午就派人去了牙行，說明了自己的要求，讓牙行的人幫著挑選適合的地方。

太傅府公子提出來的要求，牙行的人自然不敢有半點懈怠，當天晚上便送來了信，說有兩個地方的莊子符合沈公子的要求，並且說了，隨時可以帶沈公子去看看。

沈康平問過林莫瑤，便回了牙行的人，約定了第二天去看看。

林莫瑤本想跟著去看地的，但早上起床時，發現床上染上了紅色的血跡，再加上小腹微疼，已經活了三世的林莫瑤哪裡還不明白自己這是怎麼了。

墨香進來伺候林莫瑤起身時，發現林莫瑤還坐在床上，便走過去笑道：「小姐可想起來了？」

林莫瑤淡淡地搖了搖頭，然後挪動了一下身子，將身下的紅色部分給露了出來。

墨香只看了一眼，便明白了，隨後對著林莫瑤福了福身，恭喜道：「奴婢恭喜小姐。」在這個時代，女子來了月事便說明長大了，可以嫁人了，這也是成人的一種象徵。聽著墨香的恭賀，林莫瑤心中無奈地嘆了口氣。在現代，自己這個年紀不過是個初中生而已。

林莫瑤來了月事，這事自然是要通知林氏的，墨香一面讓門口的丫鬟去林氏的院子稟報，一面伺候林莫瑤起身。先是去了裡間清洗一番，隨後換上了月事帶，這才在墨香的幫助下，挑了一身深色的衣裙穿上，做完這一切，林氏也聞訊趕來了。

林氏的肚子現在是越來越大了，雖說才四、五個月，卻因為是雙生子，肚子愣是比旁人六、七個月的還要大一些，儘管林氏一再強調自己沒事，可沈德瑞和沈家其他人卻不敢有半分怠慢，即使是從林氏的院子到林莫瑤的院子這麼近的距離，身邊也都跟著五、六個人，小心翼翼的攙扶著。

林氏進門的時候，林莫瑤剛剛穿戴好。

「阿瑤！」林氏高興的喊了一聲。聽了下人來報，說林莫瑤來了月事，這可把林氏給高興壞了，這說明自己的女兒已經長大成人了。

林莫瑤一轉身，就見林氏在婢女的攙扶下走了進來，連忙迎了過去，將林氏扶著坐到了軟榻上。「娘，您怎麼來了？」

林氏眉宇間滿是喜悅的看著林莫瑤，笑道：「我的阿瑤終於長大了！」

林莫瑤一聽，臉色便紅了起來。

林氏笑笑，拍了拍林莫瑤的手，特意說了一些月事來時的注意事項。在現代，林莫瑤沒有媽媽，這種事情全靠自己，前世時秦氏更不可能替她操心這些。今天，是林莫瑤真正第一次從母親的口中知曉這些女兒家必須經歷的事，一時間，她內心五味雜陳，眼淚不自覺的便蘊上了眼中。

林氏說著說著便發現林莫瑤眼中蓄起了淚水，立即慌了，擔心的問道：「是不是疼了？別怕，這第一次來是要疼一些的，娘已經讓廚房給妳燉了紅糖水，一會兒喝一點就好了。」

「嗯，我知道了。」林莫瑤驚覺自己的失態，連忙擦了擦眼角，點了點頭。

因著林莫瑤月事突然來了，林氏便怎麼也不同意林莫瑤跟沈康平出門，最後，只能沈康平獨自一人跟著牙行的人去看那兩個莊子。

林莫瑤待在屋子裡，手裡抱著湯婆子捂在肚子上，總算是緩解了些不適。可是坐著坐著，只覺下身一道暖流，緊跟著，便感到濕漉漉的了。林莫瑤嘆了口氣，起身走進內室，又換了一條月事帶。就在這時，林莫瑤突然靈光一閃，看著手中的月事帶就愣住了。

墨香見林莫瑤半天沒出來，便跟著走了進去，就看到林莫瑤正拿著一條乾淨的月事帶發呆，遂走過去問道：「小姐，要不要奴婢幫忙？」

林莫瑤微微搖了搖頭，隨後抬頭看向墨香，突然道：「墨香，幫我做個東西。」

林莫瑤讓墨香取來了棉花，然後將月事帶拆開，把棉花塞進去，最後再縫上。棉花的吸水性強，這樣一來，即使量多，也不需要一次就換了，省了不少麻煩。

林莫瑤將原理說給了墨香聽，墨香聽後恍然大悟，也覺得這樣省事了許多。

當天晚上，墨香便在房間裡自己琢磨著，按照林莫瑤所說的又做了幾個出來。

第二天，墨香將新做的月事帶拿給林莫瑤的時候，林莫瑤還驚訝了一下。

墨香將月事帶最下面的一層布料換成了不易被水浸濕的布，在上面縫上了一層軟軟的棉布，再放上棉花，最上層用的卻是棉布當中最軟的，因為棉布的吸水性比其他任何料子都要好，這樣一來，吸納性便比之前做的要強了許多。另外，因為最下面一層面料是不易浸水的，所以便不容易沾到裙子和褲子上。

林莫瑤讓墨香將這個新做的月事帶交給了栩星閣的繡娘，並且教會她們怎麼做之後，不過幾天就在栩星閣推出了。

不過現在的女人，誰不會做個手工啊？這樣一來，只需要買一個回去拆了，便知道這月事帶是怎麼做的，所以，林莫瑤並不指望這個能賺多少錢，純粹是為了方便女性同胞們。

沈康平的辦事效率很高，說是去看莊子，結果回來的時候連地契都帶回來了。

林莫瑤看了一眼，地契上寫的竟然是自己的名字。

「大哥，這怎麼是我的名字？」這次買地，沈康平沒有要林莫瑤的錢，而是用了沈家公中的錢，所以，當看到地契上的名字時，林莫瑤有些意外。

沈康平道：「這個莊子就留著，給妳以後當嫁妝。咱家現在有兩個莊子了，原來那個是我娘留下來給阿琳做嫁妝的，這個就留給妳，這樣妳們倆就都有了。」

林莫瑤愣了愣，問道：「爹和娘知道嗎？」

沈康平想也不想的回道：「說了，娘一開始是不同意的，但爹卻是舉雙手贊成。妳又不是不知道，娘拗不過爹的。」

林莫瑤聽了他的話，心中感動。「那我就謝謝爹和大哥了。」

沈康平自然注意到了林莫瑤的情緒波動，只是林莫瑤不多說，自己也就不拆穿，而是大笑了兩聲，說道：「現在莊子也有了，接下來該怎麼做？」

林莫瑤也不跟他客氣，大大方方的將地契收了起來，隨後說道：「這事還是得煩勞哥哥出面，找些可靠的長工或者佃農，然後將這兩種種子發下，讓人趕緊種下去。至於種法，沒什麼講究，只要和平時種菜時一樣侍弄就行了。」

「好。」沈康平應下。

林莫瑤想了想，又道：「如今恐怕還沒有人知道這些種子是做什麼用的，長出來的東西又是什麼，但是，難免有心人見咱們這樣大動作，會動了歪心思，所以，在挑人的時候，還煩勞哥哥一定要看清楚了。」

沈康平聞言點點頭，道：「我知道，放心吧。」

幾乎是同時間，位於林家村的林泰華也帶著人，將他留下的一半種子種到了地裡。

沈德瑞和林氏自然也注意到了兒女的行為，不過，這兩人平日總喜歡湊在一起做點生意，如今有了乘龍快婿，沈德瑞反而對沈康平到底入不入仕不那麼糾結了，任由他自己發展，自己的重心則是放在了培養女婿上。而林氏也只是叫來林莫瑤叮囑了幾句，要他們不可胡來，之後就再也沒管過他們。

以至於等到後來葵瓜子和番茄風靡整個大齊，沈康平嘩啦嘩啦地往家裡搬銀子時，兩人才知道這兄妹倆幹什麼去了。

第一百零一章　皇商人選

五月，林莫瑤的及笄禮，自然又是一番熱鬧。考慮到林氏的身體狀況，所以並沒有大辦，只有幾家關係親近的來熱鬧了一下。因為現在京城裡大家關心的都是最新的皇商選拔，也就沒有人注意到她的及笄禮了。

太子將皇商選拔的日子定在了六月，這時全國上下想要試一試水的商人都已經到了京城，這讓京城的房價再一次飆升到了頂點，一座小院的價格已飛漲到了萬兩以上。

謝家作為前一任皇商，這個時候自然也得出現在選拔會上，並且，要當著所有商人的面，將皇商專屬的印鑑和權杖上交給李賦，等到最後選拔結果出來了，再由李賦親自交給新任皇商。謝家如果想重新拿回權杖和印鑑，只需要打敗其他人，拔得頭籌就好了。

不過，只有謝家家主自己清楚，現在的謝家已經名存實亡。對外或許還是那般風光的模樣，實際上只有他們自己知道，謝家如今只剩一個空殼了。

經過層層篩選，最後分別是興州府的蘇家、青州的胡家、蘇杭的王家、桂州的花家，最後一個便是京城的謝家，五家一起進入最後一輪的選拔。

這最後一輪，便是至關重要，也是最簡單的一關——盤查家底和手下店鋪經營的情況。

一聽到這個選拔要求，謝峰直接就懵了。如今的謝家如何還能禁得起這樣的盤查？若是真的查下來，只怕就要露餡了。

坐在一旁的蘇鴻博將謝峰的表情看在眼裡，嘴角浮起一絲冷笑，淡淡的掃了一眼，便扭過頭去，和一旁的王家家主說話了。

這蘇杭的王家其實和林思意所嫁的王家有些淵源。兩家同出一脈，也算是一個祖宗的，只是後來林思意的婆家遷到了興州府，而本家則留在了蘇杭。這也是為什麼王家到了興州府之後依然是做布料生意的原因。蘇杭盛產絲綢錦緞，有這層關係，自然生意都要好做一些。

這次的盤查關係到各家各戶的實際情況，不光是台上的五家，就是底下留下來圍觀的人們也很好奇最終的結果。

盤查的任務交由了戶部和內務府的人共同執行，也不知太子是不是有意，這次挑選出來盤查幾家人的人選，竟然沒有一個是秦相的人。

其實說是盤查，不過是查看一下幾家的帳本，然後隨機挑選幾樣去核實，再特地派人去到隨機的州縣，查看幾家隸屬的鋪子生意狀況和經營手段等等。這一盤查，便是半個月。

當所有人都以為謝家勝券在握的時候，聖旨上卻欽點了突然從興州府冒出來的蘇家，眾人一片譁然。

蘇家眾人以蘇老爺子為首，跪在台上接下聖旨的那一剎那，蘇老爺子整個人頓時一鬆，一股濁氣自他口中吐出。他老淚縱橫，手捧聖旨，連聲說著自己對得起蘇家的列祖列宗了。

謝峰和謝勁松這個時候才知道，原來，那股一直在背後打壓謝家生意的勢力，竟然就是蘇家的人，而他們竟然都毫無察覺。當看到太子親自將印鑑和權杖交到蘇鴻博的手裡，那若有深意的目光時，謝峰父子還有什麼不明白的？就這樣跌坐在了椅子上，久久不能動彈。

而一直在暗處觀察著這一切的秦相，在看到這一幕之後，狠狠地甩了甩袖子，帶著隨從離開了。

其他幾家家主都來恭賀蘇鴻博，只有蘇老爺子在下人的攙扶下，慢慢走到謝家父子所在的位置，就這般定定的看著謝峰父子，最後，將目光落在臉色灰敗的謝勁松身上，冷笑一聲，開口道：「謝老弟，真是好久不見了。」

蘇老爺子看謝家父子的眼神，除了嘲諷之外，更多的還有恨意。蘇家和將軍府牽上線，最後透過將軍府到太子殿下面前表忠心，立下了生死狀，這一切的一切，都只是為了從謝家手中奪回屬於蘇家的東西。

作為幕後支撐的太子，既然要從蘇家這兒得到好處，自然要給點甜頭，而這個甜頭便是當年蘇家大公子病死的真相。

蘇家大公子是病死的不假，但，卻不是他自己想生病的。

原來，當初蘇大公子和現在的謝峰一同出去押送貨物，在回來的途中，蘇大公子在謝峰有意無意的引導下，收留了一個在外流浪的乞兒，這人為了報答蘇大公子的「恩情」，便主動擔起了伺候蘇大公子的職責，但後來這名乞兒突然就消失不見了。

蘇大公子本想查找，卻被謝峰告知，這人怕是找到了家人，蘇大公子對謝峰的說辭不疑有他，就這樣繼續趕路，只是沒過幾天卻突然病倒，而且還是很嚴重的疫症，找了大夫看也看了，藥也喝了，卻還是越來越嚴重，最後連家門都沒能進，就撒手人寰了。

實際上，那個所謂的乞兒便是謝家人自己找來的，以他一人之命，換取他家人後半生的無憂。謝家給了很大一筆錢，讓乞兒將疫病傳染給蘇大公子，這人想著，自己本來就要死了的，能在死前幫著家人謀條生路也好。

只是，在伺候蘇大公子的同時，這人也感受到蘇大公子的善良，動了惻隱之心，不想再害蘇大公子，就在他糾結要不要把這件事告訴蘇大公子時，卻被謝峰發現了他的異樣，將他騙到一個山崖旁邊，直接就推了下去，蘇大公子那邊卻只以為他是找到家人，自行離開了。到這個時候，蘇大公子想的都是沒能給乞兒多帶些錢，好讓他以後的日子好過一些。

太子徹查當年蘇大公子的死因，結果在派人查探蘇大公子一行人當初走過的路時，在附近山崖下發現了一具屍骨。

讓人意外的是，屍骨中有塊玉珮，經核實，正是蘇大公子當年的貼身之物。太子命人驗骨，查出疑似有疫症遺留，再結合時間推敲，大約能與當年蘇大公子病逝的時間相符。

順著這條線索追查下去，最終查到了謝家父子身上，也正是因為這件事，才讓蘇家父子對太子更加忠心耿耿。

蘇老爺子站在謝勁松面前，謝勁松坐著，蘇老爺子站著，只見蘇老爺子居高臨下的看著他，眼中有著濃烈的恨意，雙手因為忍耐而輕輕的顫抖著。過了一會兒，蘇老爺子的情緒似乎穩定了許多，就這般定定的看著謝家父子，一字一句的說道：「老夫說過，凡是我蘇家的東西，我都會一分不少的拿回來。還有我兒的性命，早晚有一天，老夫定要讓害了他的人血債血償！」最後四個字，蘇老爺子幾乎是咬牙切齒說出來的。

受了打擊的謝家父子一句話也說不出口，就這樣愣愣的看著蘇老爺子離開。

當天晚上，京城裡就傳出謝家老家主謝勁松突然病重的消息。

蘇家大宅裡，蘇夫人正領著蘇星淳，帶著人將蘇家的牌匾掛到門頭上，院子裡的下人們也不停的忙碌著，將之前一直存放在庫房裡的各種裝飾品全都擺了出來。

蘇家一舉拿下了皇商之位，而人們這個時候才知道，原來蘇家早已經在京城待了一年多，大家竟然半點風聲都沒有聽到過，就連蘇家旁邊的鄰居都是現在才知道，自己隔壁早就換了人住。

這是蘇家進京一年多來第一次大張旗鼓，之前為了不引起謝家的注意，這個宅子買下之後，甚至都沒有改換門頭。這一年多來，蘇家人忍氣吞聲，林莫琪甚至連太傅府都不敢多去，這一切，都是為了今天。

「手腳都給我麻利點兒！」蘇府的管家站在庭院中指揮著下人們忙碌，臉上的笑容從未收過，蘇家從上到下都是一派喜氣洋洋。

這座大宅是蘇家當初進京時買下的，在後院的一個邊角裡，有間前主人留下來的禪室，因著前主人家裡的老夫人信佛，所以弄了個小祠堂，原本蘇家住進來之後，蘇鴻博是準備將這間小祠堂用作他途的，卻被蘇彥留了下來，裡面這會兒就供奉著蘇老夫人、蘇大公子，還有蘇家列祖列宗的牌位。

蘇老爺子拄著枴杖到了祠堂的門口，便揮手屏退下人，自己推開了祠堂的門。

入目一片肅穆，蘇老爺子抬腳邁進，正前方原本放了一尊佛像，只是前主人走時，將佛像搬走了，空留一座座台，這會兒上面正並排擺放著幾個牌位。

蘇老爺子來到案台前，先是焚了三炷香，對著正中間最大的一個牌位拜了拜，隨後插入香爐，說道：「列祖列宗在上，蘇氏子孫蘇彥祈求諸位先祖，定要保我蘇氏一族繁榮昌盛。」說完，蘇老爺子再次拜了三拜，這才起身往旁邊挪了挪。

在案台的最左一邊，並排放著三個牌位，一個上面寫著蘇老夫人的名字，另外兩個便是蘇大公子和夫人。蘇老爺子停在三人的牌位前，先是伸出手，輕輕撫摸了一下蘇老夫人的牌位，隨後輕笑了一聲，最後將手落在了蘇大公子的牌位上，輕輕地拿在手中，一下一下的摩挲著，眼中更是蘊著眼淚。「我的兒啊……」蘇老爺子只輕輕呢喃了這麼一句，眼淚便再也忍不住落下，一滴滴地落在蘇大公子的牌位上，暈開一朵朵的小水花。

蘇鴻博聽見下人的稟報，來到祠堂，這會兒站在門口，看著老父親那顫抖的雙肩，蘇鴻博決定暫時不進去打擾他，轉而對門口守著的人吩咐道：「注意點老太爺的情況就行，不必進去打擾。」說完，蘇鴻博看了一眼蘇老爺子，嘆了口氣，這才離開了院子。

頒下聖旨的第二天，蘇鴻博便跟隨太子進了宮，一方面，他需要去向皇帝謝恩，另外一方面，他必須要去內務府拜見內務府總管。作為皇商，以後和他打交道最多的，便是這內務府了，所以，一些該打點的地方都要打點到位。

李賦將蘇鴻博帶到內務府，交給內務府總管之後便帶著人離開了，蘇鴻博在內務府一待就是一整天。因為有了太子的照拂，所以內務府總管對他還算客氣，當然，這其中少不了蘇鴻博自己給出去的好處。

直到宮門落鑰前，蘇鴻博才離開皇宮回到蘇家。

一進家門，蘇老爺子就等在了會客廳裡。

「今天怎麼樣？」蘇老爺子見兒子走進來，便開口問道。

蘇鴻博直到進了蘇家大門，整個人才放鬆下來，一進廳裡先是給蘇老爺子行了禮，然後才坐下來，一邊說話，一邊抬起手一臉疲憊地揉了揉肩膀。

「表面上看起來一派和氣，只是，兒子知道，這些人並不信任兒子。」說起這話，蘇鴻博有些無力。雖說他也曾想過，若是真的取代謝家，那他一開始絕對會步步艱難。

蘇老爺子眉頭皺了皺，開口道：「這也正常。謝家和內務府合作了這麼多年，怕是謝家給過他們不少好處，這乍一下的換了人，內務府的人沒有摸清你的品性，自然不會輕舉妄動。」說到這裡，蘇老爺子冷笑了一聲，才又道：「這些人圖的，無非就是一些金銀罷了，只要好處給到位了，這人自然就跟你親近了。」

蘇鴻博道：「謝謝爹，我知道該怎麼做了。」

蘇老爺子點點頭，看蘇鴻博一臉的疲色，便開口道：「行了，你先回去休息吧，這幾天多跑跑內務府，沒事就多邀請一些官員出去吃吃飯、喝喝酒。咱家如今已經正名，有些事就不需要再藏著掖著了。」

第一百零二章　深藏不露

第二天，蘇鴻博一大早就去了內務府報到，這次，他並非空手而去，而是有了準備。在忙活了一早上之後，午時休息，蘇鴻博主動邀請內務府總管和在內務府做事的幾個官員，去京城有名的亭一樓吃飯。

要說這亭一樓還真是奇怪，這家酒樓在三年前突然出現在京城，菜式新穎、口味獨特，另外還有不少文人雅客留下的墨寶掛在酒樓四周牆上供人觀賞，生意好到不行。

而這亭一樓的老闆神秘得很，至今都三年了，竟然沒有一個人知道這幕後的老闆究竟是誰？而且，不論是誰家派來查探或搗亂，總是會被人擋回去，這麼久了，都沒有人能撼動亭一樓分毫。

曾經有人猜測過，這亭一樓幕後的老闆怕是京城裡的某位達官貴人，所以才沒有人敢動他，不過，也只是人們的猜測，真相究竟如何，無人得知。

蘇鴻博帶著幾人走進了亭一樓，便有夥計上前迎接。蘇鴻博叫來了掌櫃，在掌櫃耳邊低語了兩句，一行人只見掌櫃的臉色唰的一下就變了，隨後露出驚喜之色，丟開夥計，親自領著蘇鴻博等人上了四樓的包間。

亭一樓有送給一些身分特殊的人貴賓卡，根據亭一樓的規矩，四樓的包間除了擁有貴賓卡的人能上去之外，其他人就是錢再多，都不能踏足四樓半步。

內務府的眾人完全沒想到，蘇鴻博竟然帶著他們徑直上了四樓，而且，看掌櫃的態度，似乎對蘇鴻博很是恭敬，幾人心中難免有了猜想，覺得這人定是來頭不簡單，心中本存了看輕蘇鴻博的心思，這會兒也都歇了。

交代了掌櫃要上的菜之後，幾人便開始旁敲側擊地打聽蘇鴻博怎麼能夠上得了這亭一樓的四樓，是不是當初傳言的那個貴賓卡，蘇鴻博手裡也有一張？

蘇鴻博只是微微一笑，不否認也不承認。

不管這幾個人如何打探，蘇鴻博就是死不張口。就在幾人以為蘇鴻博這是故意擺譜，快要拉下臉的時候，包間的門被人從外面敲響了。

伺候在門口的侍女問道：「諸位貴客，我們亭一樓最頂尖的大廚想要求見諸位，詢問諸位一些吃食上的喜好。」

幾人聽見有人來了，也不好再追問。

蘇鴻博詢問地看向內務府總管。

內務府總管對蘇鴻博以他為首的態度很是滿意，微微地點了點頭。

蘇鴻博便揚聲對外道：「讓他進來吧。」

包間的門被打開，眾人就見一個年約四十左右的中年男子，一身廚師裝扮地走了進來。

幾人已經做好準備在這人面前擺個譜了，卻見他徑直朝著蘇鴻博走來，在眾人的目光下，直接抱拳，九十度鞠躬，給蘇鴻博大大的行了個禮。
「東家，您今兒個怎麼有空來了？」
內務府的人還在驚訝得說不出來話時，蘇鴻博已經讓主廚起身，並且交代了幾句。蘇鴻博扭頭看向內務府總管太監，笑道：「順公公，主廚在問，您比較喜歡什麼樣的口味呢？」
順公公從驚訝中回神，神色看來還有些沒能反應過來，說道：「呃……都、都行。」
蘇鴻博點點頭，又看向其他幾人，問道：「幾位大人呢？」
幾人這會兒也回過神來了，紛紛搖了搖頭，尷尬地笑道：「蘇老闆決定就好。」
蘇鴻博也不勉強，只是淡淡地點了點頭，隨後對主廚吩咐道：「那就按照我剛才說的上吧。」
「是，那小人就先告退了。」說完，主廚對著蘇鴻博和內務府的眾人行了個禮，就退出了包間。
等到他一走，包間裡的氣氛頓時變得有些尷尬起來，內務府的眾人你看看我、我看看你，一時間都不知道該說什麼好？
蘇鴻博端起茶杯輕輕抿了一口，隨即看向眾人，笑道：「諸位大人剛才是不是有問題想問蘇某？」
聽了蘇鴻博的話，幾人都尷尬的笑了笑。剛才他們差點就跟蘇鴻博甩臉色了！
不過，顯然順公公要比幾人有經驗多了，很快就恢復了常色，這會兒見蘇鴻博主動開口了，順公公就順勢接下了話，笑道：「沒想到，這讓人猜破了腦袋也猜不到的亭一樓老闆，竟然是蘇老闆，蘇老闆真是深藏不露啊！」深藏不露四個字，順公公說的時候，那雙眼睛飽含深意。

蘇鴻博毫不畏懼地對上他的視線，淡淡的笑道：「順公公過獎了，談不上深藏不露，只是蘇某當初初來乍到的，自然要穩妥一些才好，誰承想流言會越傳越離譜，蘇某也是很無奈啊！」

順公公笑了，兩人都沒再接著聊這個話題，但在順公公心裡卻開始有些疑惑了。連這亭一樓都是蘇家的，那究竟蘇家在京城還有多少生意是他們不知道的？當初核查蘇家生意的時候，這亭一樓可不在內，若是這樣，眼前這個姓蘇的，可真的不容小覷了。

突然，順公公想到了什麼，臉色變了變。這蘇鴻博是太子帶到內務府的，而且再三叮囑他要好好照顧……這個時候，順公公還有什麼不明白的？這亭一樓幕後之人，看是蘇鴻博，實際上，只怕東宮裡的那位才是啊！

順公公驚出一身冷汗。幸好他這段時間並未對蘇鴻博為難太多，只是在一些事情的交接上，只讓他接觸表面，並未深入，這也算不上是為難、刁難，最多是說他暫時不熟悉，等熟悉了之後便讓他瞭解就是了。

吃過飯，就有蘇家的管事求見，跟著他一起來的，還有幾個精緻的盒子。

蘇鴻博按照幾人分配，將盒子分別推到了跟他一起出來吃飯的眾官員面前，笑道：「這些是蘇某這些年走南闖北得來的一些小玩意兒，就送給大人們當個見面禮了，以後，還請各位大人多多關照。」

幾人呵呵的笑了一聲，隨後各自打開自己面前的盒子，當看到裡面放著的東西時，幾人臉上都露出了驚喜和貪婪的神色。

蘇鴻博不動聲色的瞥了一眼。看來東西是送對了。

其實，幾個官員的盒子裡裝的東西都大同小異，不過就是一些難得一見的上品珠寶玉石罷了，而順公公的則是比他們的還要好上許多。

混了這麼多年的內務府，順公公早就練就了一雙火眼金睛，這盒子裡的東西一看就知道價值不菲。在知道蘇鴻博正是亭一樓的老闆之後，順公公就覺得這份禮送得不算貴重了，至少，對於蘇鴻博來說並不算重，但於他們，卻是很長一段時間的收入了。

「公公看看可還喜歡？這段時間給順公公添麻煩了，小小薄禮，不成敬意。」

因為順公公和蘇鴻博是坐在一排的，和另外幾個內務府的官員卻是面對面，所以，對面的人並不能看到順公公盒子裡的東西，但是大家也都很清楚，這送給內務府總管的，必然和他們的不同。

順公公也不再推辭，將盒子一蓋，便放在了手邊，隨後笑道：「那咱家就多謝蘇老闆了。」

「謝謝蘇老闆。」另外幾人見狀，也跟著對蘇鴻博感謝了一番。

蘇鴻博笑笑，連說客氣。

有了這些鋪墊，在接下來的相處時，蘇鴻博總算覺得輕鬆了許多。等到將內務府的事務全都摸透了，並且和內務府商定好了後面一年的供給之後，蘇鴻博就不需要再去內務府報到了。

有了皇商的身分，蘇家許多尚未放在明面上的生意也漸漸浮出了水面。

謝勁松自從宣佈皇商的那日起，回去便病了，如今過去幾個月依然不見好轉，甚至越來越嚴重。

這日，謝勁松將現任的謝家家主謝峰叫到了床前。

「峰兒……」謝勁松氣息微弱地看著面前的大兒子，這個自己一手培養、引以為傲的長子，如今面色疲憊，看起來竟是活生生老了十歲。謝勁松顫抖地伸出手，想去觸碰這個自己最得意的長子。

謝峰原本站在床前，看見老父伸手，便主動靠了過去，跪在床榻旁，握上了謝勁松的手，眼睛紅紅的，有些哽咽。「爹，孩兒在呢！爹，您別說話了，先把藥喝了吧。」這也是為什麼今天謝峰會一直守在謝勁松床前的原因，謝勁松已經兩日不曾喝藥了。「爹，您把藥喝了吧，喝了藥就會好了。」四十多歲的大男人，此刻卻痛苦得像個孩子。

謝勁松吃力的搖了搖頭，然後開口道：「峰兒，不必再做無用之功，我知道，我的日子不多了。」

「爹，您別這麼說，我已經派人出去尋訪名醫了，一定能治好您的！」謝峰顫抖著雙肩說道。

「峰兒，你聽我說，咳咳……爹真的是時日無多了，家裡現在的情況你也知道，只怕是撐不了多久了。報應啊，這都是報應啊……」說著，要強了一輩子的謝勁松，竟然老淚縱橫了起來。

謝峰也跟著痛哭。謝家輝煌了一世，最後卻落了這麼個下場，這讓他如何能甘心？

謝峰眼中的不甘太過明顯，謝勁松握著他的手顫抖了一下，急道：「峰兒，你記住了，千萬不要去報仇！不要再去招惹蘇家的人了，他們背後的人你惹不起啊！咳咳……」

謝峰見了，連忙收斂了心中的恨意和不甘，給謝勁松順氣。「爹，您別急。」

過了一會兒，謝勁松總算是緩過來了，但是這次，他卻緊緊地拉著謝峰的手，斬釘截鐵的說道：「峰兒，答應我，不要再招惹蘇家了。保住謝家現在僅存的一切，安頓好你幾個弟弟，不要再摻和進朝堂之爭了。」

「爹……」謝峰似乎仍有些不甘心。

「答應我！」這次，謝勁松前所未有的嚴肅。

謝峰無奈，只能顫抖著應下。「是，爹，我知道了，我知道了……我答應您，您喝藥吧，爹？」

只是，謝峰並沒有等來老父的允諾，就這樣眼睜睜地看著剛剛還緊緊抓著自己的手，緩緩落下，咚的一聲，落在了床沿的木板上。

「爹？」謝峰不敢相信，試探著喚了喚。「爹——」

謝勁松的眼睛還睜著，瞪得大大的盯著床的正上方，而他的手，已經漸漸失了溫。

守在外面院子裡的謝家子孫，聽見房間裡傳出一陣哭吼後，所有人齊唰唰地跪了下來，女眷們則直接哭了起來。

過了許久，謝峰才打開房門走了出來，謝大夫人連忙迎上前去，看著他，顫抖著問道：「老爺？」

謝峰猛地閉了閉眼，一臉痛苦地說道：「老太爺去了，搭靈堂。」

謝大夫人踉蹌了兩步，哽咽著福身，應道：「是，妾身這就去辦。」

謝峰不言語，只是輕輕地點了點頭，揮了揮手，示意離開。

謝大夫人一走，謝峰便看向院子裡的謝家眾人，看著自己的幾個庶出弟弟和他們的子孫。想到老父親臨終前的叮囑，謝峰便看著幾人，說道：「爹臨終前交代了，讓我照顧好你們幾個，現在咱們家的情況你們也都清楚了，如果有要離開的，我會按照你們的那一份分給你們，然後出去開府單過吧，這也是爹的意思。」

「大哥！」跪著的幾人同時喊道。

謝峰對於這幾個庶出的弟弟其實並沒有太多感情，平時他們住在府裡，也只當是閒人養著，若不是謝勁松臨死前交代了他要照拂好這幾個弟弟，他必然不會看他們一眼的。

不給眾人說話的機會，謝峰直接轉身進了謝勁松的房間，不再管外面跪著的眾人，將門給關上了。

謝勁松的屍體需要人來收斂，而他就是最適合的人，他必須趁著謝勁松的屍身還未僵硬前，幫他把壽衣換上。

就在謝峰進屋不久後，謝大夫人便帶著人，用托盤盛著幾件嶄新的壽衣進了房間。

當天下午，謝家派出去的人就給各家各戶都送了信——謝家老太爺，去了。

這個消息猶如驚雷般，炸響京城，蘇老爺子在得知這個消息之後，便去了小祠堂，一待便是一整天。

蘇鴻博知道，蘇老爺子這是又想起自己的大哥了。當年大哥若沒有出事，以大哥的聰明才智，他們蘇家必然會比現在更好吧？他比起大哥來說要愚笨得多，蘇家在他手上走了不少彎路，這麼多年來，若不是爹一直從旁指導，怕是蘇家早就已經堅持不住。

蘇鴻博很清楚，自己不如大哥，在蘇老爺子的心中，地位也不如大哥，只是，他沒有怨，更沒有氣。他知道自己幾斤幾兩，更不會因此去和大哥計較什麼，況且，大哥對他一直都疼愛有加。從前只以為大哥是病死的，如今知道了事實真相，蘇鴻博又如何能夠輕易的放過仇人？

「吩咐下去，好好給謝家準備一份奠禮。」蘇鴻博叫來管家，淡淡的吩咐道。

待管家一走，蘇鴻博便站在廊下眺望遠方，心中冷哼：謝勁松，你以為你死了，你我兩家的仇就會一筆勾銷嗎？哼，這輩子，我蘇家必定和你謝家不死不休！

而另外一邊，謝峰跪在謝勁松的靈前，看著面前擺放的靈堂，暗自在心中發下狠誓：這個仇，我謝峰一定會報的，蘇家的人，我一個都不會放過！

八月底，林泰華就將種出來的瓜子留了一部分做種，一部分交給工部，一部分送到了宮裡的內務府。

隨著工部的推廣，葵瓜子變成了人們茶餘飯後用來打發時間的首要零嘴，只是，這東西雖好吃，卻難得。

就在這時，林家的零食鋪子裡突然上市了各種口味的葵瓜子，除了售賣生瓜子可以做種子之外，還有原味、五香味、話梅味的，各式各樣。頓時，林家的零食又在京城掀起了一道流行，而沈康平和林莫瑤也因此大賺了一筆。

太子直到現在才知道，這兄妹倆悄悄的藏了這麼一手。當他問起的時候，林莫瑤的回答很簡單——我們只答應太子您若是種出了新的東西，就上交給朝廷，造福民眾，可是您也沒說我不能種啊！

一句話，堵得太子啞口無言。這件事情上，他原本就不占理，只得隨著他們去了。

其實，林莫瑤說這話的時候也是存了賭氣的心思。當初自己將銀礦的地圖交給太子，可是幫了他一個大忙，他倒好，不但不感恩，反而反過來拿這件事要脅他們，想到這個，林莫瑤就來氣！

一季的瓜子賣下來，兄妹倆不光把買莊子的錢賺回來，額外還給家裡添了幾萬兩的進帳。

當林氏看到這些帳本的時候，直接就驚呆了。

自從林氏懷孕之後，沈康平就重新接回沈家的內務打理，這段時間家裡的事情都是不用林氏操心的，更別說家裡的開銷收入了。當初沈康平說要買莊子的時候，從帳上拿走了一萬多兩，可是這才三個月的時間，不但把買莊子的錢還回來了，還額外拿回來將近三萬兩！這麼大的一筆錢，把林氏和沈德瑞都驚呆了。

不過很快的，沈家人就將這件事給拋諸腦後，因為，林氏要生了！

第一百零三章　雙生子的滿月酒

也不知道是不是雙胞胎等不及要出來，還是林氏這段時間情緒起伏太大，竟然將產期給提前了半個月。幸好沈德瑞做了準備，穩婆早早的就請在家裡守著，林氏一開始喊疼，穩婆就直接過來了。

雙生子本就比平常生孩子要困難一些，沈德瑞去求了太子，派了宮中的太醫過來坐鎮，以防出現意外。

說來也是幸運，多虧了林莫瑤之前一直給林氏調理身子，再加上林氏的身體狀況本來就好，生產上並沒有受多大的罪，不過疼了一天，就將兩個孩子給生了下來，果然如林莫瑤所想，是一對龍鳳胎。和前世不同的是，今生龍鳳胎先出來的是男孩，後出來的是女孩，從前世的姊弟變成了兄妹。沈德瑞為二人起名，男孩叫沈康安，女孩叫沈康樂，寓意平安喜樂。

沈德瑞老來得子，自然要大操大辦一番，所以，在林氏生產之後沒多久，幾乎整個京城的人都知道太傅夫人生了，而且還一胎得倆。若不是林氏和林莫瑤等人極力攔著，說孩子太小，禁不住折騰，沈德瑞還想連兩個孩子的洗三都大辦一場的。

幾人拗不過他，只能應下，等到滿月就按照他的意思，大辦一場。

現在，沈德瑞每日從宮裡回來之後的第一件事就是沐浴更衣，然後去林氏的屋裡看兩個孩子，抑或陪林氏說話。

因為林氏還未出月子，一家人又習慣在一起吃飯，就乾脆將飯桌擺在了林氏屋裡。

這天，一家人坐在一起吃飯的時候，沈德瑞突然跟沈康平說：「平兒，你這幾天沒事時去趟牙行，再去看看有沒有適合的莊子，買一個回來。」知道現在家裡不缺錢了，沈德瑞買起東西來也豪氣了。

沈康平不明所以地問道：「爹，您買莊子幹啥？」

誰知道，沈德瑞竟然鄭重其事地說道：「琳兒和阿瑤每人都有一個莊子做陪嫁，這樂兒還沒有呢，當然要給她也準備一個了。」這話說得十分理所當然。

沈康平驚訝的張大了嘴巴，瞪著眼睛看著沈德瑞，就連林莫瑤和沈康琳都停下了手裡的動作。

林氏更是噗哧一聲笑了出來，隨後說道：「老爺，樂兒這才多大，才十幾天的孩子，你就要給她準備嫁妝了？」

「對啊，爹，您這著急火燎的幹啥啊？樂兒才多大！」沈康琳也翻了個白眼，對沈德瑞有些無語。

沈康平和二人的反應不同，他震驚過後，只略微沈吟了一會兒，便說道：「唔，其實爹說得也沒錯，早做準備也好。」

「大哥？你！」沈康琳沒想到沈康平這麼快就倒戈了。

父子倆頓時猶如找到了知音一般，根本不管沈康琳說什麼，而是湊到一起，認真商量著該買多大的莊子、該給沈康樂準備多少嫁妝了。

「行了，妳別理他們，這幾天的熱乎勁過去就沒事了。」林莫瑤無奈地看著兩人，對氣呼呼的沈康琳安慰道。

沈康琳冷哼了一聲，猛地塞了一筷子菜放到嘴裡，嚼吧嚼吧嚥了才說道：「我才懶得跟他們計較，哼！」

臨近雙胞胎滿月，果然如沈德瑞所說，要大操大辦，皇帝為了這事，竟然還給了沈德瑞七天的假期，讓他能在家裡好好陪陪妻兒。

為了表達自己的喜悅之情，沈德瑞給朝中所有的官員都發了邀請帖。

這件事情是交給沈康平來做的，在準備邀請帖的時候，沈康平把林莫瑤和沈康琳兩人叫到了書房裡，神秘兮兮的問道：「要不要給那誰送一封邀請帖？」

「誰？」姊妹倆同時問道。

沈康平賊兮兮的笑了笑，隨後挑了挑眉低聲道：「當然是杜侍郎杜大人了。」

林莫瑤一愣。

沈康琳臉色一變，啪的一巴掌就打到沈康平的肩膀上，然後朝林莫瑤那邊使了個眼色，隨後喝斥道：「你找打啊！」又伸出手來。

沈康平躲開，解釋道：「妳別急啊，聽我說完。我是覺得吧，這帖子既然咱們給京城的官員都發了，那就乾脆連杜侍郎那裡也送一封去，至於他來不來那就是另外一回事了。總之，就該給他發一封，讓他知道，娘當初離開他是正確的，讓他知道，他是多麼的有眼無珠！」

林莫瑤聽了沈康平的話，看了看他，又看了看著急的沈康琳，突然就笑了，道：「其實大哥說的也有道理，就聽大哥的吧！」

「哪，看吧！」沈康平得意的對沈康琳挑了挑眉。

沈康琳也懶得理會他，只是狠狠的瞪了他一眼，便拉著林莫瑤的手走了。等到了門外，沈康琳才佯裝生氣道：「妳也跟著大哥胡鬧！若是這人真的來了，不是徒惹爹娘不開心嗎？」

林莫瑤笑了笑，淡定道：「妳放心吧，他不會來的。」

「真的？」沈康琳似乎有些不信。

林莫瑤斬釘截鐵的點了點頭，笑道：「真的。」杜忠國那般好面子又小肚雞腸的人，如今看著林氏越來越好，他會高興才怪，只怕這會兒恨他們一家還來不及呢，哪裡會來參加雙胞胎的滿月宴？想到今生雙胞胎不需要再被秦氏折磨，林莫瑤這心裡就好受了不止一星半點。

沈康平得了林莫瑤的允諾，這請帖很快就發出去了，正如林莫瑤所料，杜忠國收到請帖之後大發雷霆。如今京城裡的人當著他的面不說，可是背後人人都在笑他杜侍郎有眼無珠，放著這麼好的媳婦和女兒不要，非要攀附權貴，現在好了，前妻改嫁了一個比自己官職更高的；兩個女兒，一個嫁進了家財萬貫的皇商蘇家，一個也即將要嫁進大將軍府了。

不說這些權勢上的東西吧，就單單林莫瑤名下的零食鋪，還有那和太子妃合夥開的栩星閣，哪一個不是賺得盆滿缽滿？而現在這一切，都與他杜侍郎無關了。

此時，杜忠國甚至有些後悔，當初和離的時候，為何要將後路斷得那麼死，如今想要和兩個女兒緩和一下關係都沒有辦法了。

記得那日他在街上碰到林莫琪帶著蘇星淳逛街，父女相見的那一刻，林莫琪看他時那陌生的眼神，讓杜忠國這會兒都還忘不掉，她甚至連要蘇星淳喊他一聲外公都不曾！

杜忠國獨自一人在書房裡生悶氣，這邊就已經有人將收到太傅府滿月宴邀請帖一事告訴了秦氏。秦氏自然也是惱怒的，但她卻不如杜忠國這般失去理智。

帖子是以太傅府的名義下的，這個時候，不論她是怎麼想的，都不能做出落人口實的事情，所以，秦氏即使心中萬般不樂意，卻還是吩咐下去，讓人準備了賀禮送過去，而他們本人……還是算了吧，誰會在這個時候跑去自取其辱？

滿月宴當天，沈德瑞和林氏只負責招呼客人，而整理禮單這些事情全都交給了沈康平。

當看到署名杜侍郎府送來的賀禮時，沈康平直接打開盒子瞧了一眼，裡面放著的賀禮中規中矩，不名貴，卻也不失禮就是了。

合上蓋子，沈康平看著將禮物送到庫房的人問道：「杜侍郎家是誰來了？」

送禮物過來的下人想了想，便道：「奴才沒瞧見杜侍郎本人，是他家的管家送來的東西，送來就走了。」

沈康平挑了挑眉，又問：「那杜夫人和杜小姐都沒來？」

下人搖搖頭，道：「沒有。」

沈康平聽後，冷笑了一聲，隨後便把盒子扔到這人手中，說道：「賞你了！」

滿月宴過後，林紹安突然提出要回一趟林家村。

「三郎，我和你一起回去。」林莫瑤也作了決定。

林氏先是愣了一下，隨後看向林莫瑤問道：「阿瑤，妳也要回去？」

林莫瑤點點頭。「娘，我想回去看看外婆他們。」

林氏一聽，臉上便露出了難過的神色，過了許久，才微微嘆了口氣。「是該回去看看了。」

林莫瑤瞭解林氏的心情，卻不知該如何安慰她？她心知林氏必定是想家人了，只是，如今林氏已經嫁給了沈德瑞，不像以前那般自由，再加上如今又有了雙胞胎的牽絆，更是難以回去了。

林氏心中難過，卻也無可奈何。現在天氣越來越冷，再加上路程遙遠，雙胞胎又還太小，她根本沒有辦法帶他們出遠門，沈德瑞也必然不會同意的。

林氏嘆了口氣，叮囑道：「此番回去，路上當心，到了那邊，也不要到處亂跑，多陪陪妳外婆，知道嗎？」

林莫瑤一聽，連忙點頭，保證道：「娘，您就放心吧！」

兄妹倆初一出發，走了大半個月才進了興州府地界。看到熟悉的風土人情，林莫瑤也來了興致，換了幹練的衣裳，跟著林紹安一起騎馬。

蘇家已經舉家遷往京城，可興州府府城裡卻還是有蘇洪安一家的，林思意所嫁的王家也在府城，既然到了，自然是要去拜訪一番，將禮物送過去。

另外，林莫瑤又派了府中的下人先行趕往林家村報信，他們則在府城又待了一天，才啟程回林家村。

車隊還未到村口，就已經遠遠的看見那裡站滿了人。林莫瑤早在距離林家村還有一里路的時候改坐了馬車，此刻掀開車簾就能看見林家村村口聚集的人群。

林紹安也看見了，嘴角止不住的上揚，揚聲對車隊吩咐道：「加速前進！」

眼看距離林家村越來越近，二人也能看清楚人了。為首的便是林家眾人，林劉氏被林方氏攙扶著；林二老爺也在兩個兒子的攙扶下，站在村口翹首以盼，老遠見他們過來，林家眾人就開始不停的揮手。

就見幾個四、五歲的孩子，以其中兩個為首，朝著他們跑了過來，林紹安只能停下馬，從馬上跳下，站在那裡任憑幾個孩子打量。

幾人似乎是第一次見到林紹安，眼神中是純粹的好奇。

而林紹安早在剛才下馬的時候，就認出了為首那兩個孩子，個子高一些的顯得較為穩重，牽著一個比他小一點的孩子，那小孩子身上所戴的玉珮，正是他那個大姪子林天佑的，就是當初太子殿下賞賜的那枚。自從天佑能夠自己獨立保管東西之後，這玉珮就一直在他身上戴著。

此時幾個孩子的身後還跟著兩個隨從，二人見到林紹安先是行禮，喚了一聲，林紹安便更能肯定這兩個小孩的身分了。大的那個應該是二爺爺家的小孫子，至於小一些的那個便是他大哥家的林天佑。

林紹安直接一步上前，將人給抱了起來。

見林天佑被林紹安抱在手裡，其他孩子便一哄而散了。

林天佑在林紹安的懷裡先是掙扎了一下，隨後便安靜下來，大眼睛忽閃忽閃的看著林紹安，奶聲奶氣的問道：「您是我三叔嗎？」

「對啊，你小時候三叔還抱過你呢，你忘了？」林紹安一邊逗弄小小的林天佑，一邊低頭看向另外一個孩子，只見他看著自己，突然就做了個揖，喊了一聲「安哥」。

林紹安對他點頭笑了笑，又騰出一隻手在他腦袋上摸了摸，這才邁步往前走，車隊便緩緩地跟在後面。

林莫瑤見了，乾脆也下了馬車，帶著墨香和墨蘭朝著村口眾人走了過去。

看著前來迎接自己的家人，林紹安連忙將林天佑放了下來，然後跪在地上，給林劉氏等人重重的磕了個頭，道：「奶奶，不孝孫兒回來了。」

「好好好，快起來、快起來！好孩子……」林劉氏眼淚嘩嘩的往下流，見林紹安跪下去，滿眼的心疼，連忙把人拉了起來。

林莫瑤也隨後走到，對幾人福了福身，紅了眼眶。

跟著林家眾人來的還有許多村子裡的村民，大家都記著林家人的好，再加上如今林紹安已經有了功名在身，和從前大不一樣，大家也都跟著過來湊了個熱鬧。

這裡畢竟不是說話的地方，一眾人熱熱鬧鬧的將兩人和車隊給迎進村子，緊跟著林泰華就出面對村子裡的眾人說道：「等三郎和阿瑤他們安頓好了，就請大夥兒來吃酒。」

眾人大笑著應下了，這才跟林莫瑤和林紹安打了招呼，各自回家。

回到了林家，林莫瑤和林紹安又再次給林劉氏、林二老爺等人磕了頭，這才一家人坐了下來，好好說話。

幾年未見，一家人拉著兩人，總是有說不完的話，待說到這次回來待多久時，林紹安只說年前必須要回去。一聽這個，林劉氏和林方氏就有些難過，兩人眼睛又紅了。

林莫瑤見狀，便連忙安慰道：「外婆、舅母，三郎這次回去是我爹的意思，我爹讓他過完年就參加春試，等到明年秋天再參加科舉，希望能夠一舉中第。」

林紹安聽了，也跟著在一旁附和點頭。

林方氏和林劉氏一聽，雖說有些難過，但最要緊的是林紹安的前程，二人也就不再糾結，而是問起了另外一件事情。

「這……你和沈小姐的婚期定了嗎？」因為之前的情況特殊，所以林紹安和沈康琳定親的時候，事情是全權由林泰華經手的，林方氏也是事後才知道。這沈康琳，林方氏是見過的，自然是歡喜，只是兒子的終身大事自己沒能參與，終歸心中是有些失落的，所以，這婚禮是不能再錯過了。

林紹安臉一紅，老實的回道：「先生說了，等科舉成績出來再定，若是高中，便將婚期定在那個時候，若是沒有高中，就將婚期定在年底。到時候還麻煩奶奶和娘辛苦一些，去一趟京城替兒子操持婚禮。」

「好、好……」林方氏抹著眼淚，連說了幾個好。這件事，就是林紹安不說，她也會去的，何況一直以來林方氏都在擔心，沈家門第太高，會看不起他們家。不過轉念一想，如今沈家的當家太太是自家的小姑子，林方氏這心裡也就放下了。

第一百零四章　我親自去送

回到林家村後，林莫瑤每日就陪在林劉氏的身邊，或是去作坊和莊子上巡視，或者和林紹遠待在一起，說一些生意上的事，要不就是逗弄家裡的幾個孩子。

就這樣，在林家村過了半個月後，林莫瑤便待不住了。

她此次回來的最終目的，是要去文州找赫連軒逸，只是如今都已經過去半個月，再往後天氣會越來越冷，怕是家裡人更不可能讓她去了，因此她這幾日都在苦惱該如何開這個口？

這日，林莫瑤正待在林紹遠的書房裡跟他一起看帳本，看著看著，來了個管事，詢問林紹遠今年送到文州的棉花什麼時候送去？

林莫瑤眼前一亮，腦子裡突然就有了主意，等到管事一走，林莫瑤就問起了棉花的事。這棉花的生意本就是林莫瑤的，林紹遠不過是幫著她代管，每年從中抽紅利罷了，此時聽見她問了，自然要詳細的說一遍。

從前林莫瑤年紀還小，他們也不想讓她有太多的心理負擔，所以蘇鴻博和將軍府有了合作的事，一直都是瞞著林莫瑤的，後來太子的勢力越來越穩定，林紹遠作為蘇洪安的女婿，自然更擺脫不了太子一派的牽制了。

這個時候，林紹遠才將蘇鴻博和赫連澤的合作，以及如何打壓謝家、後面又靠上太子這條線，事無鉅細的都說給林莫瑤聽。

待聽完了之後，林莫瑤也並不驚訝。

其實早前她就已經有所察覺，只是他們不說，她也就不問，所以在林紹遠說了這些事之後，林莫瑤還算淡定。

林紹遠見她這般平靜就有些訕訕的，問道：「阿瑤，妳好像一點也不驚訝？」

林莫瑤輕笑一聲，回道：「大哥，我也不瞞你，其實我早就已經猜到了，只是蘇二叔不願意說，你們也沒提，我就不問了。而且，這樣也沒什麼不好，太子是正統，支持正統總歸沒錯。但是，大哥，我還是要提醒你一句，凡事都要記得給自己留條後路。」

林莫瑤這話其實也沒有別的意思，只是讓林紹遠有個準備罷了。前世裡，李賦死於非命，被李響和她陷害，最後沒有登上大寶，但這人究竟是個什麼樣的心性，等到他上了高位之後，這心會不會變，如今誰也不知道。之前銀礦的事，他算計了自己一次，此後林莫瑤對李賦就多了一絲防備之心，只能說有備無患吧。

林紹遠也知道林莫瑤自幼聰慧，她說的事十有八九都是有道理的，便點頭應下了。

說完了這些，林莫瑤才問起棉花的事情。

林紹遠一拍腦袋，笑道：「倒是把這個事情給忘了。文州天冷，種不出棉花，就算種了，能活下來的也少，蘇二叔感念赫連將軍的扶持之恩，每年都會從我們家買一批棉花送到文州去給赫連將軍；再加上大將軍對咱們家也有幫扶之恩，我也會把地裡種出來的棉花送一部分給文州的將士們。」

聽了這話，林莫瑤眉頭輕蹙，問道：「這事我怎麼不知道？」

林紹遠扯了扯嘴角，笑了笑。「這事原本是準備告訴妳的，但是想想，若跟妳說了，年底結帳的時候妳怕是不肯要這個錢，所以我爹他們就說暫時先瞞著妳。」林紹遠見林莫瑤臉上有了惱色，連忙解釋道：「阿瑤，妳別誤會，我們只是不想讓妳為難罷了。更何況親兄弟，明算帳，當初妳既然提議兩家生意分開，就不該和大哥計較這個。」

林紹遠一句話，堵住了林莫瑤想開口的話，她直接翻了個白眼，林紹遠嘿嘿一笑。

林莫瑤略微考慮了一會兒之後，開口道：「大哥，今年送到文州的棉花有多少？」

「按照之前定下的，要送兩千斤過去。」林紹遠答道。

「再多加一千斤吧；還有，這次送棉花，我一起去。」

前面一句林紹遠都還沒問為什麼呢，就聽見林莫瑤的後一句了。他驚訝地看著林莫瑤，想也不想的就開口問道：「你一個女孩子家，去文州幹什麼？」問完之後，林紹遠似乎想到了什麼，隨後蹙眉看著林莫瑤，直截了當的說道：「妳是不是想去找小將軍。」

林紹遠用的是肯定句，而不是疑問句。林莫瑤也不扭捏，點了點頭，左右這會兒屋子裡就只有他們表兄妹二人，林莫瑤就直言道：「大哥，我就是想去看看他。」

林紹遠蹙眉沈默。這些年來林莫瑤對赫連軒逸如何，他們都看在眼裡，這丫頭從小就對小將軍不同別人，這次回來林家村，只怕根本就是打著幌子，真正的目的是要去文州。「姑姑知道嗎？」

林莫瑤輕輕搖頭，道：「我娘現在在京城待久了，最是注重這些規矩，若是讓她知道，肯定不會讓我去的。」

聽了這話，林紹遠突然就笑了，說道：「妳這意思就是說，我們會讓妳去嘍？」

林莫瑤一聽這話就苦了臉，可憐兮兮的看著林紹遠，語帶祈求的喊了一聲。「大哥……」

林紹遠被林莫瑤盯得無奈，過了半晌之後，終究是敗下陣來，嘆了口氣。「每次送棉花去文州，大將軍都會派人來護送，妳若要去，就多等幾天吧，他們怕是這幾日就能到了。」

林莫瑤面上一喜，起身對著林紹遠福了福身。「多謝大哥！」

林紹遠無奈苦笑，說道：「妳自小主意就大，若是我攔著妳不讓妳去，妳必定會找了其他辦法跑去文州，倒不如大大方方的讓妳過去看一眼，也算是讓妳放心一下。不過，我聽說文州這段時間不是很太平，臨近年關，加上天氣越來越冷，外面的胡人怕是又要為非作歹了。」

林莫瑤一聽，剛剛揚起的喜色頓時消失，皺眉問道：「這些日子，文州很亂嗎？」

聊起這個話題，林紹遠也是一臉的愁色，而林莫瑤這個時候才從林紹遠的嘴裡知道，這兩年文州的情況，竟然比她想像的還要糟糕。

太子殿下推廣棉花後，即使文州那樣的地方不能種棉花，但其他地方種的多多少少都會往那裡銷售過去，價格雖然貴，一般人家還是能買上一些，即使不能買上點好棉，也能買上些次等的回家填個棉被、做上一件棉衣。

再加上，林家作為最大的棉花種植戶，每年都會往文州送去幾千斤的棉花，除了軍營裡用的，多數都流到了百姓的家裡。

而關外的胡人常年忍受寒冬，見到關內的人們有了棉衣、棉褲、棉被等禦寒物品，自然就眼紅，暴動和掠奪就頻繁了起來。

這個時候，林莫瑤才知道，赫連軒逸給她的信裡所寫的碰到了一些「麻煩」，究竟是什麼樣的麻煩。

沈默了半晌，林莫瑤終是喃喃了一句。「他們其實也是被逼無奈，也只是為了能有一條活路罷了。」聲音很輕，林紹遠聽不大真切，便問了一句，林莫瑤收回思緒，輕輕的搖了搖頭，說道：「沒事。大哥，我跟著護送的人一路過去，不會有事的。」

林紹遠還想再說什麼，見林莫瑤那堅持的模樣，終究還是什麼都沒有說，只能點頭同意。

三日後，文州那邊派來護送棉花的軍隊便到了，這次負責領隊的人竟然是司南、司北兄弟二人。分隔多年，二人再見林莫瑤，就連沈穩如司南都不由得露出了驚喜的神色。

「屬下見過三小姐。」二人同時給林莫瑤行禮。

林莫瑤打量起二人。經過幾年的戰場磨練，如今兩人比起從前跟在自己身邊時，成熟了不少，司南還蓄起了鬍子，比起司北，看著要穩重了許多，倒是符合他的性格。

司北還是和從前一樣，性格活泛，見著林莫瑤後就有說不完的話，林莫瑤都只是笑笑，之後還是司南看不下去，一腳將人給踹走了，命令他去看著棉花裝車。

等到司北被攆走，林莫瑤才看向司南，問道：「你們這幾年好嗎？」好歹有過幾年的主僕情誼，再加上前世的恩情，林莫瑤關心一句也是正常。

司南還如從前一般，只點點頭，道：「一切都好。」

林莫瑤也只是微笑，深知司南話少，而她也一時半會兒也不知道該說什麼，兩人一度就沈默了。

過了一會兒，司南才猶豫著開口道：「三小姐，要通知少將軍您來了嗎？」他們軍人自有一套聯絡的方式，想要通知赫連軒逸，也很方便。

林莫瑤搖了搖頭，微紅著臉說道：「不用，我想給逸哥哥一個驚喜。」

「是。」既然林莫瑤想給少將軍一個驚喜，那他這個做屬下的，自然沒有必要多事。

一行人在林家村又待了一天，等到第二天早上才整裝出發。為了不拖累隊伍，也為了隱藏自己的身分，林莫瑤帶著墨香、墨蘭都換了男裝，由司北護著，走在隊伍的最末端，司南則帶著人走在隊伍的最前方。

三千斤棉花，裝了整整十五輛車，一行人就這樣浩浩蕩蕩的出發了。

從林家村出發抵達文州，若是正常的速度需要走上十來天，為防萬一路上發生變故，一行人乾脆日夜兼程的趕路，想儘量早些將這批棉花送到文州，還能趕上給將士們多做幾件棉衣。

司南原本以為，這樣的安排會讓林莫瑤吃不消，準備讓司北單獨護送林莫瑤隨後趕來，卻發現林莫瑤竟絲毫沒有女子的矯情，跟著將士們一樣，風餐露宿，沒有一絲怨言，就連墨香和墨蘭兩個自幼習武的人，臉上都有了些疲憊之色，可林莫瑤除了臉色有些發白之外，並不見任何不適和不悅，這種毅力，讓司南頗為佩服。

其實幾天的趕路下來，林莫瑤早就已經有些支撐不住，只是，她也知道這批棉花的重要性，自然不想讓隊伍因為她而拖慢了進程，所以一路上儘量不給大家拖後腿。只有她自己知道，因為長時間的騎馬，她大腿內側早已經被磨得有些紅腫，只要稍稍動一下，就會傳來火辣辣的疼痛。只不過，眼看還有個三、四天就能到文州了，林莫瑤也就忍了下來。

終於，在連趕七天的路程之後，隊伍總算進到文州的地界。剛進文州，隊伍便停了下來，林莫瑤不由得覺得奇怪，便看向騎馬走在一旁的司北。

司北會意，連忙解釋道：「三小姐，這前面是通往文州的必經之路，只是這地方地勢險峻，不是很好走，所以每次我們到這裡之後，都會停下來稍事休整一天再趕路，讓大家養好精神，畢免發生意外。」

聽了司北的話，林莫瑤愣了一下，反問道：「意外？」

「嗯，這段路並不是通往文州的唯一一條路，還有另外一條路要稍微好走一些，但我們若要繞至那邊，便要在路上多耽誤一、兩天的工夫，所以我們每次都走這條。只是這條路人跡罕至，地勢險峻，還是保險一些為好。」司北解釋道。

雖說一時不明白司北所說的意外是指什麼，但林莫瑤卻知道，自己不能給隊伍拖後腿，乾脆聽司北的話，就地休息了起來。

見她坐下了，墨香連忙取來乾糧和水，讓林莫瑤先吃點東西墊墊肚子。這一路上的接連趕路，連她們都有些吃不消，更何況林莫瑤這個從未出過遠門的大小姐。

感受到墨香和墨蘭的善意和擔憂，林莫瑤對二人露出了微笑，安慰道：「妳們不用擔心我，我能行。」

「小姐……」兩人是真的有些心疼。昨日林莫瑤肚子不舒服，姊妹倆陪著她去方便，就在林莫瑤褪下褲子之後，二人看得清清楚楚，林莫瑤兩條腿的內側早已經又紅又腫了。她們最初騎馬的時候也經歷過這樣的疼痛，深知這種痛楚，沒想到，林莫瑤都傷成這樣了，卻連吭都沒吭一句，不由得讓兩人多了幾分佩服。

兩人正想開口勸說林莫瑤不用這麼著急趕路，先找個地方把身上的傷處理一下，隊伍的前方竟然傳來備戰的哨聲！

司北臉色大變，連忙帶著周圍的士兵警戒起來。

墨香和墨蘭二人本能的就將林莫瑤護在身後，面色凌厲地看著前方。「出什麼事了？」十五輛車，實際上距離不過百米，站在隊伍末端就能看見前面的情況，只見不知何時，車隊兩邊的山坡上竟然出現了百來人，而且個個生得人高馬大，身上的服飾一看就不是中原人。

「糟了，是胡人偷襲！」司北見到這些人，立即就進入了備戰狀態。

就連墨香和墨蘭都拔出了隨身的長劍，將林莫瑤死死的護在身後。

「墨蘭，妳先護著小姐離開。」墨香面色凝重地吩咐道。這個時候，容不得她們有半點差池。

「好，妳自己小心。」墨蘭也知道這不是逞強的時候，連忙拉著林莫瑤就要走。

林莫瑤看了看前面，見雙方此時呈現一種對峙的狀態。山坡上的胡人似乎在說著什麼，距離太遠聽不真切；而司南幾人的表情也不大好，面色緊張，不敢有半分鬆懈。

墨蘭見林莫瑤不動了，連忙勸道：「小姐，快跟我走吧！」

林莫瑤也知道自己在這裡是個累贅，只能跟著墨蘭暫時躲到旁邊隱蔽的地方。這個時候若是跑，引起來人注意反而不好，墨蘭便將林莫瑤藏到一棵大樹上，叮囑林莫瑤不要出聲，就重新回到戰場上，加入了戰鬥。

林莫瑤此時待在樹上，扶著大大的樹冠，看著下面的情況。這些胡人顯然沒有經過專業的訓練，他們一到隊伍裡，就開始拿著馬刀一陣亂砍。混亂之中，有個胡人靠近了馬車，一刀砍在馬車上的麻袋，頓時，麻袋破了個大口子，裡面雪白的棉花呼啦一下就灑了出來，那人頓時眉飛色舞，高興的對著前方正被司南壓制的領頭人喊了一句。下面的司南、司北等人都沒有聽出來這句胡語的意思，但是，站在樹上的林莫瑤卻臉色一變。

戰局很快就進入了尾聲，這些沒有經過訓練的胡人，顯然不是訓練有素的軍隊的對手，不過半炷香的時間，就幾乎解決了。林莫瑤看著倒下的胡人越來越多，而那些僅存的人的臉色也越來越難看，眼睛紅紅的，似乎有著不甘和恨意，林莫瑤不禁有些若有所思。

文州作為邊境之城，實際上就是一座立在中原和關外中間的城池，這裡人口居住複雜，大將軍雖然鎮守文州，可是文州地界這麼大，難免有一些關外邊境的小部落，會時不時的跑到中原來燒搶掠奪，而這些人，林莫瑤大膽猜測，應該是某個部落裡的，且看他們的樣子，似乎是朝著棉花來的。

想到剛才那人的喊話，林莫瑤面色一凜，顧不上其他，直接從樹上爬了下來，跑到了已經接近尾聲的戰場。半路出來打劫的胡人已經差不多被困住了，此時司南正指揮著將他們都放到一起，用刀架在脖子上，準備將這些胡人就地處決時，林莫瑤卻突然跑了過去，大聲喊道：「等一等！」

司南一愣，那些刀柄已經舉起的士兵更是皺著眉頭，看向這個突然多出來的小公子。這人一路上跟著他們，雖然不知道對方的身分，但看他那弱不禁風的模樣，怕是城裡的哪家貴公子，而這會兒他竟突然站出來阻撓他們處決胡人，士兵們就有些不高興了。

只是，司南已經做了停下的手勢，這些士兵就是想殺人也不能殺。

林莫瑤快步走近，看著被押著跪在地上的胡人們，從他們的眼神中，她看到了悲戚和憤怒，還有些許的不甘和不捨。

林莫瑤的眉頭又皺了皺，看向司南，道：「這些人不能殺。」

司南對著林莫瑤拱了拱手。「小……」一個字剛出口，看到林莫瑤的裝束，又改口，道：「林公子，為何？」

林莫瑤沒有回他的話，而是來到為首那人的面前，居高臨下的看著他，冷聲問道：「向你們通風報信的人是誰？」只是，林莫瑤用的並不是中原話，而是胡語。

林莫瑤話音落下，跪著的胡人們便猛地抬起頭看向她，一旁的士兵和司南、司北也都震驚不已。

第一百零五章 有內奸

墨香和墨蘭對視了一眼，都在對方眼中看到了不解。小姐什麼時候學的胡語，她們怎麼不知道？但是二人迅速反應了過來，一個快步來到林莫瑤的身邊，左右兩邊將林莫瑤護在中間，不但隔開了跪著的胡人，更隔開了周圍已經將目光落在林莫瑤身上的士兵們。

林莫瑤沒有理會他們，只看著為首之人，用那有些生澀的胡語冷聲再問了一次。「向你們通風報信的人，是誰？」說這話的時候，林莫瑤的面色冰冷，眼中有著濃濃的殺意，緊緊地盯著那為首之人，生怕錯過一點點線索。

那人顯然沒想到林莫瑤能聽懂他們語言，更沒想到林莫瑤會說他們的話，這會兒反應過來，便回道：「我為什麼要告訴你？」說完，這人便哈哈大笑起來，然後得意地看著林莫瑤，冷笑道：「哈哈，我明白了，你們中原人最怕被人暗算和背叛！我偏不告訴你是誰向我們通風報信，讓你查無可查，哼！」

林莫瑤聽了他的話，直接反手，一把握住墨蘭腰間的佩劍，拔了出來，劍尖迅速往前，直逼此人腦門。

林莫瑤的動作太快，眾人還未來得及反應，就見林莫瑤已經提劍指著那為首之人，滿臉肅殺的盯著他。

林莫瑤聲音冰冷的再次開口。「說，向你們通風報信的人是誰？」

林莫瑤一直重複問著這句話，饒是聽不懂胡語的司南、司北等人，也都察覺出了不對勁。

司南更是來到林莫瑤身邊，低聲問道：「小姐，怎麼回事？」

林莫瑤依然冷冷的看著跪著的人，回答了司南的話。「剛才我在樹上聽見那個砍開棉花袋子的胡人，對這人說了一句『那人果然說得沒錯，他們車上拉的真的是棉花』。」

簡短的一句話，讓司南臉色大變。這句話代表著什麼意思，作為軍人的他，是再清楚不過。他們之中，有內奸！

林莫瑤此言讓司南再次提起了警戒，只見他不著痕跡的掃視周圍的士兵，試圖找出一點線索。

林莫瑤見狀，低聲說了一句。「報信的人不在隊伍裡。」否則的話，剛才打鬥中，不會一點痕跡都不露的。

早在聽見這兩人的對話之後，林莫瑤就一直在觀察他們和隊伍裡的士兵們，發現沒有一個人和他們有互動，這只能說明，出賣他們的人並不在隊伍裡。

前世裡，赫連澤就是死於被出賣，今生，林莫瑤絕對不會再讓這些人得逞。

就在林莫瑤準備繼續盤問這些人的時候，遠處突然響起了馬蹄聲。

「將軍，有馬蹄聲。」眾士兵也聽見了馬蹄聲，由遠而近，離他們不遠了，連忙來稟報司南。

司南眉頭緊皺，命令大家看著這幫胡人的同時，再度進入了備戰狀態。若來的是對方的幫手，萬不得已時，還可以用這些胡人來和對方談條件。

隨著馬蹄聲越來越近，前面探測的士兵快速跑了回來，臉上洋溢著喜色，衝到隊伍中間對司南抱拳就道：「將軍，是少將軍帶著人來了！」

眾人一聽是赫連軒逸，頓時放鬆了不少。

林莫瑤也愣了一下，看向馬蹄聲的來源，看著那由遠而近的身影，心中疑惑。他怎麼這個時候來了？

待走近了，赫連軒逸才發現這邊的情況，待到近前，立即快速翻身下馬，面色凜冽的看向司南，冷聲詢問道：「怎麼回事？」

林莫瑤背對著赫連軒逸，光聽這個聲音，林莫瑤彷彿見到了前世那冷面如霜的赫連軒逸。不自覺轉過身，總算是見到了那個讓自己日思夜想的人。

眼前的少年瞧著比從前在京城的時候黑了不少，面色冰冷，眼中散發著凌厲的肅殺之意，給人帶來無窮的壓迫感。司南等人在他面前，都是微微躬身，低著頭等待的姿態。

感受到旁邊傳來的目光，赫連軒逸眉頭輕蹙，扭頭便對上了林莫瑤，只一瞬，赫連軒逸便呆住，看著眼前作男兒身打扮的人。饒是已經裝扮得毫無女子痕跡了，他仍是一眼就認出了眼前的人兒，眼中有著意外。

林莫瑤溫柔的看了一眼赫連軒逸之後，便手握長劍，對著赫連軒逸抱拳一禮。「三郎見過少將軍。」

聲音還是那個聲音，只是因為偽裝而顯得粗獷了一些。赫連軒逸看了看她，又看了看這個剛剛經過一場廝殺的戰場，眉頭緊皺，滿是不悅的瞪了林莫瑤一眼。

跟在赫連軒逸身邊的士兵們，只覺得自家少將軍周身突然間又冷了點。

赫連軒逸以眼神告訴林莫瑤「待會兒再跟妳算帳」，接著越過她，站到了被制住的胡人面前，居高臨下的看著他們。

司南見狀，連忙上前稟報了情況，並且將林莫瑤所說的轉告給赫連軒逸。

赫連軒逸一聽，又看了林莫瑤一眼，隨後收回視線，看向為首的胡人，問道：「說吧，是誰向你們通風報信的？說出來我或許能饒你一命。」說完，赫連軒逸又覺得自己這麼說有些徒勞，因為對方根本聽不懂他在說什麼。無奈之下，赫連軒逸只能看向林莫瑤，剛想開口叫阿瑤，看她現在的裝扮，只得改口，喚道：「林三公子，麻煩妳來幫忙溝通。」

姑且不論林莫瑤是怎麼會說胡語的，現在先解決眼前的問題比較重要。

林莫瑤聽見赫連軒逸叫她林三公子，嘴角微微揚了揚，便來到赫連軒逸的身邊。人剛站定，赫連軒逸就用只有二人能聽見的聲音，低聲在林莫瑤耳邊說道：「好啊妳，竟敢偷偷跑到這裡來，等回去了，看我怎麼收拾妳！」這話說得面不改色。

林莫瑤嗔怪的瞪了他一眼，不再理會，而是看向跪著的人，將赫連軒逸剛才的話給複述了一遍。

兩人的位置並排站著，正好面對跪著的胡人頭領，其他人都是在兩人身後一尺的位置候著，所以，後面的人並沒有看到二人的互動，可跪著的胡人頭領卻是看得真切。這兩人隱藏得再好，那柔情密意的眼神卻逃不過他的眼睛。他的目光在林莫瑤的身上盯了許久，最後，張口說了一句。「妳是女的。」

是肯定句，而不是疑問句。林莫瑤也知道周圍的士兵聽不懂，便大方的點了點頭。

一旁的赫連軒逸聽了連忙問道：「他說什麼？」

林莫瑤輕輕搖頭，看向頭領說道：「我勸你還是老老實實的交代，向你們通風報信的人究竟是誰吧，這樣也能免了你和族人受罪。」語氣雖然冰冷，卻不復前面那般充滿殺意了。在赫連軒逸面前，林莫瑤終歸還是要收斂一些的。

頭領似乎並不打算回答林莫瑤的問題。「聽說中原女人都是大門不出、二門不邁的，平日連個水都端不動，沒想到竟然還有妳這般的女人。」

這人一直揪著這不放，林莫瑤的臉色就不大好了，看著首領，不悅道：「你不用顧左右而言他，既然你不願意說，我們的人自然有辦法讓你說。只是，我們押送了這麼多的棉花，再押送你們上路，肯定會耽誤工夫。」說完，林莫瑤話鋒一轉，看向首領和周圍跪著的其他族人，冷笑了一聲。「不過，看樣子你應該是他們的首領，只要將你押回去，總有辦法從你口中問出話來，至於其他人……」林莫瑤停了停，一言不發，冷冷的掃了這人一眼，隨後，手起刀落。

眾人只聽見一聲慘叫，首領身旁那個剛剛還跪著的人便倒在血泊之中，只見那人胸口被林莫瑤刺了一劍，血不停的往外流。這人從一開始的慘叫之後，便強忍著疼痛，愣是沒有再哼一聲，但那不停流淌的血確實讓人看著有些心驚。

林莫瑤面色不動，看著首領絲毫不見動容，冷聲說完了後面的話。「至於其他人既然無用，那就殺了。抱歉，我使劍不準，這個人怕是要讓他流乾血再死了。」

明明眼前的是一名俊秀的柔弱女子，可說出來的話卻讓這胡人首領驚出了一身冷汗。

林莫瑤手中的長劍還在往下滴血，看著身旁弱小的人兒拿著沾滿鮮血的長劍，赫連軒逸不由得生出了一抹心疼。他想從林莫瑤手中將長劍取下，但看到那跪著的首領臉上露出的鬆動神色，終究是收住了手。

「妳這個狠毒的女人！」這句話，跪著的胡人首領幾乎是咆哮而出。

身旁倒在血泊中的胡人雖說一直在強忍著疼痛，可是嘴裡還是忍不住發出輕微的呻吟，這一聲聲的，落在首領和其他胡人耳中，便是折磨了。

「首領，告訴他們吧！我們若是死在了這裡，部落裡的孩子和女人們就真的沒有活路了啊！」跪在首領另外一邊的胡人祈求道，眼中有著懇求，頭甚至對著首領磕了下去。

在他身後，越來越多的人也跟著祈求這名首領，讓他將通風報信的人給說出來。

林莫瑤清楚看到這人的猶豫，而她也從這些人的話語中聽出了一絲不對勁——這些人不是胡人士兵。想到這裡，林莫瑤眉頭皺了皺，看向跪著的人，用胡語問道：「你們不是胡人士兵？」

這次，不必首領說話，身後的人就連忙解釋道：「不是的、不是的！我們只是關外一個小小的部落，這是我們的首領。若不是天氣越來越冷，我們部落裡的孩子和老人每年都會死去大半，我們也不想來冒犯你們啊！」

這人說完話，林莫瑤只見那首領臉上出現了痛苦的神色，她輕輕蹙眉，將他們之間的對話轉述給了赫連軒逸，聲音沒有刻意壓低，所以聽見的人不少。

赫連軒逸也跟著皺了皺眉，說道：「即使他們事出有因，但這些年卻燒殺掠奪了我文州不少百姓，不管怎麼說，胡人是不能放過的。」

赫連軒逸這話的意思很明顯，即使對方有不得已的苦衷，但他們這麼多年來殺害了不少文州的無辜百姓，若他們不招出通敵叛國之人，絕對是難逃一死的。

林莫瑤依原話複述，只是這次，卻是首領露出了不甘。他雙眼通紅的盯著林莫瑤和赫連軒逸，斬釘截鐵的說道：「我那庫可以指天發誓，從未傷害過任何中原百姓！」

林莫瑤冷哼一聲，道：「哼，還想不認帳？這麼多年來，我文州百姓受你們掠奪的人還少嗎？」

這次，林莫瑤在首領眼中看到了倔強的神色。

他雖然跪著卻挺直了腰桿，繼續強調道：「我那庫從不說謊！」

在他身後的胡人也跟著解釋道：「我們首領說的是真的，我們從未傷害過任何中原人！」

看幾人急切的模樣，林莫瑤覺得不大像是說謊，便將情況跟赫連軒逸說了。

赫連軒逸也看著他們，想了想，便讓林莫瑤轉達了意思。

林莫瑤轉述了赫連軒逸的意思，跪著的首領這才慢慢開口，將他們的情況說了出來。「聽聽他們怎麼說。」

原來，這幾個人的部落就在文州城外沒多遠，原本，他們部落並不是只有這麼些人的，而是一個很強大的部落，赫連軒逸他們不知道的是，這麼多年來，揭羅國不光與他們有戰爭，就連在他們自己的國家裡，各個部落之間也是有戰爭的。

那庫所在的部落名叫那格力，而那庫便是這一屆的部落首領，他們原本也算是中等以上的部落，只是，隨著被其他大部落吞噬，漸漸的就只剩下百來戶人家了，而且，部落的位置也被逼得一遷再遷，最後逃到距離文州不過百里的地方。

平時那格力的居民主要是靠著養些牛羊過活，偶爾有部落裡的青壯年去打獵，弄到狼皮等皮毛，都會存放在一起，然後拿來和文州的百姓們換些糧食、鹽和各種布料等等，這麼多年下來，他們和文州這一代的一些村落相處都還算和諧。

只是，最近幾年，揭羅國內越來越亂，讓他們再一次被打破了安寧。去年，其他大部落到他們那裡一陣掠奪，搶走了他們的食物和保暖物資，導致去年冬天，他們死了很多的孩子和老人，就在上個月，他們好不容易找中原人換來的糧食和棉被等物品，又被人給搶走了，那庫走投無路，不忍心再看著部落裡的孩子和老人慘死，於是在屬下的慫恿下，便動了來搶奪中原人東西的心思。

只是，那庫堅決不肯搶奪中原百姓。按照他的說法，其他部落的人搶奪他們，他們再去搶奪中原百姓，這樣做和那些部落又有什麼區別？最終，那庫等人將部落上能夠湊出來僅有的錢財，拿去買到了這麼一個消息。

據賣消息給他們的人說，半個月後，會有一批棉花從這裡送往文州，所以，他們才會埋伏在這裡，想將這批棉花搶回來，拿回去跟其他部落換些吃的，再留下一部分給部落裡的老人、孩子保暖，度過這個冬天。

他們在這裡已經等了三天，帶來的食物也早就吃完了。在他們看來，這次出來，成敗就在此一舉，若是他們都在這裡死了，那他們部落也走到了盡頭，部落裡剩下的老人及孩子們，必然是熬不過這個冬天的；若是他們能活著回去，部落裡便有了一條生路，所以，他們才這般拚命。

林莫瑤將那庫的話，一字不漏的轉述給了赫連軒逸等人，最後，林莫瑤看著說出一切後，面色灰敗的那庫和他的族人，不知道該說什麼好？

「那個賣消息給你的人是誰？」赫連軒逸沈默了一會兒後，緩緩開口，林莫瑤也依話複述。

那庫此時該說的都已經說了，也不在乎再多這一個，便回道：「那人是文州城內的一個小混混，我們的人混進城裡想打聽消息，問哪裡能弄到多些棉花，正好被那人聽見，他說他知道哪裡有棉花，只是讓我們給錢，他才會告訴我們。我們的人回部落湊了足夠的錢送過去，才從那人口中知道，你們會走這裡運送棉花，所以，我才會帶著人等在這裡。」

說完，那庫猛的抬起頭來看向林莫瑤和赫連軒逸，彷彿不大甘心的說道：「可、可那人並沒有告訴我們，運送棉花的人竟然是軍隊！」

聽到這裡，林莫瑤大概也明白了，若那庫說的是真的，只怕他也是被人給坑了。文州每年都會派人去興州府拉棉花，這件事情這兩年不說所有人，但大多數人都是知道的，更何況那些混跡市井的混混，更是打聽得一清二楚。

如今那人將這個消息賣給那庫，卻並不告知他押送的人是官兵，擺明了就是要讓那庫他們來送死。林莫瑤大膽猜測，對方必然是認出了那庫他們並非中原人，所以才對他有所隱瞞。只是無論如何，這個混混，終究是留不得了。

那庫他們這次來了一百多人，若是他們這次按照往常一樣，只派出一隊來押送棉花，只怕這會兒就算是再訓練有素，也難逃那庫等人的蠻勁，那樣一來，豈不是不光送了性命，還要丟了這幾千斤的棉花？

見林莫瑤和赫連軒逸只是沈默不說話，那庫有些急了。他身邊的人倒下已經有一會兒了，周圍的血漸漸凝固，臉色已經發白，出氣都沒有進氣多了，再不救治，只怕又要死一個人。

「我說的都是真的！我們從未傷害過中原百姓，求求你們，救救他！」那庫無法再眼睜睜地看著族人死在他的面前了，只能對林莫瑤和赫連軒逸低下了頭。

只是，縱使他的語氣當中滿是祈求，那筆直的脊背卻訴說著主人的堅毅。

第一百零六章　你能聽懂我說話

赫連軒逸看著他，也不由得有些佩服。這人身為一族首領，為了族人的性命，甘願求人，這般能屈能伸，也算是條漢子。

想到這裡，赫連軒逸看了一眼倒在地上的人，對身後喊了一聲。「來人，給他治傷！」

每次隊伍出行，為了能夠及時救治受傷的士兵，都會配上一個懂些醫術，至少能夠簡單處理傷口的軍醫，這次赫連軒逸正巧帶著軍醫一起過來迎接司南、司北他們，沒想到卻派上用場了。

軍醫上前查看了此人的傷勢，然後迅速的從包袱裡拿了止血藥來幫他包紮，隨後半跪著抱拳回道：「將軍，林公子這劍並沒有傷到要害，只是流了些血，並不礙事。」

那庫雖說並不精通中原語言，但還是能聽懂一些特定的詞語，剛才這位軍醫說沒有傷到要害，讓他面色一鬆。

赫連軒逸注意到他的變化，便冷聲問道：「你能聽懂我們說話？」

那庫知道不能再裝下去了，在這些人面前，他最好還是老實一些比較好，就算不是為了自己，也要為了身後的其他族人著想。

聽了赫連軒逸的話之後，那庫慢慢點了點頭，用蹩腳的中原話回道：「能聽懂一些。」

林莫瑤皺了皺眉，說道：「那你剛才為何不說？」

「我也只是會一點點罷了。」說完，看向林莫瑤，又換成了胡語，說道：「而且，既然妳這個女人能聽得懂我們說話，我自然要說我熟悉的語言比較好，否則萬一用中原話說不清楚，妳再動手殺我的族人怎麼辦？」

一句話，說得林莫瑤想著惱也不是，畢竟剛剛她確是提劍傷了他的族人。

後面的話赫連軒逸沒有聽懂，見林莫瑤臉色不大好，就問道：「怎麼了？」

林莫瑤總不能跟赫連軒逸說，對方是怕自己亂殺人吧？無奈之下，林莫瑤只能撇了撇嘴，說了句。「沒什麼。」

赫連軒逸見她這樣，也就不追問了，現在最重要的是解決面前的事情。

「將他們都捆了，押回軍營處置。」最終，為了不耽誤棉花運送的行程，赫連軒逸下命令將剩下的胡人都給捆了，先押送回文州再說。

等到將這些人都給捆好，赫連軒逸看著地上的一些屍體，想到之前那庫所說的話，面色有些動容，乾脆大手一揮，下令道：「將這些人的屍首帶上，若他說的是真的，就將他們送回他們的部落。」

赫連軒逸一聲令下，便有人將躺在地上的胡人屍首一具具的抬到了馬車上。

那些被捆了的胡人看著這一切，不明所以，林莫瑤見了，就乾脆替赫連軒逸解釋了一句。

頓時，除了那庫之外，剩下的胡人臉上都出現了難過的神色，有幾個年輕的乾脆哭了起來，就是林莫瑤見了都難免有些動容。

就這樣，一行人快馬加鞭趕回了文州。

一回到文州，赫連軒逸就交代司北將林莫瑤送到將軍府去，而他則要帶著人將這些胡人押送回軍營好生審問。

林莫瑤只能跟著司北先回將軍府，想到赫連軒逸離開時的眼神，林莫瑤就覺得自己這是驚喜沒給成，反倒成了驚嚇，赫連軒逸回來之後，自己怕是要倒楣了。

林莫瑤在將軍府一待就是三天，提心吊膽的等著赫連軒逸回來找自己算帳，可是，三天過去了，赫連軒逸連出現都沒出現，只有赫連澤知道自己來了，叫了自己過去見了一面之後，也是不見了人影，偌大一個將軍府，只留下了她一個人。

林莫瑤有心打聽一下赫連軒逸的消息，卻不知該問誰？司北將她送到將軍府之後就回了軍營，她身邊也只有墨香和墨蘭，眼看三天過去了，赫連軒逸還是沒有回來，林莫瑤乾脆就讓墨香出去打聽，結果得到消息，赫連軒逸和赫連澤一直待在軍營，似乎在商量重要的事情，這幾天都不會回來，讓林莫瑤如果無聊了，可以自己去文州城轉轉。

林莫瑤在文州轉了兩天，才等到赫連軒逸回來。

赫連軒逸回來的時候，林莫瑤正帶著墨香待在屋子裡，將沒做好的衣服收尾。路上走得急，林莫瑤為赫連軒逸做的棉衣還有幾處地方沒有處理好，趁著這幾天，林莫瑤將尾收了一下，只差最後幾針就完工了。

林莫瑤剛剛剪斷絲線，就聽見院子裡傳來說話的聲音，緊跟著便是急切的腳步聲響起。林莫瑤沒聽清剛才外面的人喊的是什麼，只得將手中的東西放下，起身迎到了門口，待看清外面的來人，林莫瑤便這樣愣在了門口，一手扶著門框，目不轉睛的看著那距離自己越來越近的少年。

看見林莫瑤出現在房間門口，赫連軒逸的腳步突然就慢了下來，兩人的目光在空中相會，雙雙都愣了一下，林莫瑤隨即面色一紅，輕輕的將頭扭向別處，扶著門框的手也放了下來，身子微側，幾乎躲到了門後。

赫連軒逸大步邁上臺階，就這樣隔著門檻站在林莫瑤的面前。

感受到赫連軒逸的目光，林莫瑤的頭埋得更低了。赫連軒逸比林莫瑤高出一整個頭，這會兒林莫瑤低著頭，赫連軒逸的目光便落在了她的頭頂。一頭漆黑的長髮，只在頭頂的位置盤了一個小髻，簡單地簪了一支白玉簪子，其他頭髮隨意地散落在肩上、背上。

二人就這樣隔著門框站了一會兒，赫連軒逸突然開了口。

「一年沒見，似乎長高了不少。」

熟悉的聲音自頭頂響起，林莫瑤微微點了點頭，輕輕的回道：「嗯。」

一個「嗯」字過後，二人便再也沒有開口說話，似乎有千言萬語要說，又似乎什麼話也說不出口，就這樣一裡一外的站著，讓候在一旁的墨香等人看得都急死了。

墨蘭和墨香看著兩人這樣站著，互相對視了一眼，感受著院子裡微微颳起的風，開口道：「小姐，外頭起風了，您要不要請少將軍進屋去坐會兒？」

墨香的話提醒了林莫瑤，只見她「哎呀」一聲抬起了頭，看向赫連軒逸，有些侷促，卻還是往後退了一步，對他說道：「你先進來吧。」

說著，自己轉身回到剛才坐著的桌子旁，只是這一轉身，便看到了還放在桌子上的繡品笸子，裡頭放著剛剛給赫連軒逸做好的棉襖子，林莫瑤連忙想收起來。

但赫連軒逸早在林莫瑤開口的時候，就已經邁步走進來了，這會兒進門一眼便看到林莫瑤放在桌上的東西，見她這樣著急的要收拾，立即出聲。「咦？這是什麼？」說著，三步併兩步地走了過去，從林莫瑤的手上將東西奪了下來。剛才遠遠的瞧著就像是衣服，這會兒拿在手裡一看，果然是！他勾起嘴角，臉上帶著欣喜的笑意看向林莫瑤，挑了挑眉，語氣抑制不住的高興。「這是給我做的？」

「拿來！」林莫瑤嬌嗔地瞪了赫連軒逸一眼，隨後伸手去搶。

赫連軒逸一個旋身就躲開了林莫瑤的手，拿著衣服更高興了，只見他將棉襖子抖開，發現已經是成品，袖口和領口的位置還用深色的絲線繡了精緻的花紋，赫連軒逸瞧了半天，也沒瞧出是什麼圖案，乾脆就不想了。反正瞧著挺好看的，而且顏色也是他喜歡的。

總之，赫連軒逸是越看越喜歡，乾脆當著林莫瑤的面，將棉襖子給套到了身上。

林莫瑤哎了一聲，終究是沒攔住。

赫連軒逸將棉襖子穿到身上後，卻發現襖子有些寬大。

林莫瑤也發現了，只見她眉頭輕輕一蹙，有些不高興的說道：「瞧著好像有些大了。」

赫連軒逸從她的語氣中聽出了一絲的失落。為了不讓林莫瑤難過，赫連軒逸穿著棉襖，高興的在她面前轉了兩圈，然後說道：「不大不大，這還沒到冷的時候呢！現在我身上的衣裳穿得單薄，等到了冬天，裡面加上厚厚的衣服，就正好！」說完，赫連軒逸徑直走到林莫瑤的面前，一彎腰，將臉湊到了她眼前，笑道：「謝謝妳，阿瑤。」

林莫瑤先是被突然接近的大臉嚇了一跳，又讓赫連軒逸那滿是寵溺的眼神，給看得害羞了起來，頭迅速的低了下去，說話也變得有些結巴。

「你……你說話就說話，離得這麼近做什麼？」說完，林莫瑤紅著臉往後退了一步，只是，她退一步，赫連軒逸就往前進一步，直到林莫瑤碰到身後的桌子，這才停下。

兩人中間只隔了不過一個手掌的距離，赫連軒逸又有意逗弄林莫瑤，臉依然湊在她面前。

這還是兩人成年之後，第一次這般近距離面對面地看著對方。林莫瑤滿臉的羞澀，一雙大眼睛被赫連軒逸看得不停躲閃著，愣是不敢將視線與赫連軒逸對到。

小小的鼻子微微隆起，顯得有些稚氣，兩頰更是染上了兩朵誘人的紅暈，將林莫瑤的小臉襯托得猶如熟透了的紅蘋果，赫連軒逸忍不住吞了吞口水，就連呼吸也不自覺的急促了起來。

林莫瑤和赫連軒逸挨得近，他身上的變化自然也能感受得出來，一時間，林莫瑤的內心突然就矛盾起來，既是害怕，又是期待。

感受到赫連軒逸的目光越來越炙熱，林莫瑤終於鼓起勇氣抬起頭，看向了他。

兩人目光交會，赫連軒逸看著林莫瑤的雙眼，隨後目光繼續往下，鼻梁、鼻子，最後，落在了那張小巧精緻的嘴巴上面。

房間裡的溫度，迅速上升。

「阿瑤……」赫連軒逸看著林莫瑤，喃喃的開口，聲音早已不復之前的沈著和冷靜，透出一股熾熱、沙啞。

林莫瑤臉上的紅暈更甚，只能這樣強撐著和赫連軒逸對視，睜著眼睛看著面前的那張臉，離自己越來越近、越來越近……

就在這時，突然響起了敲門的聲音，緊跟著外面的人直接喊了一聲。「小姐。」

林莫瑤嚇了一跳，本能的就想站直身子，此時赫連軒逸早已經將頭湊了過來，林莫瑤這一往前，猝不及防的，便自己將雙唇湊了上去。

兩人的雙唇碰到了一起，林莫瑤瞬間雙眼睜大，想要往後躲，可身後是桌子，能容她躲到哪裡去？還差點將自己給絆倒。

赫連軒逸只感覺一個軟軟的東西劃過自己的唇畔，很滑很香，可他還未來得及仔細品嚐，便感覺自己面前的小女人快摔倒了，連忙伸手將人給撈了回來，緊緊摟在懷裡，而那軟軟的唇也因為這個動作，重新貼回自己的唇畔。

赫連軒逸正準備進一步品嚐懷中小女人的香甜，身後卻響起了一聲驚叫。

「哎呀！」剛剛進門的墨香見到屋裡的情形，驚叫了一聲就要往回撤，可墨蘭就跟在她的後面，於是兩人就這樣毫無防備的在門口撞到了一塊兒。

門口的動靜太大，屋裡的兩人就是想忽視都不能。

被墨香和墨蘭撞見，林莫瑤更是羞得不行，迅速地推開赫連軒逸，一張臉都快紅得燒起來了。

墨香和墨蘭兩人進也不是、退也不是，只能訕訕地站在門口，而且還很明事理的背過身去。兩人也是頭一次見到這種情景，耳根子紅得比林莫瑤的臉也不遑多讓。

「小、小姐，奴婢們一會兒再來。」說完，兩人抬腳就想往外走。

赫連軒逸似乎還有些沒回過神來，不自覺的抬起手，撫上了自己的唇。剛剛那軟軟、甜甜的觸感，讓赫連軒逸亂了心智，這種感覺，從唇畔到心尖，都彷彿吃了蜜糖一般，讓赫連軒逸只想再次好好品嚐一番。

感受到頭頂傳來熾熱的目光，林莫瑤生怕待會兒這人再做出什麼事來，連忙出聲喊住了墨香和墨蘭。「不用了，進來吧！」林莫瑤在兩人走出門之前，出聲叫住了她們。

墨香和墨蘭對視了一眼，想轉身卻又不敢，畢竟，這間屋子裡還有個赫連軒逸。

赫連軒逸看著林莫瑤一副要躲開的模樣，嘴角浮起一抹笑容，不難聽出剛剛林莫瑤開口攔住墨香和墨蘭時的語氣有著急切，生怕說晚了這兩人就走了。赫連軒逸嘴角噙著笑，餘光瞥到門口那兩人侷促的模樣，乾脆趁著二人進來之前，俯身輕輕的在林莫瑤的耳邊呢喃了一句。「沒想到，阿瑤的滋味，這般的好。」

男子特有的氣息撲鼻而來，一股熱流從耳垂劃過，林莫瑤只感覺整個人猶如電擊一般，身上一股電流從腳底直衝腦門。想到赫連軒逸剛才說了句什麼，林莫瑤臉頰滾燙，心中更是猶如揣了隻小兔子一般，撲通撲通的跳個不停，比剛才兩人無意間親到一起的時候更厲害了。

林莫瑤早已不是未經世事的少女，只是，這種感覺卻是前世李響從未給過她的，或許這便是人們說的，心猿意馬的感覺吧？就在剛才，有那麼一瞬間，林莫瑤竟然希望赫連軒逸親上來。想到自己居然會有這樣的想法，林莫瑤一張臉更是羞得快滴出血來了。

赫連軒逸見自己的目的達到，在林莫瑤的羞澀和窘迫之中，哈哈大笑了起來，隨後揚聲對身後的二人說道：「進來吧！」

墨香和墨蘭頓時從胸中呼出一口氣，對視一眼，調整了狀態，將手上的東西整理好，再次轉身邁步走了進來。

林莫瑤臉上的潮紅還未褪去，墨香和墨蘭放下點心和茶水的時候，更是揶揄的看了她好幾眼，那眼中的曖昧神色，讓林莫瑤的臉羞得更紅了，剛想開口訓斥二人，就被二人搶了先。

墨香和墨蘭將桌子上的點心和茶水都布好了之後，便雙雙往後退了一步，福身行禮道：「小姐、少將軍慢用，奴婢們先退下了。」說完，二人笑著對林莫瑤挑了挑眉。

那眼中的戲謔之色太過明顯，惹的林莫瑤狠狠的瞪了兩人一眼，道：「這是想去哪兒偷懶？就給我在門口好好的守著！」

說這話的時候，林莫瑤看都不敢看赫連軒逸，連眼睛的餘光都不敢飄過去，就怕對上他那雙眼睛。

墨香和墨蘭聽了林莫瑤的吩咐，又看向了赫連軒逸。

赫連軒逸此時端起茶杯品了一口，隨即道：「妳們就在門口守著吧，別讓人靠近，我有點事和妳們小姐說。」

「是，奴婢告退。」赫連軒逸既然都這麼說了，那她們倆就不需要再刻意幫兩人製造機會，乾脆地退了出去，守在了門口。

第一百零七章　還習慣嗎

房間裡的氣氛一時間沈默了下來，林莫瑤臉上的潮紅也漸漸褪去。

「出什麼事了嗎？」

「這幾天住得可還習慣？」

沈默的氣氛，兩人都想打破，只是這一開口，兩人就異口同聲了。隨著話落，兩人都抬起頭看向對方，然後噗哧一聲笑了起來。

赫連軒逸瞥了一眼門邊的位置，墨香和墨蘭就守在門口，院子的門是關著的，院子裡的下人也都遣了出去，這會兒他們兩人坐在屋裡，除非站在門口，否則是看不到他們在做什麼的。赫連軒逸想到剛才的甜美滋味，就往旁邊挪了挪，直接挨著林莫瑤坐下，一伸手，就將林莫瑤的手抓到了手裡。

林莫瑤猝不及防的被赫連軒逸抓了個正著，連忙想要掙脫出來，就聽見赫連軒逸毫不客氣的說道——

「阿瑤，若是妳再亂動，我不介意抱著妳坐。」

一句話，讓林莫瑤抽手的動作猛的停了下來，瞋了赫連軒逸一眼，但倒沒有再繼續往外抽手了。

林莫瑤的手很小，纖細修長，一根根的手指就像雨後新出的筍芽尖兒，瞧著就讓人想咬一口，赫連軒逸就這樣輕輕的摩挲著林莫瑤的每一個指節，愛不釋手。

林莫瑤見赫連軒逸一直盯著自己的手看，而奇怪的是，隨著赫連軒逸的手指摩挲過她手指上的關節，每摩挲一下，林莫瑤的心就會不自覺的跳一下，她不知道再這樣下去，自己會不會因為心跳過快而死掉？

「哎呀，你身上還穿著棉襖呢，趕緊脫了，待會兒捂出了汗，出去一吹風，要受涼的。」就在林莫瑤快要受不了這種感覺的時候，發現赫連軒逸剛才穿到身上的棉襖還沒脫下來，連忙出聲提醒。

赫連軒逸低頭看了一眼身上穿著的衣服，感覺後背已經漸漸冒出了細汗，然後，他突然想到了什麼，嘴角浮起一絲笑，看著林莫瑤，突地說道：「阿瑤幫我脫吧！」

林莫瑤小臉一紅，瞪著他嗔道：「登徒子！」原本想抬手打的，可卻發現自己的手被這人抓著。林莫瑤無奈地嘆了口氣，嬌嗔地瞪了赫連軒逸一眼。「你抓著我的手呢，還不快放開！」

赫連軒逸嘿嘿一笑，這才依依不捨的鬆開林莫瑤的手，鬆開之前還不忘在林莫瑤的手心輕輕的撓了撓，又惹得林莫瑤一陣顫慄。

「你……」雙手自由後，林莫瑤抬手作勢就要打。

赫連軒逸卻一把抓住，討饒道：「好阿瑤，我錯了！」

見赫連軒逸認了錯，林莫瑤這才抽回手，起身站到了赫連軒逸的對面，將他從凳子上拉了起來，三兩下的解開了棉襖的扣子，幫著赫連軒逸脫下來。

待棉襖脫下來後，林莫瑤拿著就想往內室走，卻被赫連軒逸給擋住了去路。

赫連軒逸生怕林莫瑤因為他剛才的行為而生氣了，要把衣服收起來，便一把將棉衣拿了過來，連忙說道：「這是做給我的，妳想拿到哪裡去？」

林莫瑤瞪了他一眼，無奈笑道：「這衣服還沒做好呢，急什麼！」

赫連軒逸卻是不信，拿著衣服翻來覆去的看了幾眼，並沒有發現什麼不好的地方，便說道：「這不是已經做好了嗎？」

林莫瑤卻不理他，將衣服從他手中給拽了回來，抱在手裡，一邊往內室走，一邊說道：「我找了文州最好的鐵匠，專門訂做了一面護心鏡，等護心鏡到了，我再縫到衣服裡，那時候才是真正的做好。」林莫瑤將衣服重新放回櫃子裡，將櫃門關上，一轉身卻發現赫連軒逸站在內室的門口，含情脈脈的看著她。

「阿瑤，謝謝妳。」

林莫瑤害羞一笑，繞過赫連軒逸，從內室走了出來，回到剛才的位置坐好，這才開口問道：「軍營的事情都忙完了嗎？」

赫連軒逸跟在她身後坐下，聽見林莫瑤的問話，便輕輕搖了搖頭，道：「暫時還沒。」

林莫瑤知道軍營的事情自己不好多問，可是，想到那日在路上抓到的那庫等人，林莫瑤又忍不住想問一問。「那天抓回來的胡人都查清楚了嗎？賣消息給他們的人是真是假？抓到了嗎？」

說起正事，赫連軒逸也收起了戲謔的表情，點點頭，說道：「嗯，回到軍營之後，我找了軍營裡懂胡語的人去問了他們部落的位置，又去他們經常和文州百姓換東西的地方打聽了一下，確實如那人所說，他們之前和咱們這邊的百姓相處得還算可以，而且聽那邊村子的人說，那庫這個人除了會拿東西和他們換糧食、鹽及布料之外，還經常帶著族人幫他們幹活。」

聽了赫連軒逸的話，林莫瑤微微點了點頭，道：「看來他說的是真的了，那他口中說的賣消息給他們的那個混混呢？抓到了嗎？」

赫連軒逸點頭。「第二天就抓到了。這人本是文州城內的一個小混混，平時就靠坑矇拐騙過活，那日我派去的人找到他的時候，這廝正拿著那庫他們送來的錢待在賭坊賭錢呢！」

林莫瑤一聽便揚了揚眉。「文州這樣的地方還有賭坊？」

赫連軒逸有些好笑，道：「呵呵，只要他們不鬧出人命，平時我們也都是睜一隻眼閉一隻眼的。更何況我爹只是掌管這裡的軍事，至於這地方上的事情，都是州府大人在管，所謂軍政互不干擾，我們平時也就不管了。」

林莫瑤了然的點點頭。自古軍政互不順眼，這只是針對朝堂之上，實際上在各個州府，軍政之間都是有聯繫的。軍事這邊，希望文官幫著周旋於朝廷；而文官這邊，又希望軍事這邊幫著鎮壓，雙方各取所需，也算是相處和諧。

至於最後這個混混的下場，林莫瑤沒有問。只是略微動動腦子猜想一下，便能猜到了。為了錢財連這種消息都能賣的人，留下來只怕會是個禍害，所以，林莫瑤很聰明的將話題就這樣翻了過去。

「那現在那庫他們還關在軍營嗎？」林莫瑤擔心的是這個問題。按照赫連軒逸所說，那庫所交代的事情都屬實，那他們現在被抓了，他們部落裡留下來的那些女人、老人和孩子該怎麼辦？

這次那庫他們出來搶奪這批棉花，部落裡幾乎已經將能弄出來的食物都給了他們，為的就是讓他們吃飽，然後凱旋而歸，可是現在……

赫連軒逸搖了搖頭，回道：「爹把他們都放回去了，只留了那庫。」

「那庫？留下他做什麼？」林莫瑤眉頭輕蹙，疑惑的問道。

赫連軒逸神秘一笑。「自然有用處。」

林莫瑤一聽，便不再問了。兩人又說了一會兒話，外面便有人來找赫連軒逸，聽說是大將軍請他過去書房。

赫連軒逸不敢耽擱，林莫瑤也知道大將軍找他必然有事，不敢多留，將人送到了門口。只是，讓林莫瑤沒想到的是，赫連軒逸竟趁著門口幾人不注意，快速的低頭在她臉頰上輕輕的啄了一口，等林莫瑤反應過來的時候，赫連軒逸已經腳步邁出，準備下樓梯了。

林莫瑤捂著臉，真的是又羞又惱，乾脆一跺腳，直接回了屋子，砰的一聲把門給關上了。

走到院子門口的赫連軒逸聽見關門聲，心情更好了，哈哈哈的大笑著走了出去。

自從那日二人見過一面之後，接下來好幾天，林莫瑤都沒有再見到赫連軒逸，讓人打聽，只說在軍營，旁的就不知道了。林莫瑤不好細問，只能待在將軍府裡等著。

被赫連軒逸撩撥了一次之後，現在林莫瑤總是一閉上眼睛，就會回想起那天兩人那蜻蜓點水般的親吻，光想一想，她的心就跳個不停，心中想見他，卻又惱他那日所為，整個人天天處在這樣矛盾的狀態。

又過了兩日，林莫瑤正待在屋裡，看著司北怕她無聊而尋來的各種雜書時，就聽見外面有腳步聲響起。因為天氣冷了，風吹著涼，所以房門是關著的，聽見腳步聲，墨香便放下手上的針線，打開門迎了出去，很快的，院子裡便傳來說話的聲音，但離得遠，又隔著門窗，林莫瑤聽不大真切。

不過一句話的工夫，墨香就疾步走了進來，連門都忘記帶上，進屋就對林莫瑤稟報道：「小姐，剛才來的人是少將軍院子裡伺候的大元，他說少將軍從軍營回來了，只是、只是……」

「只是什麼？」

「只是他說，少將軍好像是受傷了。」墨香話音剛落，只見林莫瑤手上的書唰的一下落到了地上，再看時，林莫瑤人已經衝到了門外。墨香一驚，連忙一把抓起軟榻上的披風追了出去。

林莫瑤到赫連軒逸的院子時，院子裡原本伺候的下人，都整整齊齊的在院子裡站著，大家見林莫瑤進來，紛紛低下了頭。

守在門口的四喜瞧見林莫瑤進了院子，就跑到屋裡稟報了一聲。

林莫瑤也沒察覺出什麼不對的地方，快步的走上臺階，四喜正好從屋裡出來，二人碰了個照面。

「三小姐。」四喜連忙行禮。

林莫瑤心不在焉的點了點頭，擔心的往裡面瞅了一眼，問道：「聽說少將軍受傷了？」

四喜眉頭緊皺的頷首，然後讓開了位置，躬身道：「三小姐，您進去看看我們少將軍吧，奴才先退下了。」

林莫瑤含糊的應了就走進了內室。

而四喜一出門，臉上的愁容便消失了，賊賊的笑了笑，剛好被墨蘭和墨香逮了個正著，二人正要開口訓斥，就見四喜做了個噤聲的手勢，然後往屋裡指了指。

墨香狠狠地瞪了他一眼，低聲問道：「怎麼回事？」

四喜笑了笑，將兩人從廊下拉到了院子裡，確保屋裡的人聽不見他們說話。

墨香一臉的莫名其妙，又有些氣惱，直接踢了四喜一腳，喝斥道：「拉拉扯扯做什麼！不是說少將軍受傷了嗎？怎麼回事？」

四喜揉了揉被墨香踢到的地方，陪笑道：「姑奶奶欸，少將軍沒事！」

墨香皺眉，瞪眼道：「沒事那你們瞎嚷嚷什麼？」

四喜賊賊一笑，道：「這不是少將軍想見三小姐嘛！嗯，妳懂的。」說完，還故意挑了挑眉。

墨香臉一紅，斥道：「我懂你個大頭鬼！」話雖這麼說，卻不似之前那麼凶了。

倒是墨蘭站在一邊，低聲道：「這樣讓小姐和少將軍待在一起，不合禮數啊！要是讓夫人知道了……」

誰知四喜根本就不在意，大手一揮，道：「這院子裡這麼多人，咱們都在呢！再說了，咱們少將軍是那種不可靠的人嗎？何況少將軍和三小姐都已經訂了親，不說旁的，這事只要咱們幾個不說出去，誰會知道？」

說完，四喜還往旁邊站著的其他下人那裡看了一眼，問道：「你們會說嗎？」

站在一旁的幾人連連搖頭，表示自己今天什麼都沒看見。

墨蘭、墨香見了，狠狠地瞪了四喜一眼。這會兒林莫瑤都已經進了屋子，她們就是再說什麼也沒用了，乾脆重新回了廊下，找了個地方坐下來，就這麼待在赫連軒逸的房間門口，也沒說進去，也沒出聲。

林莫瑤心中記掛著赫連軒逸的傷勢，卻又擔心吵到他，所以進了屋子之後，腳步就放輕了。

赫連軒逸在內室，剛剛披了件內衫，釦子還沒來得及扣上，就聽見了腳步聲，還以為是四喜又回來了，準備再吩咐他幾句，結果一轉身，卻看見了林莫瑤。

林莫瑤因為擔心赫連軒逸的傷勢，直接就進來了，沒有敲門，兩個人的目光就這樣在空中碰到了一起，空氣一瞬間就凝固了。

赫連軒逸的個子很高，一百八十幾的樣子，因為長期練武的關係，全身上下幾乎沒有一絲贅肉，古銅色的膚色，五官輪廓分明，那雙深邃的眸子此時寫滿了驚詫。兩人的目光相會，林莫瑤不自覺的就往下看，正好看到了赫連軒逸因為沒來得及扣上扣子而大敞著的衣襟。

寬闊的肩膀將那件月白的內衫撐在身上，而敞開的衣襟裡，袒露著古銅色的胸膛，再往下，又是好幾塊緊實的腹肌，看到這裡，林莫瑤的臉唰的一下就紅了，猛的轉過了身子，背對著赫連軒逸。

赫連軒逸這才發現自己有些衣衫不整，連忙將腰上的帶子給繫上。

林莫瑤原本想走，可是又惦記著赫連軒逸的傷勢，便窘迫的問道：「他們說你受傷了？

嚴重嗎？」

赫連軒逸繫帶子的動作一頓，隨即想到，這怕是四喜幾個瞞著他跑去跟林莫瑤說的。一想到林莫瑤聽到自己受傷了就這麼著急的趕來，他心中覺得高興，不過，赫連軒逸注意到，林莫瑤身上連披風都沒穿，怕是一聽到消息就匆忙的來了，因此又忍不住在心裡將四喜幾人狠狠的罵了一頓。

「嗯，在軍營訓練的時候碰了一下。」赫連軒逸清了清嗓子回道。

林莫瑤一聽是真的受傷了，本能的就想轉身，卻又想到赫連軒逸剛剛的模樣，便說道：「你先把衣服穿上！」

赫連軒逸輕笑出聲，走到林莫瑤身後，靠近她的耳邊低聲道：「已經穿好了。」

林莫瑤聽了他的話，以為這人真的把衣服穿上了，就轉了過來，卻見赫連軒逸只不過是把內衫帶子繫上了，並沒有穿外衣。雖然還是有些惱，但好歹也算是擋住了不該看的東西。

到底還是內心的擔心戰勝了羞澀，林莫瑤抬頭看向赫連軒逸，著急的問道：「傷到哪兒了？嚴重嗎？」

赫連軒逸突然就起了捉弄的心思，沈聲道：「嗯，挺嚴重的。」

林莫瑤一聽挺嚴重的，嚇得臉都白了，拉著赫連軒逸上上下下的查看，嘴裡連聲問道：「究竟傷著哪兒了？」

赫連軒逸就這樣站在那裡任憑林莫瑤拉著檢查，感覺到那雙小小的手在自己的身上滑過，他的呼吸突然就亂了，喉嚨也變得有些乾燥。為了緩解這種感覺，赫連軒逸不自覺的吞了吞口水。

此時他身上只穿了一件薄薄的內衫，就算隔著衣服，都讓他感覺到那雙小手掌心傳來的溫熱，赫連軒逸一時難以自控，身體慢慢的就熱了起來。

林莫瑤感覺到赫連軒逸的身體變燙了，突然就意識到了什麼，手就這樣停在了赫連軒逸的胸口上，再然後，她慢慢的抬起頭，果然對上了赫連軒逸熾熱的目光。

第一百零八章　甜蜜

原本赫連軒逸只是想逗弄一番林莫瑤，可是，隨著林莫瑤的雙手觸碰上他的肌膚，那日無意間的親吻，立時浮現在赫連軒逸的腦海，回味無窮的香甜讓他意猶未盡，此時的他，只想要更多。

赫連軒逸吞了吞口水，聲音沙啞的呢喃了一聲。「阿瑤……」

林莫瑤被赫連軒逸這般熱烈的看著，一顆心跳個不停，腳也軟了，不能挪動半分，就這樣傻傻的看著他，心中又是害怕、又是期待的，而她的手，早已經從觸碰轉變成了握緊，在她的手心，緊緊抓著的，是赫連軒逸那薄薄的內衫。

赫連軒逸伸出手，一把就將林莫瑤抱到了懷裡，兩人的身體緊緊的貼合在一起，臉離得很近，赫連軒逸能看見林莫瑤臉上的細緻肌膚，鼻尖傳來少女身上特有的清香，讓赫連軒逸不自覺的吞了吞口水，呼吸也變得急促起來。

此時，任何話語都變成了多餘，兩人的唇瓣慢慢的貼合，林莫瑤的身體猛的僵直，就連赫連軒逸都情不自禁的顫了一下。看著林莫瑤已經迷離的雙眼、臉上泛起的紅潮，還有鼻尖冒起的細小汗珠，這樣嫵媚的林莫瑤，是赫連軒逸從未見過的，很是惹人憐愛。

突如其來的吻，讓林莫瑤有些措手不及，只能收緊自己的雙手，試圖緩解內心的慌張，身體輕輕的顫動著，承受著赫連軒逸的愛意，輕顫的睫毛也不自覺的染上了濕意……

林莫瑤的接納，讓赫連軒逸不自覺的想要加深這個吻。

這一吻，兩人都顯得有些生疏，林莫瑤被吻得身子發軟，赫連軒逸一手摟著她的腰，另外一隻手則托著林莫瑤的後腦，讓她更加貼近自己。

這樣的姿勢持續了一會兒後，雙唇的淺嚐已不能滿足赫連軒逸，此時他的內心有一股聲音在強烈的呼喊著，想要更多。

溫和的吻瞬間轉變，猶如狂風暴雨一般，讓林莫瑤措手不及。她腦中一片空白，就這樣任由赫連軒逸撬開了她的貝齒，加深了這個吻，熾熱而又纏綿。

林莫瑤被赫連軒逸吻得全身發麻，腦袋暈乎乎的，幾乎都快要喘不上氣，只是任由赫連軒逸在她口中索取更多、更多。

時間一分一秒的過去，林莫瑤的腦袋因為呼吸困難而恢復了一絲清明。她瞪大了眼睛，試圖將赫連軒逸推開，卻發現根本推不動，只能改成用拳頭捶著。

感受到懷中小女人的抵觸，赫連軒逸這才睜開眼睛，對上林莫瑤那雙已經恢復理智的大眼，意猶未盡的離開了那張溫軟香甜的小嘴。

赫連軒逸的唇剛剛離開，林莫瑤的呼吸順暢了，立即大口大口的喘了起來，可是身子卻還軟癱在赫連軒逸的懷裡。

看著懷裡的小女人大口大口的喘著氣，赫連軒逸這才後知後覺的意識到自己做了什麼，心中羞愧的同時，更多的是欣喜，摟著林莫瑤的手臂收得更緊了。

「阿瑤……」赫連軒逸的聲音有些沙啞，彷彿在極力克制著什麼，放在林莫瑤身上的手也不自覺的摩挲了起來，將頭慢慢的低下，埋入了林莫瑤的頸間，汲取她身上的清香。

林莫瑤掙扎著想脫離赫連軒逸的懷抱，卻被他抱得更緊。

赫連軒逸在她耳邊低聲道：「阿瑤，不要動，妳若再動，我難保自己能克制得住，不會現在就要了妳。」

此話一出，林莫瑤果然不敢動了。

赫連軒逸嘴角輕輕上揚，將人抱得更緊了。

林莫瑤就這樣任由赫連軒逸抱著，直到他身體微僵，身上的熱度漸漸散去。這個時候天氣已經很冷了，即使赫連軒逸的身體再強壯，只著一件內衫也會感到有些冷的。感受到抱著自己的身體漸漸冰涼，林莫瑤擔心他會受涼，便弱弱的提醒了一句。「你要不要先穿件衣服？」

被林莫瑤這麼一說，赫連軒逸便從林莫瑤的頸間抬起頭，點了點頭，應了一聲。

「嗯。」

感受到抱著自己的手臂鬆開，林莫瑤這才從赫連軒逸的懷裡退出來，想著赫連軒逸要穿衣服，便想趁著這個機會逃離這裡。剛才的親密，雖說經過冷靜後，那種感覺已經漸漸消退，可是留在這裡，還是讓她覺得有些不好意思。

就在林莫瑤轉身準備離開的時候，身後的赫連軒逸突然發出了一聲低吟，很輕，似乎在強忍著什麼，林莫瑤立即回頭看向他。她怎麼忘了，這人身上還有傷呢！

「怎麼了？」當看見赫連軒逸用左手抱著右手的手臂，臉上的神情有些痛苦時，林莫瑤擔心的問道。

赫連軒逸無奈地苦笑了一聲。剛剛兩人親熱的時候，林莫瑤全身軟軟的，只能依靠他的力量來支持著，再加上後來二人又用那樣的姿勢抱了許久，赫連軒逸這隻手臂本就受傷了，這會兒放鬆下來，便覺得手臂似乎一動就有些疼。

這種疼痛其實對於他們這樣長期訓練的人來說，根本就不值一提，可是，在看到林莫瑤準備逃走的時候，赫連軒逸突然就不想忍了。

「手動不了了。」赫連軒逸無奈的說道。

林莫瑤伸手輕輕碰了碰赫連軒逸的手臂，發現他這會兒手臂上的肌肉僵硬，再輕輕的動了一下，赫連軒逸隨即發出了一道抽氣聲，額頭也有了些細汗出現，林莫瑤就惱了。

「都這樣了，剛剛還、還……」說到這裡，林莫瑤實在是說不出口，乾脆生氣的狠狠瞪了赫連軒逸一眼。

赫連軒逸狡黠一笑，追問道：「還什麼？阿瑤怎麼不說了？」

林莫瑤臉一紅，嗔怪的哼了一聲，隨後小心的將赫連軒逸扶到椅子上坐好，這才問道：

「你的衣服在哪裡？我去幫你拿。」

赫連軒逸此時也樂得讓林莫瑤照顧，乾脆就坐著，朝另外一邊努了努嘴。

林莫瑤順著看去，只見幾件衣裳零零散散的正放在赫連軒逸的床邊。

快步走過去，林莫瑤將衣服都拿了過來，放到赫連軒逸的面前，道：「快穿起來吧！」

赫連軒逸可憐兮兮的看著林莫瑤，然後動了動肩膀，將那隻不能動彈的手臂在林莫瑤的面前晃了晃，滿臉委屈。

林莫瑤無奈又心疼，只得拿起衣裳，一件件的幫赫連軒逸穿上。

赫連軒逸舒適的享受著林莫瑤的伺候，更享受那種兩人若有似無的觸碰，屋內的氣氛若隱若現的曖昧，卻不似之前那般火熱了。

「還疼嗎？」將最後一件外衫套在赫連軒逸的身上，林莫瑤輕輕抬手在他的肩膀上動了動，想觸碰卻又怕弄疼赫連軒逸一般，很是小心。

赫連軒逸的手臂早已經恢復了知覺，見林莫瑤小心翼翼抬起的手，乾脆抿嘴一笑，用另外一隻手抓了林莫瑤的手腕，輕輕的放到了自己的肩膀上，隨後說道：「已經不疼了。」

林莫瑤仰頭看向他的雙眼，似乎在尋求肯定一般，喃喃問道：「真的？」

「嗯。」

為了不讓林莫瑤再追問下去，也不想見她滿臉愁容的模樣，赫連軒逸乾脆轉移了話題。

「對了，妳怎麼突然來了？」

「他們說你受傷了，我不放心，就過來看看。」林莫瑤老實的回道。

赫連軒逸又笑了，溫玉般的笑容很溫暖，眼神中也滿是溫柔。對於林莫瑤的關心，赫連軒逸很是受用，只是見她因為擔心，臉都嚇白了的模樣，又有些心疼，心中盤算著待會兒一定要好好收拾收拾四喜這幾個小子。

「阿瑤心中有我。」赫連軒逸湊到林莫瑤的面前，笑咪咪地說了這麼一句，語氣很是曖昧。

林莫瑤被他猝不及防的動作嚇了一跳，撇開了臉，嗔道：「誰心裡有你了！」

赫連軒逸挑了挑眉，笑道：「心中無我，怎會這麼著急，連披風都沒穿就跑來了？」說完，嘴角滿是戲謔的笑。

林莫瑤有些惱。早知道就不來看他了！想到這裡，林莫瑤乾脆起身，瞪了赫連軒逸一眼，抬腳就要走。

赫連軒逸一把拉住她，問道：「妳要去哪兒？」

林莫瑤試圖甩開他的手，說道：「既然你沒事了，那我自然是要回去了。」

「別忙，我有事要與妳說。」說完，赫連軒逸手上一用勁，將林莫瑤給拉回來，林莫瑤重心不穩，跌坐了回去，被赫連軒逸抱了個滿懷，撈到了他的腿上坐。

林莫瑤掙扎了幾下，無法掙脫，便怒道：「放我下去！」

「我不。」說著，赫連軒逸抱得更緊了。

林莫瑤只能加大掙扎的力道。

為了不讓林莫瑤繼續掙扎，赫連軒逸趕緊說起了正事。「我爹將那庫放回去了。」

林莫瑤聞言，有些意外的看向赫連軒逸，疑惑道：「放了？」

「嗯。」

「為什麼？」林莫瑤問。

赫連軒逸笑呵呵的，乾脆就將自己的腦袋靠在了林莫瑤的肩膀上，慢吞吞的回道：「那庫所言非虛，爹派人查了他們部落的底，發現這些年那庫帶著族人東躲西藏，但不是躲我們的軍隊，而是躲他們國家的其他部落。說出來或許妳也不信，那庫的祖先竟然曾是他們那裡幾個強大的部落中的一個，只是後來不知道為什麼衰敗了，到那庫這一代，竟沒落成這個模樣。」

「還有這種事？」林莫瑤掙扎了幾下，見赫連軒逸根本不願意放開她，乾脆就放棄了，喃喃了這麼一句，隨後問道：「那這和大將軍將他放回去有什麼關係？」

赫連軒逸抬起頭，看著林莫瑤的眼睛，笑道：「爹這麼做，自有爹的打算，不過，爹讓我問問妳，可有什麼辦法能解決那庫他們部落現在這種窮困潦倒的境況。」

「我？」林莫瑤指了指自己，似乎有些不敢相信赫連將軍會問她這個，至於赫連澤和那庫到底是怎麼談的，又為什麼會放那庫回去，林莫瑤聰明的沒有問。今生她只想做個平凡的人，不想再扯進這些事情裡面去了。

不過既然赫連澤將這件事交給她，那她就幫忙想想辦法好了。

見林莫瑤陷入了沈思，赫連軒逸的嘴角浮起了一絲意味深長的笑容，重新將頭靠在林莫瑤的肩膀上。

林莫瑤也不管赫連軒逸，只將自己能想到的辦法都想了。

想要解決那庫他們的境況，首要就是得解決他們的糧食問題，只是，不管那庫現在和赫連澤談好了什麼，他終究是揭羅國的人，赫連澤必定不會將中原的種植技術傳授給他，既如此，就要從那庫他們原本的生活入手了。

遊牧民族，居無定所，那庫他們部落所有的依仗，也就只有那些牛羊了，就算他們在現在這個地方已經待了不少年，可遊牧民族畢竟不擅長種植，雖然也能勉強種出來吃的，但也不多，不然也不會落得這麼淒慘的田地。

說到底，還是必須要弄清楚赫連澤為什麼要幫那庫，又為什麼要讓她想辦法解決那庫部落的困境？想到這裡，林莫瑤終究還是嘆了口氣。她不想問、不想管，可這些事卻偏偏和她脫離不了關係。

「大將軍是和那庫談成了什麼條件嗎？」林莫瑤問道。

赫連軒逸眼睛一亮，看著林莫瑤的目光更加歡喜了，只見他輕輕的點了點頭，低聲在林莫瑤耳邊說道：「爹答應那庫，幫助他，將屬於他們部落的東西奪回來。」

赫連軒逸一說完，林莫瑤直接驚得從他身上站了起來，由於動作太快，肩膀還碰到了赫連軒逸的鼻子。

「哎喲……」赫連軒逸慘叫了一聲。

林莫瑤連忙慌張的查看他有沒有被自己撞傷，手上動作不停，嘴裡卻驚訝的低聲道：「大將軍這麼做若是被人知道了，是叛國啊！」

林莫瑤是真的慌了，前世赫連澤就是被人扣上了這個罪名的！難道……難道前世並不是李響他們誣陷，而是赫連澤真的……真的通敵叛國？想到這裡，林莫瑤又猛地搖頭。不可能，別的她不敢說，這赫連家世代忠肝義膽，這點絕對毋庸置疑。

赫連軒逸見林莫瑤急得臉都白了，眉頭緊皺，又是搖頭、又是點頭的，頓時慌了，暗自懊悔自己說話不說清楚，便連忙將林莫瑤拉了回來，安撫道：「阿瑤，妳別慌，沒有這麼嚴重。爹只是答應那庫，可以幫他解決他現在的苦惱，至於其他的，就靠那庫自己了。」

聽了赫連軒逸的話，林莫瑤顧不上其他，兩手攀著他的肩膀，急切道：「這、這和……有什麼區別？逸哥哥，你快攔住大將軍，這件事不能做啊！」「通敵叛國」四個字，林莫瑤終究是沒有說出口。

赫連軒逸見她急切的模樣，知道林莫瑤被自己嚇著了，說話聲更加溫和，安撫道：「阿瑤，妳別慌，沒事的，真的沒事。這件事情只有我和爹還有那庫知道，加上妳，現在只有四個人知道。爹之所以答應幫他，一方面是覺得那庫這個人還不錯，另外一方面，是因為那庫答應，只要爹能讓他們的部落在揭羅國活下去，他願意幫爹牽制住揭羅國的其他部落，讓他們不再有機會來騷擾我們的人民。所以，爹才讓我來問妳，有沒有什麼辦法能幫那庫解決了現在的麻煩，又能不讓他自己坐大，而必須要一直仰仗我們？」

最後這句話，才是赫連澤找上林莫瑤的最終目的。一來因為這丫頭的腦子極為聰明，二來林家是生意人，中原並不是沒有人和關外的人做生意，這種事情只要不涉及到國家大事、邊境安危，大家都會睜一隻眼、閉一隻眼，畢竟兩國通商獲利的不光是百姓，還有上面的高層。

「既要解決他們的困境，又不能讓他們自己坐大，還得要讓他們對我們有所依仗……」林莫瑤喃喃說著這句話，低聲道：「這個我得好好想想。」

第一百零九章　牽制他們的辦法

林莫瑤腦袋裡一直都在想著這個問題，也不知道自己是怎麼回到院子的。

墨香和墨蘭見林莫瑤滿腹心事的從赫連軒逸的屋子裡出來，兩人也有些丈二和尚摸不著頭腦，想問，卻發現林莫瑤似乎根本就沒理會二人，只能跟著林莫瑤回了院子。

到了晚上，墨香伺候林莫瑤洗漱的時候，幫林莫瑤一件件的將衣服褪下，一邊脫，一邊道：「這一到了冬天就是煩人，穿衣服得左三層、右三層的。棉衣是暖和，就是太臃腫了些，要是有什麼衣裳既能保暖，又不顯得臃腫就好了。」

林莫瑤還在琢磨著那庫的問題，想得正入神，耳邊卻傳來墨香絮絮叨叨的聲音，她一隻腳都已經抬起來準備邁進木桶，聽了墨香的話突然就停頓了，扭頭看向墨香，問道：「妳剛才說什麼？」

墨香一愣，疑惑地回道：「小姐，水好了。」

「不是，前面的。」林莫瑤皺眉。

墨香先將她扶到了木桶裡，這才繼續說道：「奴婢是說，若是有那種既能保暖，又不像棉衣那樣顯得臃腫的衣裳就好了。」說完，墨香自己都笑了起來，說道：「若是有，只怕是要大受歡迎的。不說旁的，就說京城那些個夫人、小姐們，怕是第一個就要搶著買了，這大冬天，誰都想穿得漂漂亮亮的。」

林莫瑤坐在木桶裡，感受到周身水流傳來的溫暖，聽著墨香的絮絮叨叨，突然就笑了起來。

「小姐想到什麼了，笑得這般高興？」

林莫瑤轉了個身趴在木桶上，仰著頭看著墨香，笑道：「墨香，妳這次可幫了我大忙了！」

第二天一早，林莫瑤早早的就讓人去通知赫連軒逸，讓他先別去軍營，她有話要跟他說。等到自己這邊收拾好了，林莫瑤才帶著人直奔前廳，到了那裡，才發現赫連澤和郭康都在。

「阿瑤見過大將軍、郭軍師。」林莫瑤沒想到這兩人今天竟然會在府裡，連忙行禮。

赫連澤手裡拿著一個饅頭，毫不在意的對林莫瑤招了招手，笑道：「快起來吧，都是一家人，不需要這些虛的。妳這麼早過來，肯定沒吃早飯吧？來來來，跟我們一起吃。」

遠在文州，赫連澤早就將京城那套規矩丟到了腦後，看著眼前的丫頭，赫連澤雖說和她見面的次數不多，但也算是從小就見過了，比起那些千金小姐，他還是喜歡林莫瑤這樣的丫頭，起碼不矯揉造作。

林莫瑤也不推辭，乾脆就坐在郭康和赫連軒逸的中間。隨著她坐下，便有人迅速的給她擺上了碗筷，盛了粥。

赫連澤和郭康到底是長輩，赫連軒逸雖說也會跟林莫瑤擠眉弄眼的，倒也沒敢太放肆，而是詢問林莫瑤這麼著急找他有什麼事？

林莫瑤看了看赫連軒逸，又看了看向二人投來詢問目光的赫連澤和郭康，最後扭頭看了看屋裡伺候的人。

赫連澤立即會意，大手一揮。「你們都先下去吧，這裡不用你們伺候了。」

「是。」屋裡的下人領命退出。

林莫瑤對身後的墨香和墨蘭使了個眼色。

兩人也跟著退了出去，走在最後，把門給關上了，隨後站在廊下。這個位置既聽不見屋裡說話的聲音，也可以全面留意著周圍動靜，不讓人有機會偷聽。

林莫瑤看了看在座的幾人，欲言又止，最後目光落在郭康身上，有些犯難。

郭康當了這麼多年的軍師，也算是會看人眼色，一見這樣就將碗放了下來，笑道：「我吃好了，你們慢慢吃啊！剛想起來還有東西要帶到軍營去，我回去取一下，你們聊。」說著就要起身，卻被赫連澤拉住了。

赫連澤看向林莫瑤，問道：「阿瑤，可是之前我讓逸兒跟妳說的事有辦法了？」

林莫瑤見赫連澤絲毫不避諱郭康，有些意外，扭頭看向了赫連軒逸。

赫連軒逸尷尬的摸了摸鼻子，說道：「我那天忘記跟妳說，郭叔也是知道這件事情的。」

林莫瑤恍然大悟。

郭康聽到這裡，也知道是什麼事情了，便又坐回了椅子上，重新將半碗米粥端了起來，笑道：「我還以為是什麼事呢，得避著我說。大姪媳婦，妳倒是說說看，想到什麼好辦法了？」

一個「大姪媳婦」的稱呼，讓林莫瑤紅了臉龐。

赫連軒逸雖然也有些羞澀，但更多的是喜悅。見林莫瑤半天不說話，就笑著輕輕推了推她。「郭叔問妳話呢！」

林莫瑤嗔怪的狠狠瞪了赫連軒逸一眼，見他笑得越發得意，就更惱了，但也知道這會兒不是兩人拌嘴的時機。

「那庫的部落是遊牧民族，他們不擅長種植，卻擅長養牛羊，若利用這一點，其實很容易就能解決那庫他們的危機，同時，也能很容易的就掌控住他們。」

林莫瑤的話音剛落，赫連澤和郭康就對視了一眼，二人都從對方眼中看到了驚奇。

郭康道：「丫頭，妳可知道他們養的牛羊有多少？」

林莫瑤一愣，回道：「揭羅國的人以放牧為生，自然牛羊就多了。」

「是啊！可咱們中原也有自己養的牛羊，若是從揭羅國那邊買他們的牛羊，那置我朝人民於何地？」郭康顯然有些不贊同這個想法。

只見林莫瑤微微一笑，道：「郭叔，我何時說要買他們的牛羊了？」

郭康一愣，被林莫瑤笑意盈盈的眼睛看著，尷尬的扯了扯嘴角。「妳剛才不是說……」

林莫瑤噗哧一聲笑了出來，接著道：「郭叔，我說的是利用他們所擅長的牛羊牽制住他們，可我沒說要買他們的牛和羊啊！」

「喔？那我倒要聽聽了。」郭康被林莫瑤的說法弄得有些好奇起來了，盯著她等著下文。

林莫瑤不敢賣關子，直接將自己的想法說了出來。其實也是昨天夜裡墨香提醒了她，和棉衣同樣起到保暖作用，卻又不顯得臃腫的，那不就是毛衣嘛！毛衣怎麼來的？羊毛線織的。

如今不論是關外的人還是中原人，利用羊毛保暖，都是和其他動物皮毛一樣，整張皮硝了，然後拿來做衣服，可這樣一來，就必須要將羊殺死、剝皮。若是改成將羊毛剃下來，利用紡織技術紡成毛線，再織成毛衣，豈不是更好？而且羊毛用來填充被褥，也是很暖和的。

羊毛出在羊身上，這東西就是可再生資源。只要那庫的部落經營好自己的牧場，將這些羊養得白白胖胖的，把毛給養好了，到時候他們再出面收購這些羊毛，拿回來加工，紡織後再出售，這樣一來，既能解決了那庫他們的問題，也能讓自己從中小賺一筆，何樂而不為？

當然，也並不是所有的羊都能取羊毛的，得挑那種羊毛又軟又長，還足夠蓬鬆的綿羊，山羊這種用作食用的羊是絕對不行的。

聽完了林莫瑤的敘述，幾人猶如醍醐灌頂，瞬間就明白了其中的道理。

赫連澤更是連拍了三下大腿，高興道：「妙啊！妙啊！我們之前怎麼沒想到這個？丫頭，這件事若是成了，我必須記妳一個大功！」說完，不再理會林莫瑤，而是和郭康商量了起來。

對於赫連澤的肯定和誇獎，林莫瑤有些不好意思，見赫連澤和郭康似乎已經找到了切入點，林莫瑤就想乘機離開，畢竟，這些機密的事情，她還是少聽一些的好。

赫連軒逸見狀，也想跟著離開。

赫連澤見兩人這樣，就點了點頭，揮手打發兩人出去了，並且高興地允許赫連軒逸今天不用去軍營，讓他陪林莫瑤在文州好好轉轉，看上什麼就直接讓人送到將軍府。

赫連軒逸樂得輕鬆，拉著林莫瑤道了謝，就一溜煙的跑了。

這還是林莫瑤到了文州之後，第一次讓赫連軒逸陪著逛街。兩人一路上走來，時不時的就有街上的人和赫連軒逸打招呼，眼神還若有似無的往她身上飄，搞得林莫瑤都有些不好意思，腳步也不自覺的加快了。

走了一半，取笑他們的人越來越多，而且彷彿赫連軒逸帶著個姑娘逛街這新聞，在文州是多麼不得了一般，林莫瑤感覺到，隨著他們逛的時間越長，街上的人就變得越來越多，而且，都有意無意的將目光落在她的身上，上下打量，那種感覺就像……就像是婆家人打量新媳婦一般！

最終，林莫瑤實在是羞得不行，乾脆就躲進了街邊的一家小店，進了門才發現，這裡竟然是一家專門賣首飾的鋪子。

掌櫃的見兩人進來，連忙上前恭敬的行禮招呼。「小將軍來了！」說完，看了旁邊的林莫瑤一眼，隨後笑呵呵的說道：「小將軍這是要給心上人買首飾嗎？剛巧了，小店最近得了一批從京城那裡傳來的款式，要不帶您二位上樓去瞧瞧？」

赫連軒逸早已經被掌櫃的那句「給心上人買首飾」說得開心不已，拉著林莫瑤的手就直接抬腳往二樓去，一邊走，一邊說道：「把你們這裡最好的東西都拿出來給小爺瞧瞧！」

「好嘞！」掌櫃高興的應了，連忙跑去拿東西。

林莫瑤則被赫連軒逸拉著，徑直上了二樓。

掌櫃來得很快，手裡還抱著幾個盒子。

原本上了樓，林莫瑤就想把手從赫連軒逸手裡抽出來的，誰知道他抓得緊，愣是沒讓林莫瑤動。

掌櫃的上前時，無意間瞥到二人的手，了然一笑便挪開了目光，介紹起手中的東西。

林莫瑤沒多大興趣，這些首飾都是京城時興過，後來傳出來的，對她來說並不稀奇，有些款式還是她的栩星閣流出來的。

倒是赫連軒逸看得起勁，在裡面挑來挑去，時不時的還拿起來在林莫瑤的腦袋上比一比。

「阿瑤，妳瞧瞧，有沒有什麼喜歡的，我買來送妳。」赫連軒逸一手拿著一根玉簪比了比，一邊說道。「妳平日打扮就簡單，這簪子雖然好看，卻有些素了。」

林莫瑤將簪子接過來，打量了一番，回道：「我倒是覺得這簪子挺好的，我不喜歡那些花裡胡哨的東西。」

掌櫃的一聽，就笑了起來，說道：「姑娘好眼光！您別瞧著這根簪子的款式不大出挑，可這玉卻是好玉啊！」

「喔？這該怎麼說？」林莫瑤被掌櫃這一說，倒來了興致。她什麼樣的好玉沒見過，只是這手裡的簪子，她確實看不出有什麼不同的地方。

掌櫃的神秘一笑，就跟林莫瑤介紹起這玉簪的來歷。

原來，這簪子並不屬於中原，是老闆無意之間，由從關外得來的一批玉石打磨而成的，之所以特殊，一方面，是因為這玉是好玉，另外一方面，老闆說，這玉簪在強光之下另有乾坤。

林莫瑤拿著簪子，並未看出什麼不同，至於那乾坤就更沒發現了。

掌櫃的神秘一笑，將二樓的窗戶打開，讓外面的陽光能夠照射進來，緊跟著就從林莫瑤的手上將玉簪接了過去，放到了陽光之下。

起先，林莫瑤並沒看出有什麼不同，隨著陽光的直射，玉簪的顏色發生了變化，只見它的顏色漸漸變淡，緊跟著竟就看見一絲絲的、血紅色的東西出現在玉簪中間，猶如人身上的血液一般。隨著髮簪轉動，那一條條的紅色印記猶如活了一般，看得林莫瑤和赫連軒逸連連稱奇。

「果然奇妙！掌櫃的，就它了，多少錢？」赫連軒逸大手一揮，就定下了這根髮簪。在他看來，只有這樣特殊的東西，才能配得上他的阿瑤。

這次，林莫瑤倒是沒有反對，而是將髮簪重新從掌櫃的手上接過，問道：「掌櫃的，恕我冒昧問一句，這玉石，你還剩多少？」若是有多的，她乾脆直接全買下來，然後送到栩星閣，交給老陳家的人。這好東西，自然要交到懂的人手裡，才能發揮它的光亮。

從兩人的相處看來，林莫瑤和赫連軒逸的關係必定不一般，所以，掌櫃的對林莫瑤說話也多了幾分尊敬，回道：「回小姐的話，這塊玉石也是小人無意間賭石給買回來的，切開之後，因為小人手拙，把一塊整的玉石給切壞了。沒辦法，只能做了這支簪子，另外又用腳料做了兩副耳墜子，還有幾塊玉珮，不過，成色都不如這根簪子來得妙。」

聽了他的話，林莫瑤微微蹙眉。都被打磨成成品，這就難辦了。不過，既然都是一樣的，那就乾脆一套都買齊好了。

「那行吧，掌櫃的，除了這根簪子，另外，這塊石頭上切下來的玉珮和墜子，都一併幫我包了吧。」林莫瑤點頭道。

掌櫃的見兩人連價格都沒問，就直接喊包起來，這嘴角咧得就更高了。果然是大將軍府，出手就是闊綽！

想到這裡，掌櫃的突然眼珠子一轉，動起了心思。自己當時買回來的兩塊石頭，如今還有一塊呢！

第一百一十章 你搶錢啊

林莫瑤看到了掌櫃臉上神情的變換，挑了挑眉，問道：「掌櫃的可是還有話說？」

掌櫃拱手作揖，笑道：「小姐聰慧，小人確實有話，不知當講不當講？」

「但說無妨。」林莫瑤淡淡的應道。

掌櫃的這才躬身作揖，說道：「是這樣的，小人之前買這塊石頭的時候，連同它一起挖出來的另外一塊也給買了，小人之前切壞了這塊石頭就心疼不已，生怕自己再糟蹋了好東西，所以，另外一塊石頭，小人還未動呢！」

這話，就是在提醒林莫瑤，他這裡還有一塊呢，想買，趕緊啊！

林莫瑤心知掌櫃的盤算，卻又有些捨不得這般好的東西，只略微考慮了一會兒之後，就乾脆地問道：「掌櫃的，那這石頭，你準備怎麼賣？」

掌櫃的嘿嘿一笑，有些訕訕地說道：「小姐有所不知，這賭石吧，純粹就是看運氣來的，實不相瞞，小人當初買這兩塊石頭，可是花了大價錢，所以……」

誰知，林莫瑤連眉頭都沒皺一下。「說吧，多少錢？」

聽這口氣，掌櫃的知道自己今天真的要走運了，便搓了搓手，笑道：「呵呵，三千兩。」

這次，林莫瑤還未開口呢，赫連軒逸就先跳了起來，怒道：「你搶錢啊？一塊破石頭你要三千兩！」

赫連軒逸怒了，掌櫃嚇得差點就給他跪下，連忙弓著身子行禮解釋道：「小將軍息怒、小將軍息怒！小人真的沒有這個意思啊！小人也不敢撒謊騙小將軍，這兩塊石頭，小人一塊就花了兩千五百兩，如今三千兩賣給小姐，已經算是便宜的了。」

見赫連軒逸還要說話，林莫瑤抬手攔住了，隨即對掌櫃的說道：「掌櫃的不用害怕，就按照你說的，三千兩吧。只是我今天出門沒帶這麼多錢，掌櫃的能不能讓人將石頭送到將軍府？至於銀子，我可以跟你保證，一分都不會少你的。」

掌櫃的聽林莫瑤這麼一說，連連表示沒關係，他可以把石頭先送到將軍府再給錢都行。談好了這件事，林莫瑤也無心在這裡繼續待下去了，想到街上到處都是看熱鬧的人，她連逛街的心思都沒了，乾脆拉著赫連軒逸直接回了將軍府。

郭康和赫連澤已經不在府裡了，對於這兩個人的神出鬼沒，林莫瑤是見怪不怪，反正她也習慣了現在的將軍府，經常只有她一個人在的情況。

好在赫連軒逸今日得了特赦令，能留下來好好的陪著心上人，這麼難得的機會，自然是要珍惜的。

首飾鋪的掌櫃在午時之前就讓人把東西送來了，到帳房結帳的時候，報出來的數目差點沒有將帳房先生給嚇死。八千兩的首飾就算了，另外還有三千兩買了塊破石頭！

帳房不敢丟將軍府的臉，讓人將銀子給結了，隨即就跑到了後院，求見赫連軒逸。

赫連軒逸難得休息一天，樂得輕鬆地待在林莫瑤的院子裡，二人偶爾拌拌嘴，再和旁邊的人聊聊天，倒也輕鬆愜意，只是，從帳房口中得知那幾樣東西的價格之後，差點沒跳起來。

倒是林莫瑤見怪不怪，淡淡道：「那幾樣東西確實是難得一見的妙物，一根玉簪，並兩對耳墜，另外還有大小不一的玉珮四塊，只要了八千兩，這要是算下來，掌櫃的算是給大將軍府面子，沒有多收了。」說完，林莫瑤扭頭對一旁的墨蘭吩咐了一句。「也別讓京城的人送來了，就捎信回興州府，直接從作坊的帳上將這些錢挪過來，把將軍府的這筆銀子給還了。」

「是，奴婢記下了。」墨蘭點了點頭應道。

一句話說完，赫連軒逸就怒了，揚聲道：「不許去！說好了是我送妳，妳要是把銀子拿來了，這不是打我臉嗎？」

最終，這錢還是沒讓林莫瑤掏。可是，林莫瑤卻堅持付那塊賭石的錢，原因是，這石頭是要送回栩星閣的。面對堅持的林莫瑤，赫連軒逸只能妥協。

石頭在當天下午就派人送回了京城，而林莫瑤在文州又待了半個月，為了不讓林劉氏等人擔心，她必須要回去了。

赫連軒逸縱使有千般不捨，也知道自己不能將林莫瑤留在文州，心中只盼二人的婚期趕緊到，好讓他將媳婦娶回來，這樣就不必再分開了。

這邊林莫瑤已經準備好了離開的事宜，卻聽到將軍府的下人說來了客人，打聽之下，原來是蘇鴻博來了。

林莫瑤先是驚訝了一下，隨即想到，如今蘇家已經是皇商，而這其中的關係，林紹遠也告知了林莫瑤。想到兩家的淵源，林莫瑤便命人去通報了一聲，親自來見了蘇鴻博。

蘇鴻博見到林莫瑤並不驚訝，反而很熟絡的招呼她，又問了林莫瑤幾個關於她提出來的事情的建議，林莫瑤都一一答了。

後來，赫連澤和郭康收到消息也回來了，三人便鑽進了書房商議著，甚至連晚飯都沒出來吃。

第二天一早，林莫瑤本想向赫連澤和郭康等人道別再走，卻被告知他們昨天夜裡就去了軍營。

至於林莫瑤要走的事，赫連軒逸已經稟告了赫連澤，赫連澤命赫連軒逸安全地將林莫瑤送回興州府，這怕是赫連軒逸領過的最高興的軍令了。

林莫瑤一出將軍府的大門，就看到了那個站在馬旁的英俊少年。

「阿瑤……」赫連軒逸一見林莫瑤出來，便將韁繩丟給身旁的隨從，快步跑到林莫瑤的面前。

「阿瑤，爹讓我送妳回去。」說完，赫連軒逸又低下頭，悄聲在林莫瑤的耳邊說道：「這樣咱們又能多待一段時間了。」

林莫瑤小臉一紅，嗔怪的瞪了他一眼，也不說話，直接爬上了馬車。

隨即，赫連軒逸就聽見馬車裡林莫瑤的聲音傳來——

「時辰不早了，出發吧！」

墨香和墨蘭對視了一眼，雙雙笑了笑，又向赫連軒逸行了禮，這才一個進了馬車裡面，一個留在外面和車夫一起坐在車沿上。

文州已入深冬，馬車裡鋪了厚厚的褥子，再加上天冷，路上的行程走得並不快，差不多走到半路的時候，下了今年的第一場雪。

林莫瑤趴在車窗上，看著外面飄著的白雪，有些感慨，瞥見了風雪中依然撒開了馬蹄狂奔的少年，嘴角突然就上揚了一下，笑了起來。

此時墨蘭和墨香都在馬車裡陪著林莫瑤，見她笑了，就好奇的順著她的視線往外看了一眼，正看到赫連軒逸揚著馬鞭，在風雪中策馬奔騰的模樣，兩人笑了笑，隨即說道：「小姐，外面風雪這般大，不如就叫少將軍進馬車裡來吧？」

林莫瑤收回目光，坐直了身子，將窗簾放了下來，用手搓了搓有些發冷的臉龐，看向二人，說道：「叫他進來，妳們坐哪兒？」

大馬車出行多有不便，他們為了趕路，就換了一輛小點的馬車，林莫瑤加上墨香、墨蘭，三人坐在裡面是剛好，若再進來一個赫連軒逸，怕是就有些擁擠了，到時候墨香和墨蘭必然是要出去一個的，這麼冷的天。

「行了吧，他是男子，身體比我們女子不知好多少，妳們二人雖說也是習武之人，可到底是女孩子家，就這樣吧。我看他在外頭玩得也挺歡的，不用管他。」林莫瑤話雖這麼說，可到底是有些擔心赫連軒逸會被凍壞，忙掀了簾子，衝著外面的赫連軒逸喊了一聲。「這麼冷的天，你消停會兒吧！」

赫連軒逸遠遠的聽見喊聲，便停了下來，打馬走回來，就靠在馬車的窗戶旁邊，敲了敲車窗的框子。

林莫瑤從裡面掀開簾子，一對眼就看到一個渾身白花花的雪人出現在自己面前，獨留了一雙眼睛在外頭，她噗哧一聲就笑了起來。赫連軒逸身上穿著她做的厚棉衣，脖子上一條長長的圍脖將口鼻都給護了起來，頭上戴了一頂毛氈帽，這是他們路上碰到的一個胡人商隊裡賣的，林莫瑤瞧著保暖，就給赫連軒逸買了，連著外面趕車的車夫也給買了一頂。

果然，有了這頂帽子，再加上圍脖，穿上棉衣，還真是不冷了。

「瞧你這樣，凍壞了吧？」林莫瑤眉頭輕蹙，有些心疼。

速度慢了下來，赫連軒逸便甩了甩頭和身子，將身上的落雪都給甩出去，才笑著回道：「不冷！阿瑤，這下雪的日子不算是最冷的，最冷的要數化雪的時候。」

這個道理林莫瑤自然明白，只是見赫連軒逸這般在外面風吹雪淋的，始終還是擔心他會生病，乾脆說道：「瞧著這雪一時半會兒的也停不下來，這樣吧，咱們到前面的鎮上找個地方休息一下，等雪停了再走。」

就這樣，一行人加快了速度，朝著下一個城鎮而去，找了個地方停下來休息，等雪停。

這一停就是三天，直到三天之後，風雪才慢慢停了下來。外面的世界變成了白茫茫的一片，街道上到處都是小孩子打雪仗的歡聲笑語，抑或是各種商家開門時，被積雪擋住了去路的叫罵聲。

赫連軒逸敲開了林莫瑤的房門，見她已經洗漱完畢，就問道：「阿瑤，雪停了，咱們什麼時候走？」

林莫瑤推開窗戶看了一眼外面白茫茫的一片，突然的強光讓她乍一下的還有些不適應，墨香見她蹙眉，乾脆就將窗戶給關了。

林莫瑤來到桌前給赫連軒逸倒了杯熱水，隨後道：「嗯，休息一會兒就出發吧。墨蘭，車夫那邊怎麼樣了？」

墨蘭點點頭，回道：「奴婢昨天去瞧了，已經把馬車給換了。」

林莫瑤點點頭，看向赫連軒逸，道：「後面的路，逸哥哥還是跟我們坐馬車吧。」能和林莫瑤待在一起，赫連軒逸自然是樂意的，連聲點頭應了。

一行人在客棧休整了一番，才重新踏上去往興州府的路程。

「瞧著這雪，明年又是一次好收成啊！」這句話是幫林莫瑤他們趕車的車夫說的。

這個車夫是將軍府的人。林莫瑤當初是以男裝出現在文州，一路上都是由司北和墨香、墨蘭照顧，並沒有帶車夫，所以這次回去，將軍府就派了這個人送他們回去。

聽府上的人說，這人也是在大將軍底下當過兵的，只是後來年紀大，腿有些瘸了，將軍見他會趕車，就留在了府裡做車夫。

聽了車夫的話，坐在馬車門邊的墨香便挑了簾子，笑著問道：「大叔如何得知？」

因為換了一輛大的馬車，便在車上放了取暖用的小銅爐，外面風雪也停了，馬車的行駛速度並不快，所以簾子打開也不覺得冷，反倒感覺有一股清新空氣撲面而來，林莫瑤乾脆讓墨香將簾子掛了起來，幾人就這樣一邊走，一邊說話。

車夫聽了墨香的問題就笑了笑，回道：「我當兵之前啊，在家裡也跟著長輩種過地。俗話說得好啊，這瑞雪兆豐年，來年的收成一定會不錯的！」說完，車夫似乎覺得這是一件非常高興的事情，哈哈大笑了起來。

或許是因為車夫的笑容感染力太強，林莫瑤也跟著笑了。掀開簾子看著外面的皚皚白雪，路面上有行人和馬車走過的痕跡，再遠一些，路邊的林子裡甚至還能隱隱約約瞧見兔子們跑過的身影。

因為下雪的緣故，原本半個月就到的行程，硬生生多走了十天。

赫連軒逸沒在林家村多待，只休息了兩天就回了文州。臨別那日，赫連軒逸對林莫瑤說道：「阿瑤，回京城等著我，等我回去娶妳。」

赫連軒逸走了，林莫瑤一開始的幾天甚至還有些不習慣，林紹安見她終日魂不守舍，就想著她是不是想家了？提出帶她回京城。林莫瑤這個時候才知道，原來林紹安要回去了。

「不過年再走嗎？」雖然從一開始就知道林紹安要在年前趕回京城，只是，真到了要走的時候，林莫瑤又突然捨不得離開這裡了。

「不了，老師說讓我年前就回去準備，過了年開春就要參加考試了。」林紹安回道，儘管他也想留在這裡陪伴家人過年。

最終，林紹安走了，林莫瑤卻留了下來，只因為看著林劉氏那淚眼婆娑的模樣，林莫瑤捨不得她老人家難過。

林劉氏如今身體一日不如一日，儘管現在家裡的條件好了，也養得好了，但到底是幾十年留下來的老毛病，想痊癒，卻不是那麼容易的了。

臘月中旬，蘇鴻博來了林家，並且在林家住了下來。現如今興州府已經沒有蘇家的人了，蘇鴻博因為在文州一直忙著那件事情，所以耽誤了回京過年的最佳時間，最後乾脆來了林家。兩家是親家，在林家過年也算是情理之中。

見著蘇鴻博，林莫瑤就知道，那庫他們部落的問題解決了，至於具體細節，林莫瑤沒有多問。

到了除夕這日，一家人聚在一起熱熱鬧鬧的正說著話，卻突然響起一陣急促的敲門聲。這個日子，村裡的人都各自留在自己家裡歡歡喜喜的過年，究竟是誰這個時候跑來，還這般著急？

林家現在也養了不少下人，聽見有人敲門，自有人跑去開門。

隨著那人將門打開，隨後便是幾聲高興的歡呼，只見門房腳步不停的直接衝到前廳一家人待著的地方，面上喜不自勝的喊道：「大爺回來了！」

因為有蘇鴻博這個客人在，所以門房莽莽撞撞的模樣，讓林泰華微微蹙了蹙眉，喝斥道：「大爺不是在這裡坐著嗎？」林家大爺，便是大郎林紹遠。家裡有了第四代，林泰華做了老爺，林劉氏做了太夫人，每人輩分都提了，林紹遠便被大家尊稱一聲大爺。

門房連連搖頭，笑著說道：「不是咱家的大爺，是二太爺家的大爺回來了！」

「什麼？」聽了門房的話，林周氏唰的一下就從座位上站了起來，滿臉震驚的問道。

就連林二太爺都抬著顫巍巍的手，指著門房，激動道：「你、你說什麼？」

門房跪在地上，對著林二太爺磕了個頭，笑呵呵的說道：「恭喜二太爺，是大爺回來了！」

隨著門房話落，前廳的門口出現了一個人影，風塵僕僕，身上甚至還有寒氣往外冒，儘管這人身量高了不少，皮膚也變黑了，但屋裡的眾人卻一眼就能認出這是誰。

一家人紛紛從座位上站了起來，略有些激動的看著出現在門口的人。

第一百一十一章 歸來

林周氏嗷的叫了一聲就直接撲了過去，將來人抱了個滿懷，緊跟著就聽見她大聲的哭了起來，一邊哭，一邊用手拍打著這人的胸口，一邊罵道：「你這個沒良心的小兔崽子，你總算是捨得回來了啊！」

隨著林周氏的話落，林家眾人無不動容，眼含淚水的看著門口站著的兩人。林劉氏和林二太奶奶早已經抹起了眼淚，就是林二太爺都激動得雙手有些顫抖，盯著門口的人，上下不停的打量。

林泰業連忙走了過去，將林周氏從年輕人的懷裡拉了出來，一樣上上下下的打量著眼前的人，然後高興的抬起手，拍了拍他的肩膀。

少年連忙喊了一聲。「爹！」

「哎，回來就好、回來就好！快來給你爺爺磕頭！」說著，拉著趕路回來的林紹平來到林二太爺的面前。

林紹平立即撲通一聲跪了下去，連磕了三個響頭之後，才仰著頭，哽咽著說道：「爺爺，孫子回來了。」

林二太爺顫抖著雙手，淚眼婆娑的看著眼前的少年，激動的說道：「好、好！回來就好、回來就好……」

接下來，林紹平又給屋子裡的長輩們都各自磕了頭，這才被林紹遠領著下去梳洗。

林紹平的歸來，無疑是給林家開心的新年錦上添花了一筆，林二太爺更是開心的由蘇鴻博陪著，小酌了兩杯，最後還是被林泰業兄弟倆給揹回去的。

林紹平一直被家裡的長輩拉著輪番說話，直到臨回家了才逮著機會，和林莫瑤說上一句。「阿瑤，妳明天在家等我，我有事跟妳說。」

林莫瑤連忙點點頭，表示她會在家裡等著林紹平。其實不光是林紹平有話要跟她說，她也有許多事情要問林紹平呢！

大年初一是人們互相道喜拜年的日子，除此之外，還是林家村一年一度祭祖開祠堂的日子。林家村的村民們，似乎都已經習慣了這天起個大早，各家準備好東西，然後三三兩兩的趕往立在村子中間的祠堂，在那裡，他們要祈求祖先保佑，更要為御賜牌匾奉上香火。

蘇鴻博雖說不是林家村人氏，可到底祠堂裡供奉了御賜牌匾，他現如今的身分貴為皇商，按理說也是需要去磕頭拜見的。

就這樣折騰了一上午，一直到中午兩家人聚在林泰華家中吃飯的時候，林紹平才有空和林莫瑤說話。

只見他毫無顧忌的拉著林莫瑤就走，似乎很急。

「大郎，你拉著阿瑤去哪兒？哎，大郎……」任憑林周氏在身後喊半天，林紹平就是不應，拉著林莫瑤，徑直就去了林紹遠的書房。

「平表哥，你這是幹什麼啊？」林莫瑤也一臉的莫名。這人未免太急了些。

林紹平絲毫不理她的責怪，而是將林莫瑤按在凳子上之後，去林紹遠的書桌上拿了一個包袱過來，直接打開。「阿瑤，妳懂得多，妳快看看這是什麼？我聽送信的人回來跟我說，之前帶回來給妳的種子妳都種出東西來了，那妳看看，這個東西能不能種？還有這個，我聞著味道刺鼻得很，也不知道能不能吃？妳快都給看看！」林紹平一邊說，一邊從包袱裡往外翻東西。

林莫瑤就這樣坐在那裡，看著林紹平將兩個小袋子放到自己的面前，突然，林莫瑤的目光停在了某處，顧不上什麼男女大防，她一把抓住林紹平的右手，語調倏地嚴肅了起來。「平表哥，你的手怎麼回事？」

林紹平被林莫瑤一把抓住，本想問她怎麼了，可在聽見林莫瑤的話之後，本能的就想抽回手，然後把袖子往下拽，試圖擋住右手臂上的東西。

林莫瑤一巴掌就打在了那隻伸過來的左手上，一手抓著林紹平的右手，一手去擼他的袖子，當看清眼前的景象時，她倒抽了一口涼氣。

林紹平的右手手臂上，有一道半尺長的疤痕，從前臂越過手肘一直到後臂的位置，長長的疤痕猶如一條蜈蚣，蔓延而上。

看見林莫瑤眼中的震驚，林紹平一狠心，使勁把手抽了出來，將穿在裡面的內衫袖子往下拽了拽，擋住了手上的疤痕，這才一點也看不出來了。林紹平心中暗自懊悔，怎麼剛才那麼不小心，將手臂給露了出來？現在被林莫瑤發現了，該如何是好？

「阿瑤……」林紹平小心翼翼的看向林莫瑤，見她臉上毫無表情，只是定定的看著自己，他不由得心慌了起來。

「這傷是怎麼回事？」林莫瑤終於動了，只是眉頭一直皺著。在看到傷疤的那一瞬間，林莫瑤的腦中就冒出了無數個疑問。林紹平為何會受這麼重的傷？傷到這個位置，對他以後的生活會不會有影響？

林紹平不知道該如何跟林莫瑤解釋這個傷疤的由來，只能將話題往旁邊引。「這個不重要。阿瑤，妳先看看這兩個袋──」話還沒說完，就被林莫瑤給打斷了。

「墨香，把巴五、巴六兄弟倆叫來！」林莫瑤根本就不給林紹平說話的機會，直接對門外的墨香吩咐了一句。

墨香的速度也快，在林莫瑤吩咐的第一時間就找人去了。

「阿瑤……」林紹平哀求地看向林莫瑤，試圖安撫她。「妳看，又沒什麼事對吧？妳叫他們來做什麼呢？我們還是先看看──」

「誰說不是大事？種子的事情一會兒再說！」說完，林莫瑤也不再理會林紹平，任憑他在旁邊急死了，也不肯再開口說一句話。

墨香很快就把巴五、巴六兄弟倆給帶到了書房。剛剛林莫瑤的語氣很不好，墨香就猜測可能是出什麼事了，一路過來幾人都是避著林家眾人的，眾人只當林紹平和林莫瑤有事要談，所以都沒有跟過來，只有一人例外。

幾乎是墨香和巴五、巴六前腳剛到書房前，後腳林紹遠就出現在走廊的拐角。

看著三人的模樣，林紹遠奇怪道：「這是怎麼了？急匆匆的。」

三人連忙停下行禮。

「回大爺的話，是小姐找巴五、巴六問話呢。」墨香如實回道。

林紹遠走近他們，「喔」了一聲，然後往書房敞著的門看了一眼，問道：「知道什麼事嗎？」

「奴婢不知。」墨香回道。

就是巴五和巴六的內心都有些忐忑，尋思著林莫瑤找他們來是要幹什麼？

林紹遠也不再問了，乾脆走到三人的前面，道：「我去看看，你們跟我來吧。」說著，帶著三人就踏進了書房。

林莫瑤此時不怒自威的坐在圓桌旁的凳子上，林紹平則是一臉焦急的坐在旁邊，一副求饒討好的模樣，見林紹遠進來，林紹平更慌了，連忙低聲向林莫瑤哀求。

誰知，林莫瑤連看都不看他一眼，跟林紹遠點了點頭之後，看向了他身後的幾個人。

「墨香，將門關上，誰也不許進來。」

「是。」墨香領命退了出去，直接反手就把門給關了。

林莫瑤淡淡的掃了巴五和巴六一眼，隨後又看了一眼林紹平，這才問道：「平哥手上的傷是怎麼來的？」問完這句話，就將視線從林紹平的身上挪開了。你不說是吧？自然有人會說！

巴五、巴六還沒說話呢，倒是林紹遠先愣了一下，隨後看向林紹平，問道：「你受傷了？」

林紹平苦著臉看向林紹遠，輕輕的點了點頭。

林紹遠直接扭頭看向巴五、巴六。

巴五、巴六對視了一眼，而後雙雙半跪了下來，抱拳道：「屬下該死，沒有保護好林公子。」當初是林莫瑤從將軍府要了他們過來，為的就是這些年來跟在林紹平身邊保護他，現在，林紹平受了傷，不管是什麼原因，他們二人都難辭其咎。

巴五和巴六直接跪下請罪，這可把林紹平給嚇壞了。這幾年出門在外，多是巴五和巴六在照顧他，這二人本不是他家僕人，卻盡心盡力，這已然讓林紹平很是感動了，但此時兩人卻因為自己，有可能面臨責罰，林紹平的心裡很是難安。

「阿瑤，妳就別怪五哥、六哥了，要不是他們倆，我怕是都回不來了！」林紹平連忙替二人說話。出門在外，承蒙二人照顧，兩人年紀又都比林紹平大，所以平日，他都稱二人為五哥、六哥。

巴五、巴六低垂著頭沒有說話，而林莫瑤和林紹遠聽了他這話，紛紛都倒抽了一口涼氣。究竟是怎樣的危險，竟讓林紹平說出這樣的話？

林紹遠氣得直接一掌拍到了桌子上，對著林紹平喝斥道：「那你還不快說！」

感受到林紹遠的怒意，林紹平這才開口將那日的情況說了出來。

「阿瑤，妳先讓他們起來吧，六哥身上還有傷呢！」

林莫瑤一聽巴六竟然受了傷，將目光放在他身上掃了兩眼，隨後道：「你們先起來吧。」

「是。」二人應聲站了起來，垂手立在一旁，並不言語。

林紹平這才老老實實的交代了當日的情況——

原來，自從之前在沿海地區找到不同的種子之後，林紹平便覺出來了，想要不是本土的種子和作物，就只能在這些異國人匯集的地方才有可能找得到，所以，在周圍的地方轉了幾圈之後，林紹平帶著巴五、巴六又回到了沿海。

和那些人接觸得多了，林紹平就越來越對外面的世界嚮往，甚至動了乘帆遠航的想法。巴五、巴六勸說無果，只能表示，林紹平去哪裡他們就去哪裡，因為他們的職責是保護林紹平，必須要將他平安的送回興州府。

就這樣，林紹平帶著巴五、巴六在附近來往的商船之間，尋找願意帶著他一起出航的人，最終，總算是有一個西班牙的商船願意帶著他，林紹平就懷揣著對外面世界的憧憬，上了西班牙的商船。

第一次出海，林紹平對什麼都好奇，第一天就將船上的每個角落都轉了一圈，到其中一個倉庫時，林紹平發現了幾袋這種種子，聽船上的人說，這些都是他們沿途經過哪些島嶼弄來的，也不知道有什麼用？林紹平暗自記下了這些種子，想著將來回來的時候，一定要找這艘船的船長要一些帶回家。

後來他們遇上了海盜，林紹平不知道這些海盜是什麼人，只見他們和自己有著一樣的膚色和眉眼，還以為是自己國家的人，誰知道，對方一開口說的都是林紹平聽不懂的話，林紹平萬般慶幸，自己沒有上前找這些人說話。

海盜挾持了他們的船隻，又在海上走了半天，才到了一個小島，他們在島上被囚禁了一個多月；後來，又來了一批人，似乎是來解救那些西班牙船隊的，兩邊打了起來。巴五、巴六趁此機會就想帶著林紹平逃跑，可四面都是大海，他們的輕功根本無用武之地，只能選擇幫著這些來解救自己的人去對付海盜，誰知這些來解救他們的人，卻是另一批海盜。林紹平不知道他們對海盜的定義是什麼，只知道這些人覺得自己掠奪別人的東西是沒有錯的。他也是這個時候才知道，原來這一路上，他們不光是商隊，若碰到比他們小的商船，這些人就會化身海盜，去將他們的東西都搶過來。然而為今之計，他們三人只能依靠這些人逃離這裡，無奈之下，林紹平只能忍下了他們的這些作為。

原本那新來的船不準備搭救他們三個，想將他們三人丟在島上自生自滅，但原先一同被俘虜的船長出面替幾人求了情，因為當初兩邊打起來的時候，巴六救了他的小兒子，甚至還因此受了傷，船長感念巴六的恩情，這才幫著他們三人說話。

聽到這裡，林莫瑤將頭扭了過去，看向巴六。這人看著不像是會多管閒事的人，而且他們的職責是保護林紹平，那樣的情況下，巴六怎麼可能去救別人？

林紹平見林莫瑤看巴六，臉色有些脹紅，滿是不好意思和愧疚之意，說道：「這事也怪我，當時我看那個小孩差點被人傷了，就想去救他，可我太自不量力了，幸好最後是巴六出手，同時救了我們二人，而他也因為武功暴露，被那些人抓住，在島上被嚴刑拷打。若不是後來那些人來解救得及時，且他們船上也有藥，怕是、怕是……」後面的話，林紹平不敢再說，因為他不敢想像，若當時沒有那個船長的求情，他們三人，自己和巴六都受了傷，自己這個倒是小事，傷口結痂了就好了，可是巴六卻渾身是傷，若不醫治，怕是連命都沒了。

「他們把我們交給了路上碰到的、要到大齊來的商船，之後就再也沒見過那些人了。回到了岸上，我們又在漳州讓巴六養傷，等到他能動了，我們才啟程回來，緊趕慢趕，總算是趕上了今年過年。」

儘管最後，林紹平說了一句看似輕鬆的話語來結束這段敘述，可林莫瑤和林紹遠卻能從他之前的隻言片語之中，感受到那種凶險。特別是林莫瑤，她知道海盜是多麼可怕的存在，這些人殺人不眨眼，毫無感情可言，只能說林紹平他們運氣好，那個船長也算是少有的感念恩情的人，否則，林莫瑤實在不敢想像最後會是個什麼結果。

想到這裡，林莫瑤直接站起身，對著巴五、巴六盈盈一拜，口中說道：「二位的大恩大德，阿瑤無以為報，請受阿瑤一拜。」

林紹遠也跟著起身，抱拳對著二人就是九十度作揖，口中也說道：「請兩位受我一拜。多謝兩位救我弟弟於水火之中，兩位的大恩大德，我林家沒齒難忘。」

謝過了巴五、巴六，林莫瑤和林紹遠都沒有再追問這件事情，其中的一些細節，既然林紹平不願意多說，那他們就不問了。

見林莫瑤和林紹遠不再揪著這件事不放，林紹平總算是鬆了口氣，這個時候才敢拉著林莫瑤，讓她趕緊看看桌子上的兩包種子。

第一百一十二章　有用的東西

林莫瑤這個時候才認真打量起林紹平帶回來兩個布袋裡的東西，袋子不大，一袋大約四、五斤。林莫瑤先打開第一個袋子，入目是一堆雜七雜八、混雜在一起的種子，黑的、白的、黃的，各式各樣，有些種子林莫瑤都不認識。但是在其中，林莫瑤卻一眼就發現了一個眼熟的東西。

林莫瑤毫不猶豫的伸出手，將那黃色的種子放到手心上，就這般看著，隨後便悶頭在袋子裡扒拉了起來，將和這粒種子一樣的都挑選出來，小心翼翼的放到了旁邊。

儘管這個種子個頭有些稍小，可林莫瑤卻是熟悉得不能再熟悉了。

玉米，竟是玉米的種子！

儘管塊頭變小了，可林莫瑤依然認了出來。

一旁的林紹平和林紹遠見林莫瑤不停的在袋子裡扒拉，其他的種子都不管不顧，唯獨將這黃色的大顆粒給挑選出來，兩人臉上都露出了奇怪的表情。

隨後，林紹平打開了第二個袋子，對林莫瑤說道：「阿瑤，這裡還有呢！」

林莫瑤一抬頭，就看見另外一個袋子裡，有一大半都是玉米的種子，而且還有白色的。

見林莫瑤的眼睛迸射出激動的光芒，林紹平抓了一把玉米種子放到手裡，疑惑的問道：

「阿瑤，這個是？」

林莫瑤幾乎想也不想的就從林紹平的手中，將那些種子拿到自己的手裡，有黃色的，夾雜了幾顆白色的，她小心翼翼地捧著，說道：「這可是好東西，非常好的東西，若是碰上了天災，這東西能救命的！」

玉米對土壤的要求不高，不管是山地還是平原，甚至就在路邊的坎子上都能種上幾株。這東西產量極高，屬於粗糧的一種，而且種植的時候，還能搭配著其他的作物一起，比如各種豆子，若是能尋到馬鈴薯或者番薯，搭配著種在一起，就更好了。

林紹遠和林紹平聽了林莫瑤的話，雙眼立即迸射出比林莫瑤更加強烈的亮光。林紹遠立即跑去找了個盛放水果的盤子，將裡面的果子一股腦兒地都倒到了旁邊，將盤子拿過來，和林紹平一起，將林莫瑤說的這個叫玉米的種子一顆顆、十分謹慎地挑出來。

林紹平一邊挑選，一邊嘟囔道：「早知道這東西這麼有用，我就多拿一點了！」

這句話聽得一旁的巴五、巴六嘴角抽了抽，心中腹誹：大爺啊，這些都是我們好不容易才弄來的，若是再多，怕是我們就回不來了！

當然，這些話兩人沒有說出來。其實，剛剛聽了林莫瑤說的話以後，兩人有那麼一瞬間也是有些後悔拿少了。

三個人的速度很快，不一會兒就將兩個袋子裡的玉米種子都給挑了出來。看著那一小盤的種子，雖說數量不多，但好過沒有，好好培育個幾年，就能越來越多了。

林紹遠慎重地將裝有玉米種子的盤子挪到一邊，接著又催著林莫瑤，道：「阿瑤，妳快看看其他的！」

林莫瑤也有些迫不及待，連忙查看其他袋子裡的種子。這些種子模樣都差不多，不過還是讓林莫瑤翻到了不少自己認識的，其中就有花生，雖然只有很少的一小把，但只要其中有一顆能活，那她就無須擔心了。另外，向日葵的種子現在已經不需要了，至於其他的，只能等種出來之後才知道是什麼了。

林紹遠連忙按照林莫瑤的吩咐，將這些種子都收了起來，準備一會兒就去到林泰華那裡。如今林泰華領了一個司農的職位，整日裡就待在莊子上研究種地，前段時間，京城還往他們家莊子上丟了兩個剛剛收到工部的新人。

只是，這玉米種子卻是要小心對待。按照林莫瑤所說，這東西的作用極大，是萬萬不能出錯的。

「阿瑤，妳可知這玉米該如何種植？」林紹遠想的是，讓林莫瑤將需要注意的地方寫下來，這樣林泰華他們種的時候就不會出錯，白白浪費了種子。

林莫瑤略微沈吟了一會兒，便提筆寫下了一些種植玉米的注意事項。記得在現代時，林莫瑤曾幫著嬸嬸家種過玉米，當時都是一把種子分散了撒到坑裡，等到玉米苗長出來了，再把長得不好的拔掉，一個坑裡撒種子的時候，會撒個八、九粒，而實際上長出來之後，一個坑只會留下兩、三顆，最多也不過留下四顆。

現在情況特殊，這種子統共才這麼多，自然不可能像現代那麼幹，只能叮囑林泰華，小心伺候，直到它們長出玉米為止。

至於花生的話，就沒什麼太大的講究了，和其他作物的種法一樣就行，只一點，要注意施肥和除蟲。

剩下的那些，林莫瑤有許多也不認識，只能交給林泰華，讓他自己想辦法種了。可以將每種種子分做幾批，然後分別用不同的方法種植，總能找到一種適合的、能長出東西來的。關於種地上，林莫瑤紙上談兵的多，說到實際行動，還是得靠林泰華。

分配完了所有種子，林紹平這才懇求的看著林紹遠和林莫瑤兩人，祈求二人一定要幫他保密，將他受傷的事情隱瞞下來。

林莫瑤沒有出聲。

林紹遠則是皺了皺眉頭，看著他，道：「他們早晚要知道的。」這麼大的一個傷口，就是想瞞也瞞不住。

林紹平不以為意，只道：「沒事的，只要我平日穿衣服小心一些，他們是看不到的。再說了，傷口看著雖然嚇人，可並不影響我的行動，只要你們不說，他們是不會知道的。」

林莫瑤和林紹遠被他纏得無奈，只能點頭答應他，不告訴林家人。

林紹平得了二人的保證，這才放心下來，鬆了口氣。

不過，這件事情終究還是瞞不住，畢竟那麼大的一道傷口，如何能隱瞞得下去？

後來林周氏得知的時候，心疼得愣是斷斷續續的哭了三天。

過了六月，林二太爺的身子越發不好，只在床上養了一個月便去了。聽林家人說，林二太爺走得很是安詳，是笑著離開的。

林莫瑤一家遠在京城，知道這消息的時候，林氏哭腫了眼睛，幾日裡都吃不下飯，每日對著林莫瑤和沈康琳二人，訴說的都是林二太爺當初待他們兄弟姊妹幾人如何的好。

八月末，秋闈正式開始，林紹安一舉拿下一甲第三名，賜進士及第稱號，人稱探花郎。

沈、林兩家原本定下林紹安高中之後，便是沈康琳進林家門的日子，只是如今林二太爺剛剛去世，按理說林紹安也該盡孝，故而兩家商定，將日子定在了來年的六月，屆時林家眾人齊齊上京，在京城舉辦婚事，待成親過後，二人再隨林家長輩前往興州府，宴請周遭的親朋好友、父老鄉親。

同年十月，皇帝首次出現病症，三日不得上朝，將政事交於太子掌持。

秦相藉機為難太子，皇帝一病，也跟著稱病，不來上朝，秦相一黨官員，辦事更是各種藉口，毫無幹勁。李賦舉步艱難，此時才得知，原來秦相的爪牙早已伸得這麼深。

李賦愁眉不展，沈德瑞回到家裡也是滿面愁容。林莫瑤是從沈德瑞口中才得知皇帝生病的消息，不禁一驚。皇帝病了？這怎麼可能？前世這個時候，皇帝的身體還好得很，怎麼到了今生，就無緣無故突然病了？

「爹，您確定皇上是生病了？」林莫瑤眉頭輕蹙，低聲問道。她實在不願意相信皇帝會在這個時候病了。

聽了林莫瑤的話，沈德瑞連忙瞪了她一眼，隨即往外看了看，見門外無人，這才後怕的說了一句。「胡說八道什麼！這種事情能開玩笑的嗎？」

林莫瑤輕輕的搖了搖頭，接著道：「爹，這裡就咱們一家人，您怕什麼？我只是覺得奇怪，皇上的身體不是一向挺好的嗎，怎麼好好的突然就病了？而且，我們之前一點風聲都沒聽到。」

按理說，若是病到連早朝都不能上了，那之前就應該有徵兆才對，可在此之前，甚至聽沈康平說，過年的年夜宴上，皇帝還心情很好的和眾大臣痛飲了幾杯，那時候也絲毫不見他像生病的樣子啊！

突然，林莫瑤想到了什麼，猛的從凳子上站了起來，急問道：「爹，您剛才說，現在後宮是誰在作主？」

「貴妃啊！」沈德瑞被林莫瑤嚇了一跳，脫口而出就是這三個字。

聽了沈德瑞的話，林莫瑤的臉色唰的一下就白了。「那皇后娘娘呢？」林莫瑤儘量讓自己的語調聽起來沒有異樣。

這事沈德瑞倒是知道，嘆了口氣回道：「原本是皇后娘娘自己掌管的，只是後來不知道為什麼，皇后娘娘突然就提出讓貴妃代管後宮，她要一心照顧皇上的話。反正在此之前，貴妃也曾幫皇后娘娘掌管過後宮諸事，大家也就沒有多說什麼，畢竟後宮是後宮，又不得干政，所以誰作主，這些大臣們是不會管的。」說完，沈德瑞見林莫瑤的臉色不大好，就擔心的問了一句。「阿瑤，妳沒事吧？怎麼了這是？」

沈德瑞的話提醒了沈家其他人，只見眾人紛紛將目光落在林莫瑤臉上，果然看到她臉色發白的模樣。

「是不是病了？要不要請大夫來看看？」林氏擔心地拉著林莫瑤的手，又是摸額頭，又是檢查身上的。

林莫瑤將手從林氏的手中抽出，輕輕的搖了搖頭，道：「我沒事，可能剛才有些受涼了。爹、娘、哥哥、二姊，我想先回去了。」

幾人見她起身要走，雖然擔心，卻也知道現在問不出來什麼，沈康琳見狀，也跟著站了起來，道：「我陪妳回去吧！爹、娘、大哥，我先送阿瑤回去。」

「好、好，去吧！」沈德瑞大手一揮，讓兩人離開了。

走在回院子的路上，沈康琳拉著林莫瑤的手，發現今天她的手異常的冷。「這還不到冬天，手怎麼這般冰涼？」

沈康琳的話打斷了林莫瑤的思緒，她看向沈康琳，茫然的問道：「什麼冬天？」

沈康琳見她這副心不在焉的模樣，直接翻了個大白眼，隨後將林莫瑤的手抓了起來，放到了她自己的面前，沒好氣的說道：「我說妳的手！這還沒到冬天呢，怎麼冰成這樣？不信妳自己摸摸！」

林莫瑤聽明白她在說什麼之後，便直接把手抽了回來，藏到了袖子裡。此時的她，臉色已經恢復，便隨意地謅了一個藉口。「可能是風吹的吧。二姊，我想一個人走走，妳回去陪爹娘吧，我沒事的。」

「真的？」沈康琳有些不確定。

林莫瑤便扯出了一抹笑容，再三保證自己沒事，沈康琳才一步三回頭的走了。待沈康琳一走，林莫瑤的臉色立即變得凝重。回想起前世的事情，林莫瑤心中突然有了不好的預感。

「墨香，妳速去將軍府，找將軍夫人要一個信得過的人，就說我有緊急機密的信件要送到文州給大將軍，要快！」林莫瑤幾乎是強迫自己冷靜著下了這道命令。她心中不停的祈願，千萬不要像她所想的那樣，千萬不要……

林莫瑤的叮囑極為慎重，墨香不敢有半刻耽誤，疾跑出了太傅府，直奔將軍府而去。

將軍府裡。

徐氏自從知道皇帝生病，太子主政之後，總覺得有些心神不寧，加上墨香突然跑來讓她選個人去送信，徐氏這才驚覺應該是出事了，連忙派了自己和將軍之間最為信得過的人去找林莫瑤。

殊不知，在墨香進入將軍府的那一刻，一道身影也從將軍府對面的巷道之中轉身，快步離開……

可惜，林莫瑤還是晚了一步。

就在密信送出去的第三天，舉報赫連澤通敵叛國的奏摺就擺到了龍案之上，而這一日，久久稱病不上早朝的秦相，卻出現在朝堂之上。

第一百一十三章 下獄

李賦是無論如何也不肯相信赫連澤會通敵叛國，只是，他相信又能怎麼樣？滿朝文武大臣，有半數以上的人都被秦相慫恿，只是一封舉報的奏摺，眾人就差沒在朝堂上當場定下赫連澤一家的罪了，甚至有人當朝提出要以叛國之罪，誅殺赫連家滿門！

由始至終，秦相都站在自己的位置上不發一言，任由兩派官員爭得面紅耳赤，等到吵得差不多了，這才慢慢踱步而出，對著上面的李賦拱手一拜。「太子殿下，臣倒是有個主意。」

秦相一出，場面頓時安靜下來，秦相一派也規矩的退了回去，絲毫不見和太子一派爭吵的模樣，彷彿之前爭得面紅耳赤的人不是他們。

李賦藏在袖中的手，握緊又鬆開，鬆開又握緊，最終，他將自己滿腔的怒意壓了下去，看著秦相，冷聲道：「秦相有何高見？」這話，說得極為不客氣。

秦相卻對李賦的不悅充耳不聞，仍舊老神在在，自顧自的說道：「臣覺得，這件事情太過突然，而且真實性還有待查證，不如先將赫連大將軍召回，再交由大理寺徹查為好。」

秦相話語剛出，沈德瑞第一個就站了出來，行禮道：「殿下，萬萬不可啊！赫連將軍鎮守文州多年，因為赫連將軍的存在，才讓揭羅國這麼多年都不敢妄動，如今臨近冬日，若是在這個時候將赫連將軍召回，揭羅國必會生亂啊！」每年，揭羅國進犯都是選在冬日這段時間，只因為揭羅國國內物產有限，而中原豐富，所以他們只能動手過來搶。

「是啊，殿下，太傅大人說得沒錯，還請殿下三思啊！」沈德瑞身後一個官員也站了出來，同聲附和道。

秦相的目光微微往那邊瞥了一眼，見出來幫著沈德瑞說話的，正是如今太子殿下的老丈人，禮部尚書柏玉海。

柏玉海的話音剛落，李賦還未說話呢，大殿上便響起了一聲冷哼，在這安靜的環境裡，顯得尤為突兀，而聲音的來源，正是秦相。

只見秦相冷冷的哼了一聲後，轉身面向沈、柏二人，面不改色的說道：「老臣知道，沈大人和柏大人與赫連將軍是至交好友，只是，這通敵叛國之罪是萬萬馬虎不得的！還是兩位認為，我泱泱大國，竟找不出一個能夠頂替赫連大將軍鎮守文州之人了嗎？這話若是被那些驍勇善戰的將軍們聽見了，只怕是會有所怨懟啊！」

輕飄飄的一句話，卻給沈德瑞和柏玉海直接扣了一頂目中無人的大帽子，這話若是被有心人利用，只怕要給二人招來不少的麻煩。

「臣不敢。」二人沒有理會秦相，而是對著上面的李賦再次行禮請罪。

李賦坐在高臺之上，瞥見秦相嘴角那得意的笑容，心中一口怨氣愣是卡在喉嚨，整張臉都憋青了。深呼吸了幾次之後，李賦終於調整好自己的狀態，看向秦相，問道：「本宮倒是覺得沈大人和柏大人所說不錯，若是這個時候召回赫連將軍，只怕會引起揭羅國的戰爭。」

對於這件事，秦相顯然想好了應對的方法，朗聲道：「殿下，臣倒是有個提議。」

李賦心中氣急，卻又不能當著這麼多人的面讓秦相閉嘴，只能硬著頭皮問道：「秦相說來聽聽。」

「臣遵旨。」秦相躬了躬身，領了旨之後便繼續道：「若是殿下覺得，將赫連大將軍召回會致使文州動亂，那大可重新派一名猛將去鎮守文州——」

「放肆！」秦相話還沒說完，李賦就啪的一聲，拍在椅子的扶手上，直接站了起來，怒視秦相。「秦相，你這是在指責本宮偏袒赫連將軍嗎？還是說，本宮在秦相的眼中，就是這般愚鈍昏庸、置萬民於不顧的人？」

「老臣不敢。」秦相口中說著不敢，可是那絲毫不見下彎的身子卻出賣了他。

李賦氣得抬手隔空點了幾次，愣是沒好發作下去。

秦相這是在逼他，逼他下旨召回赫連澤父子！看著滿朝文武，半數都是支持秦相的人，李賦心中頓生一股無力感。

大殿一爭，李賦被逼退讓，下旨召回赫連澤父子，並交由大理寺審理此案，勢必要將真相徹查清楚。

林莫瑤從沈德瑞口中得知這一結果時，腳下一個踉蹌。她終究是慢了一步。

旨意一下，將軍府被封，徐氏等人被押入獄，只等赫連澤和赫連軒逸回京，審查清楚之後方能離開。

徐氏一門受到牽連，徐氏的兩位兄長被暫停職務，軟禁於府，不得外出。

自那日與秦相針鋒相對最後敗北之後，第二日太子上朝，便接到了皇帝的聖旨，聖旨上並未多說，只一句——太子尚且年幼，處事略有不足之處，令秦相監國，二皇子輔政。

不過短短半月的時間，京城的局勢便發生了翻天覆地的變化。二皇子李響更是以迅雷不及掩耳之勢，迅速在朝中立足，隱隱有著與太子抗衡的姿態。

太子雖依然每日都蒞臨早朝，可是漸漸的，李賦自己也發現，這些朝臣在早朝之上提出的事情，幾乎都是無關緊要的，而他心中也不是不清楚，秦相手中拿著監國的聖旨，這些奏摺，哪一個不是秦相挑出來送到自己面前的？

朝廷亂成什麼樣，林莫瑤根本就不想關心，她現在擔心的是，徐氏在大理寺的監牢裡過得如何？赫連澤和赫連軒逸父子現在到了哪裡、何時進京？

最後還是沈德瑞見她嘴角都急得起泡了，才好生勸說了一番，並且表示，徐氏在大理寺並沒有受罪，林莫瑤心中這才好受了一些。

她完全想不通，本應該好幾年以後才會出現的變數，為何會提前了這麼多？

這一日，林莫瑤外出之時，無意之間聽見百姓的議論，這才恍然大悟，驚覺變數出在了哪裡。

這幾年李賦的政績突出，而且件件都是為民而做的實事，皇帝和皇后的感情重燃，加之太子自身的優秀，讓皇帝對太子和皇后的榮寵，漸漸勝過了從前的貴妃和二皇子。

再加上謝家倒臺、銀礦被查，幾乎是斬斷了秦相和李響的左膀右臂。眼看著皇帝對太子的冀望越來越高，李響坐不住了，他身後的秦相也坐不住了。

若是這樣看來，一切變數的開始，只怕就是秦相和貴妃坐不住了！

「爹，我要見太子殿下！」這是林莫瑤回到沈家後，衝進沈德瑞書房說的第一句話。

這段時間，沈德瑞為了赫連澤的事操碎了心，整個人憔悴不堪，卻無計可施，特別是從林莫瑤那裡得知了赫連澤和那庫的交易之後，沈德瑞猶如被人抽走了支柱一般，整日都待在書房，看起來，竟有些頹靡之勢。

直至今日，沈德瑞依然不肯相信赫連澤會是通敵叛國之人，可若是赫連澤沒有通敵叛國，他為何要幫助身為揭羅國一員的那庫？這也是第一次，沈德瑞對自己這名至交好友產生了質疑。儘管林莫瑤一而再、再而三的強調，赫連將軍不可能通敵叛國，他幫助那庫也只是和那庫的交易，為的是讓那庫強大起來，好牽制住揭羅國內的其他部落，不讓他們再來騷擾中原百姓。

沈德瑞一次次的要自己相信，但最終都會敗在那僅有的一絲懷疑之下。這懷疑的種子一旦種下，便會生根發芽，饒是這人的心智再堅定，都會受到影響，而沈德瑞現如今的狀態就是這樣。

聽林莫瑤說要見太子殿下，沈德瑞驚訝得直接站了起來。看著自己這個聰慧的繼女，眼中第一次出現了不贊同的神色。

「阿瑤，爹知道妳擔心赫連將軍和逸兒，只是，即使妳見了太子殿下，替他們二人求情了，又能如何呢？在證據面前，就算是太子殿下也無可奈何啊！」

林莫瑤看著沈德瑞，突然問道：「爹，您相信大將軍會通敵叛國嗎？」

沈德瑞被林莫瑤問住了。

林莫瑤見狀，皺了皺眉頭，說道：「爹，我說的都是真的，大將軍沒有。不管你信不信，反正我必須要見太子殿下一面。爹，我求您了，只有我見了太子殿下，才有可能替大將軍和逸哥哥翻案。爹，我求您了！」說著，林莫瑤一撩裙襬，直接在書房跪了下來。

「阿瑤，妳這是幹什麼？趕緊起來！」沈德瑞連忙起身上前，想將林莫瑤拉起來，只是，在面對林莫瑤那淚眼婆娑的雙眼時，沈德瑞拒絕的話卻如何也說不出口了。

林莫瑤眼中滿是懇求。她現在的身分根本見不到李賦，想要見他，只能通過沈德瑞了。

過了許久，沈德瑞終究嘆了口氣，道：「也罷，明日我會稟明太子殿下，至於他會不會見妳，我就不得而知了。」

林莫瑤面露喜色，激動得連聲向沈德瑞道謝。

第二日，沈德瑞上朝歸來，就跟林莫瑤說事情已經辦妥，只是，李賦會不會見她、會以什麼樣的理由見她，這些都不得而知。

不過，這個問題很快就有了答案。

第三天，太子妃柏婧紓便以要商量栩星閣要務的由頭，招林莫瑤和沈康琳進宮，兩女攜手抵達東宮的時候，柏婧紓已經等著了。

待兩人到了近前，雙方相互寒暄過後，柏婧紓才拉著二人的手，臉上神情不動，低聲對林莫瑤說道：「太子殿下在御花園。」

簡短的幾個字，語速極快，若不是林莫瑤與她離得近，幾乎是聽不見的。見柏婧紓這般小心翼翼的模樣，林莫瑤了然，這東宮裡怕是也有不少秦相的眼線，也不怪柏婧紓這般小心了。

三人坐在廳裡閒話了一會兒，柏婧紓便說自己悶得慌，想出去走走，身邊伺候的人立刻就下去安排，緊跟著，便見她拉著林莫瑤和沈康琳的手，道：「既然來了，妳們倆就陪本宮出去逛逛吧，平日總是待在宮裡，連個說話的人都沒有。」

「是。」二人同時福了福身應了，隨後一人一邊，扶著柏婧紓朝外走去。

太子東宮位於皇城東邊，三人就這般狀似隨意的走著，慢慢在御花園中閒逛，直至一個湖泊旁邊，柏婧紓突然停下了腳步，指著湖中的一座涼亭說道：「咱們到那裡去坐坐吧！」

說完，柏婧紓便對身後跟著的宮人淡淡道：「你們就在這兒等著吧！」說完，不管他人，徑直帶著林莫瑤和沈康琳進到涼亭，感覺距離足夠遠了，遠遠的看著候在木橋另外一端的宮人們，柏婧紓才大大的鬆了一口氣，看向二人，頗有些急切的說道：「妳們可算是來了！」

林莫瑤和沈康琳對視了一眼，二人看向柏婧紓，發現她此時哪有之前的高貴神色，眉宇之間只有愁容，但轉瞬又恢復了笑容，彷彿不想讓守在岸邊的人看出什麼一般。

「太子妃──」林莫瑤剛一開口，便被柏婧紓給打斷。

柏婧紓頗為疲憊的說道：「這裡只有妳我姊妹三人，這些虛的就先放一放吧。」

林莫瑤本想問柏婧紓，不是說太子在御花園嗎，人呢？聽見她這麼說，便改了稱呼。「是，婧紓姊姊，請問太子他……」

柏婧紓掃了一眼遠處的人，面上依然含笑，只是說出的話卻無法讓人開心。

「宮裡現在到處都是秦相和貴妃的眼線，只能以這樣的方法見面了。待會兒太子會過來，阿瑤，一會兒我會找個藉口，讓琳兒陪我到別處去，妳若是有話跟太子說，便抓緊時間，畢竟你們身分有別，若是獨處太久，會被人懷疑的。」

林莫瑤的臉色變了變。她不知道太子和太子妃如今的境遇竟然需要這般小心了。想到了什麼，林莫瑤突然問道：「婧紓姊姊，妳這段時間可見了皇上和皇后娘娘？」

柏婧紓臉上洋溢著笑容，巧笑倩兮，只是嘴裡說出的話，卻和她的擔憂不符。「我和太子每日都會去正陽宮給父皇、母后請安，只是，每次都是請了安，母后就攆我們走了。」

「那皇上的病情如何？」林莫瑤笑著給柏婧紓添了杯茶水。

柏婧紓順勢端起，藉著喝茶的動作掩飾道：「時而清醒，時而昏迷，太醫也查不出病症。」

時而清醒，時而昏迷。林莫瑤心下咀嚼這八個字，突然想到了什麼，臉色變得很難看。是了，前世裡皇帝最初發病的時候便是這個症狀，只是，那個時候秦相和貴妃是蓄謀已久之後，用慢性藥將皇帝的身體一點一點弄垮的，現在又是怎麼一回事？難道前世裡，他們這個時候就已經動手了，而自己其實一直被蒙在鼓裡嗎？

就在這時，遠處的岸邊突然響起了一道通報的聲音——

「太子殿下駕到！」

隨著太監的這聲通報，涼亭裡的三人，連著岸邊的所有宮人，通通看向了來人。

李賦此時已經沿著小路從另外一邊走了過來，正站在岸邊遙遙的看著三人，而那些跟著柏婧紓出來的宮人們已經跪了一地。

隔得遠，林莫瑤幾人只見李賦的嘴在動，卻聽不見聲音。

接著李賦的腳動了，跪在地上的宮人也都慢慢起身，緊跟著就見李賦朝著她們三人走了過來。

「臣妾參見太子殿下。」

「臣女參見太子殿下。」

林莫瑤和沈康琳跪了下去行禮，而柏婧紓則是半蹲了一下便被李賦給扶了起來。

李賦看向另外兩人，笑道：「妳們倆也起來吧。」

「謝太子殿下。」二人齊聲應道，便站了起來，規矩的立在柏婧紓的身後。

李賦拉著柏婧紓，走進了涼亭，這裡距離岸邊有一段距離，說話也無須再那般小心了，便直接看向林莫瑤，問道：「太傅說，妳要見本宮？」

這話問得很直接，林莫瑤也不拐彎抹角，直接抬頭和李賦對上了，說道：「赫連將軍是被人陷害的。」林莫瑤開口便是這麼一句，當她說完後，很明顯的見到李賦的神色變了變，緊跟著臉上露出了無奈。

「本宮又何嘗不知大將軍是被人陷害的？只是現在所有的證據，全都指向大將軍通敵叛國，他們……他們這是要置大將軍於死地啊！」

林莫瑤糾結了許久，權衡了一切利弊。老實說，她不知道自己能不能信任這個未來的新帝，可是現在，若要救赫連軒逸一家，只能鋌而走險了。

「太子殿下，赫連將軍確實與揭羅國的部落有聯繫，但絕不是像他們所說的通敵叛國，赫連將軍不過是不忍揭羅國百姓受苦，給了他們一條活路罷了。」林莫瑤嘆了口氣，將這件事情說了出來。

「什麼?!」李賦本是坐著的，聽了林莫瑤的話之後，直接驚得從石凳上站了起來。

岸邊的人見到這邊的動靜，紛紛看了過來。

柏婧紓拉了一把李賦，李賦這才重新坐下，恢復了常態，只是那顫抖的手卻顯示出此時他的內心極不平靜。他以為，赫連澤是被人冤枉的。

林莫瑤見李賦這樣，豈能猜不到他的心思？便將事情的來龍去脈悉數說了出來，末尾，林莫瑤看著李賦，一字一頓的說道：「太子殿下，赫連家幾代忠良，絕無任何叛變之心，赫連家的忠心日月可鑒。這次的事情過後，臣女不求太子殿下再對赫連家委以重任，只求保下赫連家一世安寧。」

自古帝王多生疑，即使李賦現在對赫連家堅信不疑，但以後呢？誰能保證他會一直相信赫連家，不會像當今聖上一樣，被秦相這樣的人蠱惑？為了赫連軍，當年他們甚至派出殺手刺殺赫連軒逸。

李賦到底是未來的君王，只一會兒的工夫，便收起了之前的震驚，將其中的來龍去脈都理清楚了。此時，他再次看著林莫瑤，慎重的審視起面前的女子。

林莫瑤也不著急，任憑李賦打量。

沈默了許久，李賦突然對柏婧紓使了個眼色。

柏婧紓會意，拉著沈康琳笑道：「剛才來的時候，臣妾瞧著那邊的花開得不錯，殿下，臣妾想去摘兩枝放到宮殿裡。」

「去吧。」太子點點頭允了。

柏婧紓便拉著沈康琳，笑道：「琳兒陪我去吧。」

沈康琳也知道，太子怕是要單獨見林莫瑤，擔心的看了一眼林莫瑤，見她微微點頭，沈康琳這才跟著柏婧紓離開。

待兩人一走，李賦便看向林莫瑤，指了指自己對面的凳子，道：「林姑娘，請坐。」

林莫瑤也不扭捏，謝過之後便直接坐了下來。

李賦看著她，突然開口道：「妳讓本宮如何相信妳？」

林莫瑤聽了這話，便知道，儘管自己一再強調赫連家絕不會做出叛國的事，但赫連澤和那庫交易一事，已然在李賦的心中留下了陰影。林莫瑤別無選擇，若是不跟李賦說清楚赫連澤當初和那庫聯合的原因，在那些半真半假的證據面前，赫連家根本就無法脫身，林莫瑤如今將事情全盤相告，無非，也是賭一把罷了。

林莫瑤知道，李賦現在不會輕易的相信自己，也不會輕易的相信赫連家的人，即便這次的事情赫連家能全身而退，可以後想要重新踏入朝堂，怕是難了。

然而，只要能保下一家人的性命，當不當官、掌不掌權都不重要了。

想明白了這些，林莫瑤突然就伸手，將掛在脖子上多年的東西摘了下來，放在石桌上，推到了李賦的面前。「太子殿下，有了這個，您還不願意相信臣女嗎？」

李賦低頭一看，瞳孔一縮，驚訝道：「赫連軍的兵符?!」

第一百一十四章　我有辦法翻案

擺在李賦面前的，正是當初赫連軒逸交給林莫瑤的定情信物，赫連軍的兵符。這也是林莫瑤目前為止能拿得出來，又能引起李賦注意的東西，畢竟強大如斯的赫連軍，誰都想要。

李賦盯著兵符看了一會兒，隨後抬頭看向林莫瑤，目光如炬。「赫連軍的兵符，怎麼會在妳手裡？」

林莫瑤面色平淡，絲毫不見畏懼。「回太子殿下，當初臣女救下逸哥哥之後，他就將此物贈予臣女，這麼多年來，此物一直在臣女身上。」

隨著林莫瑤話落，李賦笑了，笑容中滿是嘲諷。「難怪，難怪這麼多年來，父皇和秦相都沒能找到兵符，原來，這東西竟然一直在妳身上。」

這話林莫瑤沒法接，只能沈默著等待李賦的答案。

終於，李賦並沒有在這件事情上太過糾結，只伸手將桌子上的東西拿在手裡，隨意的把玩著，聲音聽不出來情緒。「如今證據確鑿，妳有什麼辦法替赫連家翻案？」

李賦這句話猶如絕處中的一絲希望，讓林莫瑤為之一振，斬釘截鐵的說道：「有！」

這一聲「有」，讓李賦臉上的神色也變了變。其實，他又何嘗不想替赫連家翻案呢？只是現如今所有的證據都指向赫連澤通敵叛國，想要翻案，幾乎是不可能了。

這個道理，林莫瑤自然也知道，所以，現在她要做的，並不是揪著這件事情不放，而是將人們的目光引到別的地方去——若是這指證赫連家通敵叛國之人變成了亂臣賊子，那被亂臣賊子「陷害」的赫連將軍，自然就能洗脫罪名了，畢竟亂臣賊子想要陷害忠臣所捏造出來的證據，自然不能作數。而知此事實情的人少之又少，只要抹去痕跡，赫連家便能從這件事當中抽身而出。

沒等林莫瑤開口說明，岸邊突然響起一聲高呼，緊跟著，眾人齊齊跪下行禮的聲音，隱隱傳了過來。

太子本能的將手中的東西握緊，而林莫瑤也戒備的將視線挪向了岸邊。

只見木橋的另一端，一個盛氣凌人的女子，正對著跪地攔路的宮人破口大罵，見李賦朝他們看去，那名女子更加趾高氣揚了，不顧宮人阻攔，直接帶著人就往湖中的涼亭而來。

林莫瑤知道，此時若是不說，便再沒有機會了，情急之下，她只能低聲在李賦身旁說了一個地址。

李賦先是一愣，隨後便將林莫瑤所說的地方先記了下來，只是沒等他再追問細節，那名盛氣凌人的女子已經帶著人走進了涼亭。

「臣妾參見太子殿下！」女子對著李賦便是盈盈一拜。

林莫瑤認出這人了，正是之前有過幾面之緣的太子側妃秦蓉薇。

「蓉側妃起來吧。」許多重要的事情都還沒問清楚，談話就被眼前這個女人給打斷，李賦恨不得直接把她從這兒丟到湖裡算了，對秦蓉薇說話的時候，臉色也不大好看。

柏婧紓和沈康琳緊隨而來，也跟著行了禮。她們倆離開本就是為了給林莫瑤和李賦製造說話的機會，如今被秦蓉薇打斷，兩人也只能連忙追了過來。

對著這兩人，李賦的臉色就好了許多。

秦蓉薇剛剛聽人稟報說太子來了御花園，一同前來的還有太子妃和太傅家的兩個女兒，她想到爺爺的叮囑，便立即帶著人追了過來。遠遠的就看見李賦和林莫瑤坐在涼亭裡，似乎在說著什麼，只是離得遠，根本就聽不見也看不見兩人的表情，秦蓉薇只能帶著人硬闖進來。豈料，李賦剛剛還和顏悅色的和其他女子說話，見到自己立即就跟換了一張臉一樣，這讓秦蓉薇狠狠的瞪了一眼林莫瑤，眼神似要將她撕碎一般。

和林莫瑤的談話被打斷，李賦知道自己再無機會細問了，只能記下林莫瑤說的那個地方，回頭再派人去細細查探，方知結果了。

對於秦蓉薇，李賦是一句話也不想多說，看見此人就如看見她那令人生厭的祖父一般。

「太子妃的花可摘好了？好了的話，便隨本宮一起回宮吧。」李賦根本就不管秦蓉薇，直接對柏婧紓說話。自從秦相重新上朝，父皇病重之後，李賦根本連應付都懶得再應付秦蓉薇這個女人了。

「臣妾遵旨。」柏婧紓行了行禮，便站到了李賦身旁，從宮女的手中將剛剛摘下的花拿了過來，夫妻二人猶如真的在賞花一般，愣是將秦蓉薇給無視了個徹底。

秦蓉薇到底心高氣傲，之前能將氣性壓下已經不錯了，只是，年輕少女難免情竇初開，對所嫁之人更是情根深種，對於林莫瑤和李賦獨處，秦蓉薇尚且能控制理智，心有嫉恨也不會表現出來，畢竟，無憑無據的東西，她就是嫉恨又能怎麼樣？

可是，太子對待柏婧紓和她，根本是兩個樣子！明明都是一起進宮的，也都是皇帝一起挑選的，憑什麼柏婧紓就能做太子妃，能得到太子的寵愛，她就不行？秦蓉薇越想越氣，放在袖中的手，都快把手心給掐破了。「姊姊這花瞧著煞是好看啊！唔，聞著也怪香的！」

柏婧紓抬起頭看向秦蓉薇，對於她剛才沒有向自己行禮的事情當作不知，聽了秦蓉薇的話之後，淡然一笑，道：「若是妹妹喜歡，讓宮人摘幾枝給妳送到宮裡去便是了。」說完，柏婧紓輕輕攏了攏身上的披風，突然對李賦說道：「殿下，起風了。」

李賦伸出手試了試，果然發現空中隱隱有微風浮起，便伸手替柏婧紓拉了拉披風，道：「既然起風了，就趕緊回去吧。」說著，拉著柏婧紓就要走。

柏婧紓笑著點了點頭，剛剛走出一步便停了下來，轉身看向還在涼亭裡站著的秦蓉薇，微微一笑，道：「妹妹也早些回去吧，天涼了，若是在這湖中心吹了風，可是最容易受涼的。」說完，微微一笑，點了點頭，便跟著李賦相攜離開了，在兩人的身後則跟著林莫瑤和沈康琳。

等到幾人一走，這獨立湖中的涼亭裡，便只剩下秦蓉薇一人。

秦蓉薇手中的絲帕早已經被絞成一團，而那雙眼睛更是怨毒的盯著前方的幾人，低聲呢喃了一句。「柏婧紓，等著瞧吧，總有一天，我會讓妳跪在我的面前，求我放過妳！」

自從那日見了李賦之後，林莫瑤回到家裡總是心神不寧的，因為，她不知道太子是否能理解她那句話的意思？抑或者，太子會不會失敗，被對方發現，最後功虧一簣？

李賦終究是沒讓林莫瑤失望。一回到東宮，他立即找來心腹，讓對方去查看和盯著那個地方，但半個月下來，赫連澤父子都已經關進大理寺，等待判決了，這邊還是沒有任何動靜。就在李賦想要放棄的時候，留在那裡堅守的人回來了。

「你說的是真的?!」李賦站在書房，為了不讓外面的人聽見他的聲音，即使震驚，依然將聲音壓得很低。

在他的身旁，一個衣著普通、樣貌平平的男子恭敬的立在那裡，收斂氣息。即使男子現在站在李賦的面前，都很容易讓人忽略，彷若他不存在一般。這便是李賦一直養在身邊，專門替自己搜羅消息的心腹。此人武藝高強，特別善於隱藏氣息，除非是比他厲害很多的高手，否則一般人輕易發現不了他。

男子抱拳，輕聲道：「殿下，千真萬確。即使他喬裝過，屬下依然一眼就認出來了，此人定是秦相無疑。」

李賦見他這般肯定，自是相信這人的話，心中卻不禁疑惑，秦相去那個地方做什麼？而林莫瑤又是怎麼知道秦相會去那裡的？

看來，林莫瑤所說的翻案轉機，就是在那座宅院了。想到這裡，李賦連忙轉身面對男子，低聲吩咐道：「你現在就回去，想辦法查清楚秦相到那裡去做了什麼、見了什麼人，切記，千萬不要讓人發現你，若是發現了，你自己知道該如何處理。」

男子連忙半跪在地上，抱拳道：「屬下明白。」像他們這樣做死士探子的人，若是被對方抓住了，只有一條路，那就是自我解決。

待此人說完，李賦便不再看他，而是背過了身，一揮手。「去吧。」

「屬下告退。」

當李賦再次轉身時，身後已經沒有了那人的身影。李賦踱步來到書桌後面，看著桌子上零零散散放著的幾份奏摺，突然就怒極，拿起來直接丟到了地上，腦子裡不停的浮現這段時間所發生的事。

別的事，李賦都不甚在意，唯獨林莫瑤。這個女人到底是誰，為什麼她總是知道一些別人不知道的？

想到這裡，李賦突然起身，來到書架旁邊，輕輕觸動一個機關，書架上的一個暗格隨即打開了。李賦伸手，從裡面取出一張地圖，緩緩展開。

一手清秀小楷躍然紙上，看著那一個個被標注出來的銀礦位置和名字，李賦的眉頭不停的皺起又鬆開，鬆開又皺起。最終，李賦將地圖收了起來，重新放回暗格之中。

此時若是有人站在李賦身旁的話，必然會聽見從他口中逸出的三個字——

林莫瑤。

赫連軒逸父子是在十天前押送回京的，直接進了大理寺的監牢。沈德瑞等人好說歹說，才得以來見一次。林莫瑤不放心，求了沈德瑞，讓她女扮男裝，扮作他的隨從跟了進來。這也是林家村一別之後，林莫瑤和赫連軒逸的第一次見面，只沒想到，竟會是在這樣的情況下。

看著一門之隔的赫連軒逸，林莫瑤心中說不出的疼痛，不過，她很清楚自己身處的位置和所扮演的角色——這裡是大理寺的大牢，而她現在是沈德瑞的小廝。

林莫瑤盡力的克制住自己，才能勉強壓制住湧上眼眶的淚水，不讓它們流下來。她用力咬住嘴唇，不讓自己發出聲音，雙手藏在袖中，緊緊的抓著袖子，儘量讓自己看起來平靜。

因為林莫瑤低著頭，而且一直跟在沈德瑞的身後，所以，她的異樣倒是沒有被獄卒看到。

看守大牢的牢頭將沈德瑞和林莫瑤帶到關押赫連家的牢房門口，便轉身對沈德瑞抱了抱拳道：「沈大人，赫連將軍和家人都在這裡了，沒什麼事，小人就先退下了。只是，大人也知道，這大理寺是不讓探視犯人的，還請大人不要讓我們為難。」

這已經是對方賣了自己很大一個人情，才讓自己進來見赫連澤父子，沈德瑞自然清楚這些獄卒也是身不由己，聽了他的話之後並不惱怒，只是謙遜的衝對方抱了抱拳，道：「多謝牢頭給予這個方便，本官斷不會給牢頭添麻煩的。」

牢頭點了點頭，似乎又想到了什麼，乾脆從腰間扯下一串鑰匙，一邊開牢房的門，一邊說道：「也罷，小人便幫大人和將軍將這牢房門給打開吧，也方便兩位說話。只是，兩位大人，小人家中上有八十老母，下有嗷嗷待哺的嬰孩，還望兩位大人莫要讓小人為難。」

赫連澤是誰？那是鎮守文州，讓揭羅國聞風喪膽的殺神啊！瞧著現如今坐在牢房裡，老神在在、周身毫無肅殺之氣的人，若不是對方的身分擺在那裡，他真的很難相信，這樣一個人竟是讓人聞風喪膽的大將軍。

「多謝、多謝！」沈德瑞一次又一次的道謝，直到牢頭帶著人走了，這才急切的邁步進了牢房，快步來到赫連澤的身旁。

「讓沈大哥受委屈了！」赫連澤面對沈德瑞，深深地做了一個揖，心中五味雜陳。沈德瑞身居高位，若不是為了他，何須對一個牢頭這般低聲下氣？

沈德瑞連忙扶起赫連澤。幾年不見，如今身分卻有了天壤之別，兩雙略顯蒼老的眼睛裡，竟是有些濕潤了。

「是為兄沒用，沒有辦法替你洗脫冤屈，為兄愧對你啊！」沈德瑞頗為自責。

赫連澤緊緊握住沈德瑞的手，饒有萬千冤屈，最終都化作了一聲嘆息。「沈大哥也不要太過自責，這件事情本就是……哎，不說這個了。沈大哥，你這個時候來是？」這個時候，誰都想和他們赫連家撇清關係，只有沈德瑞敢在這個時候前來看他，這份情誼，倒是讓他不忍再連累沈家了。

他們的時間不多，赫連澤問了這句話之後，沈德瑞就讓開了身子，將身後的林莫瑤給讓了出來。

在赫連家一家三口面前，林莫瑤緩緩抬起了頭，眼中噙著淚水，牙齒咬著嘴唇。

赫連澤、赫連軒逸和徐氏還未來得及反應，林莫瑤便撲通一聲，跪到了赫連澤的面前，哽咽道：「大將軍，都怪阿瑤不好！若是阿瑤不出這個主意，便不會有這麼多事了！」

「阿瑤……」赫連軒逸一見林莫瑤跪了下來，連忙來到她的面前，伸手就想將她拉起來。

林莫瑤攀著他的手，眼淚再也止不住地落下。「逸哥哥，對不起……」

徐氏這時也到了她面前，和赫連軒逸一起，一左一右將林莫瑤給拉了起來，隨後拍了拍她的手，安慰道：「好孩子，這事不怪妳，快別哭了。」

「是啊，夫人說得沒錯。阿瑤啊，這件事情錯不在妳，怪只怪，我信錯了人。」赫連澤也開口說道，臉上的神色滿是痛苦。

林莫瑤看著扶著自己的徐氏，才短短一月不見，曾經那般儒雅的徐氏，竟然憔悴了這麼多，臉色也有些灰敗，就連赫連軒逸都比過年那時要瘦了許多。只是，還沒等林莫瑤仔細打量完二人，便聽到了赫連澤的這句話。

林莫瑤突然停下了哭泣，看向赫連澤，問道：「將軍這話是什麼意思？」

沈德瑞也急聲問道：「是啊，這到底是怎麼回事？我聽阿瑤說了，這件事情不可能還有旁人知曉啊！一切事務都是蘇家的人經手，怎麼會扯到你身上呢？」

隨著沈德瑞的話音落下，林莫瑤便感覺到扶著自己的手顫抖了一下。林莫瑤扭頭一看，就看到原本擔心她的赫連軒逸，臉上浮現出怒容，雙眼通紅，裡面猶如有團火焰在燃燒一般，讓人生畏！

第一百一十五章　原來是他

林莫瑤嚇了一跳。「逸哥哥？」

「是郭康。」感受到林莫瑤的擔憂，赫連軒逸身上的怒意稍微收斂了一些，但說起這人的名字，赫連軒逸依然難掩怒氣，若不是顧忌林莫瑤在場，怕是要咒罵出來了。

沈德瑞和林莫瑤愣住了。怎麼會是他？

「他？怎麼會？」林莫瑤有點反應不及。前世郭康明明……突然，林莫瑤呆住了。是了，前世郭康沒事，直到她死，都沒看到郭康的結局。按理說，赫連澤這種罪名，身邊的人也難逃牽連，但是，當時只處置了赫連澤。這也是為什麼到了今生，林莫瑤依然不知道前世赫連澤身邊出賣他的人究竟是誰。

原來，是他。

對上林莫瑤和沈德瑞驚詫的眼神，赫連澤略顯疲憊的點了點頭。「我也沒想到，唉……」

赫連軒逸站在一旁接話道：「父親待郭康那麼好，他真是良心都被狗吃了！」

赫連澤苦笑一聲，輕輕搖了搖頭。「不過是各為其主罷了。如今朝中局勢不穩，我等又落得這個下場，不知太子殿下能不能應付得來了？」

說起李賦，赫連軒逸也有些擔心。雖說這些年他越發明白君臣有別這個道理，只是，畢竟兩人是從小一起長大的生死兄弟，他自然會擔心。

說起這個，沈德瑞也是一臉愁容，他將朝中現在的情況說給了赫連澤聽。

聽完了沈德瑞的敘述，赫連澤嘆了口氣，無奈道：「奸臣當道啊……秦相一日不除，我大齊危矣。」

就在這時，外面響起了牢頭的聲音——

「沈大人，時辰差不多了。」

沈德瑞連聲應道：「是是是，這就出來！」說完，沈德瑞再次看向赫連澤，拉著老兄弟的手，語重心長的說道：「你姑且在這大牢之中委屈一段時間，我就是拚了這條老命，也要救你們一家三口出來。」

「沈大哥……」赫連澤雙眼發紅，對著沈德瑞就是一拜。

沈德瑞連忙將赫連澤扶了起來，低聲叮囑道：「一定要沈得住氣，不管他們說什麼，你都不要認。」

另外一邊，林莫瑤也拉著赫連軒逸的手，紅著眼說道：「我一定會救你出去的！」

「阿瑤，不要做傻事。」赫連軒逸擔心的看著林莫瑤。他不希望她因為要救他們出去，而把自己陷入萬劫不復的境地。

林莫瑤紅著眼眶搖搖頭，哽咽道：「不，我一定要救你出去。你等著我，等你出去了，咱們就成親好不好？」

此情此景，赫連軒逸也不由得紅了眼眶，抬起手輕撫上林莫瑤的臉龐，細細的替她擦乾眼淚，輕輕點了點頭。「嗯，出去了咱們就成親。」如果能出去的話。

其實赫連軒逸很清楚，這次他們家的結局基本上已經定了。郭康所舉報的並非子虛烏有，父親確實與揭羅國的部落有所聯繫，而他們所呈上的證據雖說真假參半，可事實擺在那裡，他不認為他們家還能翻案。

想到這一別，二人也不知還能不能再見，赫連軒逸便不顧父母在旁邊，一把將林莫瑤抱進了懷裡，彷彿要將她揉進自己的骨血之中。

二人這般模樣，讓旁邊的三位長輩也不由得紅了眼眶。

牢頭又在外頭催了一次，沈德瑞這才無奈的將林莫瑤從赫連軒逸的懷中拉了出來，勸道：「阿瑤，我們該走了。」

「等著我。」林莫瑤任憑沈德瑞拉著自己往外走，一雙眼睛緊緊的盯著赫連軒逸，直到兩人出了牢房的門，牢頭將鎖落下。

自從那日從大理寺的牢房出來之後，林莫瑤接連好幾天都心神不寧的，而大理寺的判決也很快就下來了——赫連澤通敵叛國，證據確鑿，擇日處斬！念及赫連家世代戰功累累，免赫連軒逸與徐氏一死，發配邊疆，永世不得回京。而徐家諸子罷免官職，奪去功名，降為平民。

聖旨一下，就在大家唏噓不已的時候，另一道聖旨接踵而至，直奔新晉皇商蘇家——蘇氏一門悉數入獄，皇商名號被奪，罪名與赫連家同，但和赫連家不同的是，蘇氏一門被判滿門抄斬，擇日行刑！

林氏聽到這個消息的時候，整個人兩眼一翻，直接就暈了過去。沈家上下亂成一團，只有沈德瑞和林莫瑤尚存一絲理智。

「爹，太子殿下怎麼會這麼快就下旨了？不是說好了要翻案嗎？」林莫瑤不能上朝，所有的情況只能依靠沈德瑞轉述。這次的聖旨下得太過突然，林莫瑤根本就來不及接受。

沈德瑞滿腹愁容，看著林莫瑤，無奈的說道：「如今秦相把持朝綱，今日早朝，滿朝文武百官跪在大殿之中，祈求太子殿下即刻下旨處置叛賊。」說到這裡，沈德瑞氣憤得一巴掌猛地拍到了面前的桌子上，怒道：「說是祈求，殊不知百官根本是在逼迫殿下下旨！殿下無奈，只能降下旨意，他能做的，便是保住赫連家一條血脈。阿瑤，爹無能，爹無能啊……」說著說著，沈德瑞怒氣攻心，嘴角溢出一絲鮮血。

「爹——」林莫瑤嚇壞了，尖叫一聲。

看著現在亂成一團的局面，林莫瑤絕望不已。太子既然靠不住了，那她就靠自己！

「墨香、墨蘭，妳們跟我去書房。」林莫瑤將林氏和沈德瑞交給沈康琳，帶著墨香、墨蘭就鑽進了書房。

到了書房裡，林莫瑤面色凝重的看著二人，也不拐彎抹角，直接說道：「妳們想不想救將軍一家？」

墨香、墨蘭對視一眼，撲通一聲，同時跪了下來，抱拳回道：「將軍待我姊妹恩重如山，如今大將軍身陷險境，奴婢們便是拚了這條命，也不會讓大將軍蒙冤而死的。」

林莫瑤看著二人，突然想到了什麼，臉色一變，問道：「妳們想做什麼？」

墨香和墨蘭並不回答林莫瑤的話，只是齊齊對著她跪拜下去，認認真真的磕了三個頭，這才說道：「小姐，奴婢姊妹二人被少將軍送與小姐，按理說已是小姐的人，生死理應由小姐定奪，只是，大將軍對奴婢姊妹有再造之恩，奴婢不忍讓大將軍這般蒙冤而死，即使拚了這條性命，奴婢也會將大將軍一家救出大牢。」

林莫瑤猜到了她們會去劫獄或者劫法場，只是沒想到，這姊妹二人竟對她毫不隱瞞，全盤托出。林莫瑤又何嘗沒有想過這個方法？但若真的這麼做了，赫連家將會一輩子背負叛國的罵名。正是因為她明白這箇中道理，所以才一直隱忍到現在，可如今聖旨已下，若再不採取動作，怕是就來不及了。

想到這裡，林莫瑤定定的看著二人，聲音突然冷冽下來，問道：「妳們當真願意？只要能救大將軍一家，連性命都不要了？」

墨香二人再次叩首，道：「奴婢姊妹倆的命本就是大將軍給的，若有來生，奴婢二人再來當牛做馬伺候小姐，還望小姐成全奴婢姊妹。」

這番說辭，竟是將自己的生死置之度外了。

林莫瑤看著二人，緩緩說道：「我有辦法救他們。」

隨著林莫瑤的話音落下，跪著的二人猛地抬頭看向林莫瑤，眼中有著驚詫，更多的是喜悅。「小姐……」

林莫瑤輕輕點頭，隨後道：「只是，此去異常凶險，若是不小心，怕是會直接沒命。」

「奴婢不怕！只要能救將軍一家，就是讓奴婢上刀山、下火海都行！」姊妹二人齊心說道。

林莫瑤這時才從椅子上站了起來，來到兩人面前，一人一手拉了起來。「現下我有一件事情要交由妳們去做，成了，那便有機會救將軍一家；若是敗了，或許，我們都會死。」

「小姐?!」兩人一驚，喊了一聲。她們雖然想救赫連澤一家，卻從未想過要連累林莫瑤。

林莫瑤搖了搖頭，緩緩說道：「妳們無須再說了，此事我心意已決。如若不能救他，留我獨活又有什麼意義？」最後一句，林莫瑤似在呢喃給自己聽，又像是說給墨蘭和墨香聽。

兩人自是知道赫連軒逸和林莫瑤的感情，只是，若真像林莫瑤說的這般，怕是要連累沈家一家。「可是老爺和夫人，還有大公子他們……」

林莫瑤紅眼苦笑。「爹娘若是知道，必定也會支持我的。」這便是家人，她前世辜負了的家人。

兩人再次對視一眼，同時跪了下去，抱拳道：「既然如此，小姐儘管吩咐，奴婢二人便是拚了命也會完成小姐的任務！」

林莫瑤掃了二人一眼，道：「無須拚命，只是要妳們去偷一樣東西。」話落，林莫瑤將兩人拉了起來，輕聲在二人耳邊呢喃了一個地址，隨後直起身子，看著二人道：「妳們進去之後，直接就去後院左數的第三間屋子，地道的機關便是掛在牆上的一幅山水畫。」

「奴婢記住了。」二人謹慎點頭。

林莫瑤又叮囑道：「這個地方如此重要，必定會有高人看守，妳們此去一定要小心，若是事敗，不要糾纏，保命要緊。」

「是！」兩人雙雙應聲，便下去準備了。

安排好了兩人，林莫瑤便出了書房，直接去了林氏和沈德瑞的院子。這件事情，她必須跟林氏和沈德瑞說一聲，哪怕讓兩人有個準備也好。更何況，若成功拿到東西，剩下的事情還需要沈德瑞出面。

當天夜裡，墨香和墨蘭拜別了林莫瑤，換上了夜行衣，直奔林莫瑤所說的地方而去。

而林莫瑤，甚至整個沈府，都注定了這一夜無眠。

第一百一十六章　我家主子要見妳

夜半時分，沈府的院牆外，三更的更聲剛剛響起，林莫瑤便覺得窗外有人影閃過，緊跟著，窗戶被人從外面推了開來，躍進來兩道人影。

「誰？」林莫瑤直接從床上坐了起來。因為擔心墨香和墨蘭隨時會回來，林莫瑤今夜都是和衣而眠的，此時見人影翻進房間，立即就從床上坐起，一把抓過藏在枕頭底下的匕首。

「小姐，是奴婢。」其中一道瘦小的身影出聲。

「墨蘭？」林莫瑤疑惑的問了一句。

「小姐，正是奴婢。」

林莫瑤這才從屏風後面走了出來，借著窗外的月光看清來人，果真是墨蘭，於是放鬆了警覺，將手中的匕首慢慢放了下來。

不過，林莫瑤很快就發現，跟在墨蘭身邊的另外一道身影，看身形不是墨香，反倒有些像是男子的身量。林莫瑤警覺地看著對方，冷聲問道：「墨蘭，這是誰？」

「小姐，他是……」墨蘭剛想給向林莫瑤介紹對方的身分，卻發現自己根本不知道對方姓甚名誰。

這人也不扭捏，將臉上的面罩扯了下來，露出了一張平凡至極的臉，對著林莫瑤抱拳行禮。「小人陳德，見過林小姐。」

藉著月光，林莫瑤上下打量了一番這個自稱陳德的人。此人樣貌平凡，身高七尺，善於隱匿自己的氣息，剛才若不是從一開始林莫瑤就感知出進來的是兩個人，在和墨蘭說話之後，差點就將他給無視了。林莫瑤定定的看著他，心中猜測此人必定來頭不小。

「你——」沒等林莫瑤追問對方的身分，便被對方一句話給打斷了。

「林小姐，我家主子想見妳。」陳德淡淡道，語氣聽不出任何情緒。

林莫瑤眉頭輕蹙，看向這人，問道：「你家主子是誰？我認識嗎？」

陳德臉上的神色依然未變，繼續淡淡道：「林小姐去了就知道了。」

林莫瑤看了他兩眼，並未應承，而是將墨蘭拉到了另外一邊，問道：「這人是誰？妳怎麼會跟他一起回來？」

墨蘭看著林莫瑤，滿臉內疚。「小姐，是奴婢沒用。」

「怎麼回事？」

墨蘭這才將她們遇到的事情，一五一十的說了出來。

原來，入夜之後，墨香和墨蘭換上了夜行衣，按照林莫瑤所說的地方直奔而去。兩人在那院子門外一直觀察到子時，見四周安靜，並無異樣了，這才翻牆入院，朝著林莫瑤所說的屋子而去，兩人猶不知，自從她們來到這座院子周圍時，便被人給盯上了。

陳德是李賦派來盯著這個地方的人，在二人出現的時候，就已經認出了她們的身分。

他奉太子的旨意，監視這座宅院，自從發現秦相來過這裡之後，就盯得更緊了，而他更是無數次進入這座宅院，試圖找到什麼有用的東西帶回去給太子。

太子那邊堅信，林莫瑤不可能無緣無故的讓他到這麼一個地方來，必定有什麼東西對他來說是有用的。

陳德一面派人去將這邊的情況稟報給太子，一面親自跟著墨香和墨蘭進到了院子，然後就看見二人直奔左邊數來第三間屋子，許久沒有出來。

陳德心中生疑，乾脆就跟了過去，從窗戶打開了一條縫隙往裡看，結果哪裡還有人影！陳德心下一驚。難道有暗道？

慌忙之中，陳德察覺有人朝著這邊來了，便匿了身形藏到院子的樹上，過了一會兒，就瞧見兩個家丁打扮的人，打著燈籠往這一處而來，轉了一圈後又去了別處。陳德認出兩人，是這府裡留下看家的僕從。

等到兩人一走，陳德便從樹上躍下，回到了剛才的位置，正好就瞧見墨香、墨蘭自密道中出來。陳德了然，果然是有密道。

陳德看出墨香手中似乎拿了東西，只是光線太暗，看不真切，想到此物或許對太子有用，便悄悄跟了墨香、墨蘭，待出了園子，半路就帶人將人給截下了，直接帶到了李賦的面前。

聽完了墨蘭的敘述，林莫瑤雙眼睜大，問道：「妳是說，他是太子的人？」

墨蘭點點頭，接著道：「如今墨香還在太子手裡，小姐，這可如何是好？」

林莫瑤略微沈吟了一會兒後，又問道：「我讓妳們拿的東西拿到了沒有？」

提起這個，墨蘭的臉色更難看了，只見她輕輕點了點頭，道：「拿到了，在墨香那裡，現如今怕是已經到了太子手裡了。小姐，現在怎麼辦啊？」

聽了她的話，林莫瑤大大的鬆了一口氣。這東西落到李賦手裡，總比落到旁人手裡強，林莫瑤相信，看到這些東西，以李賦的聰明才智，必定會有辦法解決眼前的局面。

只是，看著屋裡還站著的男子，林莫瑤的眉頭又皺了起來。李賦既然已經拿到了他想要的東西，為何還要見自己？

陳德見主僕二人話也說得差不多，便再次開口道：「請隨小人走吧。」

「現在？」林莫瑤一愣。她知道李賦要見她，只是沒想到會是現在。

陳德並不說話，也算是默認了。

林莫瑤的眉頭皺得更深了。「太子殿下此刻理應在宮中才對，我又如何見他？」

陳德臉上依然沒有任何表情，聽了林莫瑤的問話，淡淡的回道：「殿下現下正在城中，還請小姐莫要耽誤時間，快跟我走吧。」

林莫瑤知道，自己今天怕是躲不過了，沒辦法，只能硬著頭皮上。

剛走出兩步，墨蘭就跟了上來，急切道：「小姐，奴婢隨您一起去！」

聽了墨蘭的話，陳德也點了點頭。畢竟男女有別，他帶著林莫瑤多有不便，若是墨蘭跟著，倒是省了他的事了。

「那就煩勞墨蘭姑娘帶著妳家小姐跟上了。」說完，一個起躍，直接從窗戶跳了出去。

而墨蘭也在跟林莫瑤說了聲「小姐得罪了」之後，一手扶上林莫瑤的腰身，一手拉著她的手，從窗戶躍出，跳上了院牆，隨著陳德而去。

林莫瑤被墨蘭帶著，跟在陳德的身後，幾個起躍之後，就到了一座極為普通的民宅後門，只聽陳德在門上頗有規律的敲了幾聲，接下來，後門迅速打開，陳德掃視了一圈身後的黑暗之後，帶著林莫瑤和墨蘭邁了進去。

院子非常普通，一看便是平民所住的地方，林莫瑤眉頭輕蹙。她不敢相信，李賦居然會藏到這樣一個地方。

兩人跟在陳德身後，徑直去了正房門口，陳德躬身站在門外，低聲道：「殿下，林小姐帶來了。」

隨後，門開了，開門的是李賦隨侍的太監，林莫瑤認得此人，而在他的身後，李賦就這樣直接背手站在屋子的中間，直愣愣的看著林莫瑤。

墨香規矩的站在一旁，看到林莫瑤，眼中一喜，連忙喊了一聲。「小姐！」

林莫瑤衝她微微點頭，隨後走進屋裡，來到李賦面前盈盈一拜。「臣女參見太子殿下。」

李賦動了，笑了笑，道：「林小姐不必多禮，起來說話吧。」

「謝殿下。」林莫瑤站了起來，垂手立在一旁，等待李賦問話。

李賦嘴角上揚，看了林莫瑤一下，隨後徑直走到屋子正前方的八仙桌旁，從上面拿了一本小冊子過來，站到了林莫瑤的面前，似笑非笑的問道：「林小姐可認得這個東西？」

林莫瑤抬起眼睛掃了一眼，只一眼便認出了李賦手中所握的東西，正是她讓墨香、墨蘭去偷的帳冊。這裡面記載了秦相這些年的所得，包括當初銀礦還未被她交給李賦時的礦產收入，另外還有各方官吏進貢的東西。除此之外，裡面還記載了一些這些年來謝家幫忙搜刮來的奇珍異寶。

李賦剛拿到這本冊子的時候，光是看見裡面所列的名目便瞠目結舌，這些東西，竟堪比國庫了。

林莫瑤知道，李賦這是在試探她，因而只略微掃了一眼冊子便低下了頭，道：「臣女不知。」

話落，李賦就輕輕笑了一聲。「呵呵，是嗎？」隨後，李賦看向了屋裡的其他人，突然開口吩咐道：「你們都先下去吧，本宮有些話想單獨跟林小姐說。」說這話的時候，李賦若有似無的掃了林莫瑤一眼。

「是，屬下告退。」陳德躬身行禮，退了出去。

墨香、墨蘭連忙往前一步，來到了林莫瑤的身後，擔心的喊道：「小姐？」

林莫瑤對二人點了點頭，道：「妳們先出去吧。」

儘管兩人擔心林莫瑤的安危，但還是聽話的跟著陳德退到了門外，只是，到了廊下，兩人卻不肯再往外移動半步了。這個位置，聽不見屋內的輕聲說話，卻正好能聽見高聲的呼救。

陳德知道二人在這裡並不會礙了殿下的事，也就隨她們去了。

屋子裡頓時只剩下李賦和林莫瑤兩人，李賦拿著帳冊，在手中有一下、沒一下的掂著，慢慢在林莫瑤的周圍踱步，雙眼飽含深意的看著林莫瑤，臉上的神情似笑非笑。

林莫瑤彷彿沒有看到他的表情一般，依然淡定如初的站在那裡，不為所動。

李賦突然就笑了，說道：「林小姐難道就沒有什麼話要跟本宮解釋解釋嗎？」

「臣女不知何處惹惱了太子殿下？」林莫瑤淡淡回道。

李賦輕笑一聲，隨後道：「林小姐真的不認得本宮手上的東西？」說完，將冊子拿到林莫瑤的面前晃了晃。

林莫瑤淡淡的掃了一眼，回道：「不認得。」

「呵，妳倒是淡定。」李賦嘲諷一笑，隨後坐到了八仙桌旁的椅子上，將冊子放回桌上，說道：「這冊子，是本宮的人在妳的兩個婢女身上搜出來的，林小姐難道還想說不認得嗎？」

這下，林莫瑤不再低著頭了，而是抬起頭，大膽地和李賦對視，語氣淡淡的回道：「既然太子殿下已經知道了，又何必來問臣女呢？」

隨著林莫瑤的話落，李賦直接從座位上站了起來，迅速來到林莫瑤的面前，一抬手就掐住了她的脖子，冷聲道：「林小姐是不是該告訴本宮，妳是怎麼知道那座宅子，又是怎麼知道那間屋子裡有機關，那個地道下面藏著這些東西的？」李賦一手掐著林莫瑤的脖子，一手指著後面桌上擺放著的幾樣東西。

林莫瑤的眼皮抬了抬，發現那邊除了帳冊之外，還有幾封信件。

說完，李賦手指上的勁道突然收緊了幾分，臉也湊到了林莫瑤的面前，二人之間的距離不過兩指。李賦盯著林莫瑤的眼睛，語氣平常的問道：「林小姐，能否告訴本宮，妳究竟是何人？」語氣淡淡的，彷彿此時掐著林莫瑤脖子的人並不是他一般。

林莫瑤的嘴角浮起一絲嘲諷的笑容。帝王心性，果真無異。「殿下又何須管我是誰？只要臣女能夠幫到殿下就好，不是嗎？」林莫瑤強忍著脖子上的不適，從口中擠出了這句話。

臉色脹紅，顯得林莫瑤那張小巧的臉龐更加誘人，李賦就這樣看著她，突然就把手放開了。

突如其來的新鮮空氣，讓林莫瑤不自覺的深深吸了兩口，雖然想咳嗽，卻生生壓下去了。

李賦一甩手，轉身坐回了椅子上，雙眼緊盯林莫瑤，出聲道：「本宮派人查過妳的底細，發現妳只是一個普通的山村農女，若說不同於別人之處，便是妳比普通農女識得幾個字。」突然，李賦話鋒一轉，冷聲道：「假使林家發生這麼多的變化都是巧合，那本宮倒是真的好奇一個問題了。像林小姐這樣從未出過遠門的小家碧玉，是怎麼知道我大齊那麼多山巒大峰的名字，又是如何得知哪些山上藏有銀礦的？」

若說前面，林莫瑤都表現得還算淡定的話，在聽了最後這一句時，林莫瑤的睫毛不自覺的顫了顫。李賦一直盯著林莫瑤的雙眼，即使這變化極為細小，還是被他給發現了。

李賦彷彿沒看到一般，微微一笑，起身來到林莫瑤的面前，低聲道：「本宮和軒逸從小一起長大，他是什麼樣的品性、知道些什麼東西，本宮比妳還要瞭解。銀礦的地圖是他給本宮的，說是他的屬下無意間發現，呵呵，妳認為本宮會信嗎？」

林莫瑤依然不語。

李賦便繼續道：「其實，本宮從未懷疑過赫連將軍和軒逸的忠心，這世上若說誰對本宮和父皇最忠心，他們父子如果排第二，便沒有人敢排第一。

「自從軒逸將銀礦的地圖交給本宮之後，本宮便開始對他產生了懷疑。這該是怎樣的一種勢力，才能將天下百川的銀礦掌握得如此透澈？只是，本宮查來查去，卻查不到任何軒逸瞞著本宮的勢力。本宮自是信他，便從他身邊查起。

「後來，本宮發現，若說變化，那軒逸身邊最大的變化便是林小姐妳了。」最後這句話說完，李賦微微彎了彎腰，和林莫瑤保持平視，突然間就笑了，看著林莫瑤說道：「林小姐放心，本宮絕無惡意，只是單純的想聽聽林小姐對這些事情，有沒有什麼想說的？」

「臣女不知道殿下在說什麼。」儘管林莫瑤心中已經被李賦給攪得翻天覆地，可對於這些事，林莫瑤依然選擇否認。

李賦呵呵一笑，也不管她認不認，指了指桌上的東西，又問道：「行，不說本宮也不逼妳，只是，妳是不是該跟本宮解釋解釋這個？妳別忘了，這次，是妳親自在本宮耳邊說了這個地方的。本宮是真的很想知道，林小姐是怎麼曉得秦相會來這個院子，還將東西藏在這裡？」

接下來的時間，氣氛靜謐得可怕。李賦不出聲，只是站在那裡淡定的看著林莫瑤；林莫瑤也不出聲，只是面無表情的站著，兩人相對無言。

也不知過了多久，院子外面突然響起了更夫報更的聲音，不知不覺竟然都已經四更了。一坐一站的兩個人依然沒有打破沈靜的打算，過了許久，李賦終究是嘆了口氣，拿起桌上的東西，突然說道：「本宮曾經聽人說過，這世上有一種人，他們有著異於常人的能力，可通天文地理，可預知福運災禍，林小姐可知世上是否真的有這種人存在？」

林莫瑤此時才緩緩抬起頭看向李賦，目光晶瑩透澈，不見任何雜色。

有那麼一瞬，李賦在這雙明亮的眼睛裡看到了自己的影子，讓他有些恍惚。

突然，林莫瑤對著李賦盈盈一拜跪了下去，輕柔的聲音響起。「臣女只知道，殿下將來會成為一代明君，而大齊也會在殿下的帶領之下，走上繁榮昌盛。」

林莫瑤的話音剛落，就見李賦的眼中閃過一抹亮光，握著東西的手，不自覺的收緊了一下，許久才慢慢放開。
李賦站了起來，來到林莫瑤的面前，伸手將她從地上扶起，之前那種盛氣凌人的氣勢早已消失殆盡。「那本宮，就借林小姐的吉言了。」李賦微微笑了笑說道。
林莫瑤只是福了福身，道：「臣女只是說出了臣女心中所想罷了。」
「呵呵……」李賦輕笑了一聲，看著林莫瑤，腦子裡突然閃過了一個念頭。
「妳可願隨本宮進宮？這天下的萬千河山，本宮與妳一起同賞可好？」
李賦也不知自己是怎麼說出這句話的，此時坐在東宮的書房裡，李賦看著手上的帳冊與信件，突然就笑了起來，眼前似乎又浮現了那個倔強而又剛強的女子，在聽了他這句話之後，那震驚又慌亂的神情，耳邊也迴蕩起她回應的話——
「太子殿下厚愛，臣女承受不起。此生，臣女心中只有一人，再容不下其他，至死不渝。殿下乃一代明君，斷不會為難臣女的，是嗎？」
「就算他快死了，妳也不願嗎？」
「不願。他生我便生，他死，我便死。」
這話說得斬釘截鐵，足見說話之人的心性何其堅韌。
收回思緒，李賦苦笑了一聲，之後，便收起了心中所有雜念，只看著手中的東西。
五更的更聲響起，宮室大門被人推開，緊跟著，宮人們魚貫而入，齊齊跪在了殿中。

「走吧，上早朝。」

一夜沒睡，李賦此時臉上卻不見一絲倦色。他知道，接下來等著他的是一場硬仗，他必須打起十二分的精神來面對即將發生的一切。

第一百一十七章　大勢已去

三日後，就在人們以為赫連家和蘇家的案子就這樣塵埃落定時，京城裡的情況又發生了翻天覆地的變化，街上四處都是巡邏的士兵，人們甚至連門都不敢出了。

皇宮裡，秦貴妃看著帶著宮人、盛裝打扮出現在自己面前的皇后，連眼皮都沒有抬一下，語氣滿是嘲諷的說道：「皇后娘娘這是做什麼？這個時候，您不是應該在宮裡伺候皇上嗎？怎麼有空到臣妾這裡來了？」嘴上雖然尊稱著皇后、自稱著臣妾，可那模樣卻是半點尊敬也無。

皇后冷冷的看著她，身後的宮人們垂首而立，大氣也不敢出。

秦貴妃更是一臉神氣的看著皇后，絲毫不給她任何面子。

皇后無視她這副目中無人的神氣樣，冷笑了一聲，直接朗聲道：「來人，貴妃娘娘對本宮不敬，將她送去宗人府，等候發落！」

統領六宮這麼多年，即使不受寵，皇后的氣勢依然擺在那裡。只是氣勢雖有，下面的人卻沒有一個動手。

皇后的臉色很是難看，盯著這些跟在自己身後的宮人，恨不得將對方剝皮抽骨。

皇后的貼身宮女怒視了一眼，直接喝斥道：「皇后娘娘的命令，你們沒聽見嗎？」

回應她的，依然是沈默。

就在這時，斜躺在軟榻上的秦貴妃動了，只見她慢慢坐了起來，那模樣慵懶又優美，三十多歲的人了，卻看不出歲月的痕跡，一瞥一笑仍是風韻十足。秦貴妃下了軟榻，也不穿鞋，直接踩在皮毛做成的地毯上。宮室裡點了暖爐，即使外面是寒冬臘月，這屋裡都感受不到一絲的寒氣。

「皇后娘娘這麼大張旗鼓的到臣妾這裡來，就是為了治臣妾的罪嗎？」秦貴妃似笑非笑的看著皇后說道。

儘管內心因為秦貴妃的這副態度憤怒不已，皇后臉上依然淡定如初，彷彿想到了什麼，皇后看秦貴妃的目光突然變得憐憫了起來。

或許是因為皇后的目光觸動了秦貴妃內心的某一個地方，突然，她的眼神也變得猙獰起來，狠狠的瞪著皇后，冷聲道：「別用這種眼神看臣妾，臣妾不喜歡！」說完，秦貴妃直接高傲的抬起頭顱，朗聲道：「來人，送皇后娘娘回正陽宮！」說完，秦貴妃將視線落在了皇后的身上，緩緩走近，低聲在她耳旁耳語道：「臣妾奉勸皇后娘娘，還是趕緊回正陽宮去陪著皇上吧，畢竟，你們的日子可是不多了。」說完，不等皇后作出反應，秦貴妃冷笑一聲，衣袖一甩，就回到了軟榻上。

宮室裡的宮人們你看看我、我看看你，卻不敢妄動，最後，還是原本就位於秦貴妃宮裡的兩個太監往前走了一步，低著頭，哆哆嗦嗦的對皇后說道：「恭送皇后娘——」

兩人話還沒說完，就被皇后身邊的近身侍女，一人一腳給踹飛了出去，其中一個還直接砸到了秦貴妃的軟榻前面。

「好大的膽子，敢在本宮這裡撒野！來人，還不快將人拿下！」秦貴妃猛的坐起來，狠狠的說道。

「誰敢動！」侍女站在那裡，一動也不動，冷冷的掃了一眼周圍正要上前的宮人，冷聲道。

被她這一瞪，想要上前的宮人們就不敢繼續往前了。

這副模樣，讓秦貴妃很是生氣，聲音不自覺的又拔高了幾分，冷冷道：「都死了嗎？聽不到本宮的命令？」

宮人們還是不敢動。

終於，久沒開口的皇后說話了。「秦貴妃，本宮勸妳，還是省省力氣吧，不然待會兒，本宮怕妳連路都走不動了。」

秦貴妃絲毫不將皇后放在眼裡，嗤笑了一聲，道：「呵，怎麼，皇后娘娘今天到臣妾這裡來，就是為了嚇唬臣妾的嗎？」

對於秦貴妃的動怒，皇后絲毫不受影響，只是輕輕的笑了笑，然後搖了搖頭。「嚇唬妳嗎？本宮現在沒有這個閒工夫。正如妳所說，本宮現在想做的，就是陪著皇上，可是今天，本宮不得不來，因為，本宮想親自送妳一程。」

秦貴妃一愣，問道：「什麼意思？」

皇后沒有理她，而是伸手從袖子中，慢慢取出一道明黃的聖旨，直接就丟到了秦貴妃的腳邊。聖旨落地，發出了一聲悶響。

隨著這聲悶響落下，秦貴妃的宮室門外突然就湧進了許多大內侍衛，進到宮室之後，侍衛們便依次排開，直接將宮室裡的人都給圍了起來。

這麼多外男衝進宮室，直接把秦貴妃給嚇懵了，高聲尖叫道：「你們幹什麼？誰讓你們進來的？給本宮滾出去！」

對於秦貴妃的喝斥，侍衛們充耳不聞，齊聲給皇后請安。

「參見皇后娘娘！」眾侍衛抱拳行禮，之後，便目不斜視，只盯著這屋裡的眾人。

「妳什麼意思？」秦貴妃死死的瞪著皇后，不明所以。

皇后指了指地上的聖旨，淡淡道：「妳自己看吧。」說完，不再理會秦貴妃了。

秦貴妃看了看她，又看了看地上躺著的、已經被打開的聖旨，緩緩的蹲下身撿了起來。當看清上面的內容之後，秦貴妃猛的一把將聖旨給丟了出去，尖聲叫道：「不可能，這不可能！」父親失敗了？這怎麼可能？

看著秦貴妃狀似瘋癲，皇后冷笑了一聲，一揮手，道：「來人，將秦貴妃押送至宗人府，待秦相意圖造反一案查清之後再做定奪！」

「是！」隨著話落，立即有兩個侍衛上前就要捉拿秦貴妃。

「拿開你們的髒手！你們膽敢碰本宮，就不怕皇上治你們的罪嗎？」秦貴妃瘋狂的吼著，躲避侍衛的捉拿。

只是，她一個內宮的妃子，手無縛雞之力，如何能是這些七尺男兒的對手？只短短一會兒，秦貴妃便被侍衛捉拿，一腳踢在膝窩處，強迫她跪了下來。

皇后居高臨下的看著秦貴妃，看著她那張美豔的臉因為憤怒而變得扭曲，都到了這個時候，依然不放棄掙扎的模樣，皇后的心裡，突然就生出了一絲快感。

她們二人鬥了二十年，總算是有個結果了。

「將秦貴妃押下去好生看管，若是出了什麼閃失，本宮拿你們是問！」皇后一揮手，便讓人押著秦貴妃離開。

秦貴妃死命的掙扎，卻是徒勞。「你們放開本宮，放開本宮！你們敢這麼對本宮，本宮要將你們全都治罪！啊，你們放開本宮——」

皇后站在宮室裡，一動也不動，聽著耳邊秦貴妃的喊叫聲越來越遠。宮室裡，除了皇后身邊的幾個近身侍女之外，所有的宮人通通跪到了地上，瑟瑟發抖。

皇后冷冷的掃了一眼地上跪著的這些人，隨後轉身，在踏出宮室大門的那一瞬間，丟下懿旨——

「將這些宮人全部處死！既然這麼忠心，那就到底下去繼續伺候你們的主子吧！」

說完，便頭也不回的走了，任憑身後的宮室裡傳來鬼哭狼嚎的求饒聲。

隨著秦貴妃被關入宗人府，秦相意圖謀反、陷害忠良，證據確鑿，直接被查封丞相府，秦氏滿門悉數入獄，待事實查證之後，斬立決；二皇子被軟禁宮中，沒有旨意，不得邁出宮門半步。

赫連澤和蘇氏滿門洗脫罪名，當日便被放回了家，只是如今，將軍府和蘇家都被查封了，兩家人無處可去，便通通被沈德瑞接到了沈家，暫時安頓下來，再做打算。

半個月後，京城下了今年的第一場雪，而秦相的案子，也是在那個時候塵埃落定。朝中半數的人受到牽連，考慮到朝政動盪，李賦法外開恩，對待情節不嚴重、誠心悔過的大臣，可以酌情從寬處理。

此話一出，滿朝文武百官紛紛表示支持，不少人甚至將家中半數財產都捐給了國庫，以求能保下自己家的平安。

一時之間，國庫竟然一下子多出了許多的錢。

秦相之罪，株連九族，而杜忠國與秦氏、杜欣若，也在九族之列，就在秦相敗落的第一時間，這一家三口便已經被抓了起來，半月下來，杜忠國整個人委靡不振，秦氏狀似瘋癲，就是從前那驕傲如斯的杜欣若，也變得終日魂不守舍。

李嚮到底是逃過了一劫，太子顧及兄弟之情，又念及李嚮對於秦貴妃和秦相加害皇帝之事並不知情，終究沒忍心將他與秦貴妃一同送上路，只是將人軟禁在宮裡，此生再無重見天日之時，終其一生，都只能在這高牆之內度過了。

行刑那日，天空飄著鵝毛大雪，林莫瑤在赫連軒逸的陪同下，來到了大理寺監牢。將手中的權杖給牢頭看了之後，兩人徑直進了牢房，林莫瑤的手上還拎了個食盒，裡面擺放著的，是林氏在家準備好的東西。

二人一前一後，跟在牢頭的身後，來到眾多牢房中之一面前。

牢頭指了指裡面，對二人回道：「二位，你們要看的人就在這兒，還請兩位抓緊時間，今日午時就要行刑了。」

「煩勞大哥了。」林莫瑤微微點頭，從袖中摸出一個錢袋，放入牢頭手中。

牢頭會意，對兩人再次說了聲「抓緊時間」之後，便獨自離開了。

林莫瑤和赫連軒逸並排站在一起，面無表情的看著牢房內坐著的一家三口。

半個月的蹉跎，似乎已經將三人的銳氣給磨沒了，杜忠國一臉灰敗絕望的坐在那裡，雙眼看著前方，眼中彷彿有著懊悔；另外一邊，秦氏和杜欣若緊緊挨在一起，早已不復之前的華貴，二人披頭散髮，就像兩個瘋子。

很快的，牢房裡的三人就發現了林莫瑤和赫連軒逸的存在。

秦氏頓時像瘋了般撲了過來，隔著木欄怒視林莫瑤，尖聲叫道：「是妳，是妳這個賤人！」

林莫瑤只感覺手臂上突然一用力，人就往後退了一步，緊跟著，赫連軒逸就站到了她的面前，擋住了秦氏怨毒的目光。

秦氏還在尖叫，聲音刺耳，在這樣的環境下，竟讓人生出了幾分毛骨悚然的感覺。

林莫瑤冷冷的看著她，不為所動，而後看向另外一邊坐著的男人，淡淡道：「我娘讓我來送你一程。」

杜忠國動了，幾乎是連滾帶爬的爬到門邊，扶著門框看著林莫瑤，眼中滿是祈求，哭喊道：「阿瑤！阿瑤，妳救救爹、妳救救爹！爹知道這些年是爹對不起妳們，妳原諒爹好不好？阿瑤，妳救爹出去，咱們一家人重新開始！對對對，妳娘，妳娘心最軟了，妳跟她說，我錯了，我真的錯了！救救我，救救我，我不想死啊！」忽然，杜忠國像是想到了什麼，突然指著秦氏喊道：「對了、對了，我休了這個女人！我只要休了這個女人，就不算他們秦家九族了！」

「姓杜的，你說什麼？」這下，秦氏將所有的怒意悉數轉到了杜忠國的身上，直接撲上去和杜忠國扭打到了一起，一邊打，一邊吼道：「姓杜的，你這個狼心狗肺的東西！你想休了我？你居然想休了我！我告訴你，就是下十八層地獄，我也要拉著你一起！」

「我不想死，我不想死啊！阿瑤，你救救爹吧，阿瑤——」杜忠國不理會秦氏，依然對著林莫瑤求饒。

林莫瑤看著扭打在一起的兩個人，終究什麼也沒有說，只是走上前，將食盒放到了牢房的門前，隨後道：「東西已經送來了，這裡面是我娘給你做的一些吃食，至少，黃泉路上不要做個餓死鬼。」說完，林莫瑤扭頭看向赫連軒逸，低聲道：「逸哥哥，我們走吧。」

就在林莫瑤轉身的瞬間，身後突然響起一道柔弱的聲音——

「姊姊……」

這一聲「姊姊」太熟悉了，即使這一生林莫瑤和她沒有任何瓜葛，依然無法忘記。

前世裡，就是這樣柔弱的一道聲音，騙了她十幾年，利用了她十幾年，最後，也是這道柔弱的聲音，將她送上了絕路。

林莫瑤的腳步頓住了。

身後的杜欣若見她停下了腳步，面上一喜，聲音不自覺的也帶上了愉悅。「姊姊、姊姊，妳幫幫我們好不好？欣若還不想死，嗚嗚嗚……」

林莫瑤袖中的手，緊了又鬆，鬆了又緊，最後，漸漸的放開，自然的垂在了身側，就這樣背對著牢房，開口道：「你們的生死，與我何干？」

說完，林莫瑤便頭也不回的離開了，赫連軒逸隨後跟上。任憑杜欣若和杜忠國在身後喊破了嗓子，她也沒有再回頭看他們一眼。

出了大理寺後，林莫瑤並沒有回家，她在街上漫無目的的走著，任憑大雪落在肩頭、髮梢。

赫連軒逸一直跟在她的身後，終於在路過一家雜貨鋪的時候，掏錢買了一把傘，替林莫瑤遮住了頭頂上的風雪。知曉她心中不快，他便安靜的跟在她身後，只是默默的替她撐傘。

林莫瑤停了下來，抬起頭看向頭頂的傘，最後順著傘看到了赫連軒逸，只見這個男人正滿臉笑容的看著自己，眼中滿是疼愛和寵溺，還有心疼。

看著看著，林莫瑤突然就笑了，心中僅剩的那一抹不甘和恨意也在這一刻，隨著這把傘的出現，煙消雲散了。

就這樣，林莫瑤突然就在大街上，伸出手摟住了赫連軒逸的腰，然後將頭直接埋在了他的胸口，嘴角噙著笑容，眼中流露出的盡是滿足。

赫連軒逸被林莫瑤突然一抱，先是一愣，隨後轉為驚喜，連忙一手拿傘，一手將林莫瑤給緊緊摟住。

路上的行人為了躲避風雪，行走匆忙，卻還是有幾個人注意到了這街上相擁的兩個人，不過，大家並沒有多說什麼，只是淡淡的瞥一眼，便繼續趕自己的路了。

林莫瑤就這樣抱著赫連軒逸，也不知過了多久，直到腳上傳來寒冷的感覺，這才從赫連軒逸的懷中離開，抬起頭溫柔的看向對方，輕笑道：「走吧。」

再次抬腳，兩人的位置便從前後變成了並行，一路上有說有笑，就連這漫天的風雪，彷彿都被這幸福的笑聲所感染，漸漸的收起，慢慢停了下來，彷彿它再下，便會打破這份幸福一般。

風雪並未停下太久，臨近午時，天空中又緩緩的飄起了白絨絨的雪花，落在牆頭、房頂、店鋪的門檻，還有，那連綿的囚車上。

林莫瑤站在街道旁的酒樓上，居高臨下的看著街道中間被官兵押送而過的囚車，為首的，便是那風光了一世，在朝中叱吒風雲、掌握朝綱的秦相。或許，他到死都不知道自己為什麼會敗露。

突然，頹然坐在囚車當中的秦相似有所感，猛的抬起了頭，那雙已然失去神采的眼睛，迸射出一道犀利的目光，越過囚車，對上了林莫瑤的視線。

又是那雙眼睛，那雙彷彿看透世間所有的眼睛。突然間，秦相彷彿瘋了一般，突地從囚車中站了起來，雙手緊緊地抓著囚車的木欄，因為太過用勁，手背上青筋凸起，看著很是猙獰。

「是妳！」秦相突然對著前方大吼了一聲，而他的目光，緊緊地鎖住站在二樓的林莫瑤身上。

林莫瑤的目光依然淡淡的，此時她的手上，正拿著一幅畫，一幅畫滿了青山綠水的山水畫。

囚車並沒有因為秦相的突然發瘋而有所停滯，秦相怨恨的吼叫也沒有停。

終於，在囚車即將轉彎拐上另外一條街道的時候，林莫瑤的手輕輕一鬆，手上握著的畫卷直接從二樓隨風飄出，隨著秦相而去，直到林莫瑤再看不到那個尖叫咆哮的崩潰身影。

「咦？怎麼丟了？」赫連軒逸看著隨風飄蕩的畫，問了一句。

林莫瑤慢慢轉過身，淡淡的回了一句。「已經沒有用處了，留著做什麼？」

她剛才丟下的畫，正是後來讓墨香再去秦相那座用來藏東西的宅子取來的、那個地道機關入口的畫。就在剛剛，秦相和她對視的時候，林莫瑤突然就將那幅畫打開了，所以，秦相才會發了瘋一般的對著她咆哮。只不過，現場沒有一個人能看得出來秦相在針對她。

今日的午時注定與平日不同，血腥之氣充斥著鼻尖，染紅了地面的積雪。可饒是這樣，午門旁依然圍滿了前來看熱鬧的百姓，直到斬首臺上最後一顆人頭落地，人們才漸漸散去。

第一百一十八章 人活一世

接下來的幾日，人們從熱聊，到漸漸的遺忘了這件事，前後也不過幾天的時間，很快的，人們就將其拋諸腦後了，只是再有人提起那日的午門時，也不過是唏噓一下罷了。

東宮裡，太子側妃的宮苑已然不復往日的風光，此時更是略顯得有些蕭條。柏婧紓帶著人走到宮室外的時候，秦蓉薇一改往日那雍容華貴的裝扮，反倒是一身素衣，頭上未著一個髮飾，只是用一根白玉簪將頭髮束起，髮髻的右側，別了一朵小小的白花。

透過銅鏡，未施粉黛的秦蓉薇此時瞧著，倒是比往日多了幾分韻味，只是，此時屋裡的人已經沒有心情欣賞了。

「太子妃駕到！」

隨著太監的喊話，柏婧紓抬腳邁進了宮室，而秦蓉薇置若罔聞，只是坐在梳妝鏡前，一下又一下的梳理著自己的頭髮。

隨侍來的太監見秦蓉薇這般作派，立即就走了上去，喝斥道：「秦氏，太子妃親臨，還不快快起來迎接！」

太監話落，秦蓉薇依然不為所動，只是冷冷的笑了一聲，隨後說道：「太子妃是來送臣妾上路的嗎？」這話說得隨意，彷彿根本就不在乎生死一般。

「妳！」太監見她這樣就要發怒，卻被柏婧紓抬手攔住了。看向秦蓉薇，柏婧紓開口了。「太子讓本宮送妳去冷宮，妳收拾收拾，跟本宮走吧。」

「呵，太子這是做什麼？顧念夫妻之情，饒我一死嗎？」秦蓉薇苦笑。

柏婧紓聽得出秦蓉薇語氣中的淒涼。雖說是顧念夫妻之情，可說到底，入宮之後這麼長時間，太子就連一天也未曾來過這側妃的宮殿裡，又何來的夫妻之情？

「人活一世，妳這又是何苦？」柏婧紓看著她的改變，終究嘆了口氣。其實，她也只是一個可憐蟲罷了。

這下，秦蓉薇總算是動了，只見她緩緩從椅子上站了起來，轉過身面對柏婧紓，一步一步緩緩向前，最終停在了柏婧紓的對面，和她對視。

「人活一世嗎？呵呵，我這一世，又曾得到過什麼？」說完，秦蓉薇眼中漸漸蓄起了淚水，隨著眼淚滑落，秦蓉薇一邊流淚，一邊笑著，說道：「自小，父親、母親和祖父就將我當成了棋子，我從小就被灌輸著以後要嫁給太子的想法。」說到這裡，秦蓉薇似乎又想到了什麼，眼淚突然多了起來，苦笑道：「或許從那個時候，他們就已經將我給放棄了。他們自始至終就從未想過，若是我嫁給太子，有朝一日太子敗了，我會是什麼下場？呵呵，他們從未想過……」說完，秦蓉薇突然抬起了頭，看向柏婧紓，眼裡有著嫉妒，有著怨恨，亦有著一絲羨慕。「就在我以為，我會就這樣嫁給心愛的男人之後，妳卻突然出現，奪走了我的一切。太子妃的位置、太子的寵愛，通通都被妳拿走了，我一無所有。妳知道這種感受嗎？

從小盼到大的東西，有一天卻突然有個人告訴妳，這些不是妳的了，那種滋味，妳可曾有過？」

看著這樣的秦蓉薇，柏婧紓有一絲的動容，她輕輕的搖了搖頭，滿是同情的道：「我從未想過和妳爭什麼。」

「呵……」秦蓉薇突然笑了，轉身往後走了兩步，隨後再次回過頭面向柏婧紓，抬手指著她，冷冰冰的說道：「妳知道嗎，我最討厭的就是妳這副悲天憫人的模樣。誰都說妳溫婉大氣，說我陰險毒辣，彷彿我的存在，就是為了襯托妳一般。憑什麼？」最後這三個字，秦蓉薇幾乎是咬牙切齒說出來的。

自始至終，柏婧紓都是這般淡然的看著她臉上的表情，從悲傷，到絕望，再到現在的猙獰。

皇帝的身體終究扛不了許多時日，雖說經過此事，皇帝身上的慢性毒藥已解，可到底深入骨髓，傷及肺腑，已然時日無多了。

相比對外消息的封閉，沈家和赫連家作為李賦的心腹，必然是知道這一結局的，只是，不知道皇帝還能支撐多久？

「聽太子殿下的意思，怕是就這幾個月的事了。」沈德瑞看著對面的好友——卸下一身戎裝，此時只著常服，身上的煞氣也隨之消散的赫連澤，連連嘆氣。

這已是板上釘釘之事，只是現如今兩家這裡，卻有另外一件事頗為頭疼。

「若是陛下他……」後面的話，沈德瑞並未明說，但兩人心中都很明白，同時搖了搖頭，嘆了口氣，隨後沈德瑞繼續道：「那日在獄中，兩個孩子所說的事，不知道赫連老弟可有什麼看法？」

赫連澤一頓，挑了挑眉看向老友，問道：「你是說成親的事？」

沈德瑞點頭，接話道：「如今看來，若是不想再生變故，就得趕在這幾個月將親事辦了，否則，怕是要等上三年了。」

赫連澤聞言也微微皺了皺眉。如今距離過年也不過才半月時間，若是要趕在這幾個月，最適宜的吉日便只在正月，這樣卻有些趕了。可是，想到沈德瑞所說的情況，赫連澤又猶豫了。

若是今上去了，新帝繼位，他們赫連家終究犯過錯，是否還能得到重用誰也不知道，雖說這次太子盡全力幫他們翻了案，可說到底也是他自己想要扳倒秦相在先。自古帝王多猜忌，誰知道以後會是個什麼情況呢？

「老哥哥，你後面可有什麼打算？」赫連澤並沒有接沈德瑞之前的話，而是問了這麼一句。

沈德瑞看著他，突然笑了笑，笑容中滿是苦澀。太子是他一手帶出來的學生，此人心性如何他又怎麼可能不知道？「舒娘跟我這些年，一次也未回過家鄉，上次大舅子派人來說，丈母娘的身體如今越發不好了，我想，等到事情都結束，就陪她帶著安兒和樂兒，回興州府去看看。」

這話的意思，是要辭官了。

赫連澤一愣。沒想到沈德瑞竟然打的是這個主意。

「老哥哥想好了？」赫連澤挑眉問道。

沈德瑞爽朗一笑，道：「哈哈，經此一事，為兄也想明白了，什麼權啊勢啊，都沒有一家人在一起來得實在。而且我老了，這朝堂裡的事啊，就交給年輕人吧！」若他猜測得不錯，新帝繼位之後，他那能幹的女婿便能得到重用，至於他，還是回家陪陪妻子、兒女吧！當年他就是只顧朝堂上的事，忽略了琳兒兄妹和他們的母親，如今絕不能再重蹈覆轍了。

赫連澤見他主意已定，便也不再說什麼了。

兩人既然已經作了決定，那接下來的事，就交給兩位夫人來處理了。

林氏聽了徐氏的提議之後，眉頭就皺了起來，臉上的神色也有些苦澀，看著徐氏，頗有些不捨得的說道：「真要這般著急嗎？」

說到底，林莫瑤是她一手帶大的，是她心頭上的肉，這般匆匆的定下親事已經覺得對她不起了，現如今連婚事都要匆匆忙忙，林氏這心裡，真的不是滋味。

徐氏看出林氏心中所想，同為女人，她又如何不懂？只是，現在的局勢也由不得他們了。徐氏只微微一笑，拉著林氏的手將她拉到自己近前，低聲附在她耳邊說了一句話。

林氏聽了之後，臉色大變。「姊姊說的可是真的？」

徐氏輕輕點了點頭，直言道：「妹妹休要聲張，此事千真萬確，這事本不該告訴妳，只是見妳這般捨不得阿瑤，我也只能跟妳明說了。我知道，這婚事辦得匆忙必然是委屈了她，可妳放心，妳我二人情同姊妹，我也喜歡阿瑤，阿瑤過門之後，我必會視如己出，好好待她的。」

心思被人說中，林氏的眼眶立時就紅了起來，嘆了口氣，語氣哽咽的說道：「如今也別無他法了，那便依姊姊吧。只是這日子緊湊，這段時間怕是有勞姊姊了。」婚事定在正月，這已經是最近的吉日了，日子緊湊，許多東西都還未來得及準備，免不得徐氏操持。

徐氏見她不再如之前一般，雖有不捨，到底沒了鬱色，便提出告辭。畢竟這婚期臨近，要準備的東西實在是太多了，雖說有些是提前就備下的，但還是不夠。

送走了徐氏，林氏便把林莫瑤叫到自己的房裡，拉著她的手，紅了眼眶。

林莫瑤見狀，有些不明所以，還以為是自己做了什麼讓林氏傷心擔憂的事情，連忙出聲認錯。

倒是林氏，難過了一會兒後，見林莫瑤這般體恤自己，心中那抹不捨更甚，拉著她就哭個不停。

林莫瑤見林氏竟然還哭上了，頓時慌了神，不得已，只能讓下人去請沈德瑞。

林氏抱著林莫瑤哭夠了，這才拉著她，將徐氏今日來說的事情一五一十的說了。

林莫瑤原本還以為林氏是受了什麼委屈，如今一聽，竟是跟自己有關。之前在牢裡和赫連軒逸所說的話，怕是被雙方家長都給聽了去，這才有了這一齣。想明白之後，林莫瑤臉上的神情就有些窘迫。

「娘……」林莫瑤撒嬌的喊了一聲，便不言語了，只是小臉頓時爆紅得猶如煮熟的蝦，就連手腳都有些侷促了。

林氏見她這樣，心中明白這孩子也是願意的，但說到底，還是委屈了她。

「阿瑤，妳也不要怪娘，實在是……」林氏話還沒說完，門口就響起了一道急切的腳步聲，緊跟著，就見沈德瑞邁步走了進來，來到林氏面前，著急的問她怎麼了？

林氏使了個眼色，沈德瑞這才看到旁邊臉色脹得通紅的林莫瑤，頓時明瞭了。

「阿瑤，妳娘都跟妳說了？」沈德瑞試探著問道。

林莫瑤微微點頭，聲若蚊蠅的應了一聲。

沈德瑞想了想，終究是抬起手，輕輕拍了拍林莫瑤的頭，嘆了口氣，道：「到底還是委屈妳了，孩子。」

林莫瑤聽出這語氣中的無奈，便抬起頭，顧不得臉紅，問道：「爹，可是又出什麼事了？」問出這話之後，果然見沈德瑞臉上的神色立時變得凝重起來，她心下一驚。難道真出事了？什麼事情能影響到她的婚事？

沈德瑞便把剛剛林氏被打斷了的話，低聲跟林莫瑤說了。

林莫瑤一聽便明白了。前世裡，皇帝也是沒救的，這是注定了的事，所以她並沒有太過奇怪。如今一想，林莫瑤倒是明白為何兩家會將婚事提前這麼多，而且還這般緊湊了。

誰也不知道這皇帝到底能熬到什麼時候，與其大喪之後等上三年，倒不如現在就先把婚事辦了，其他的事情便再說吧。

左右自己並不在意這些凡俗禮節，只要能和赫連軒逸在一起，就是沒有婚禮她也心無怨恨，何況並不是沒有，只是時間緊了些罷了。

婚期不足一月，為了不至於太過簡陋，沈家上下自從確定婚期之後便開始忙碌起來，其間太子李賦來過一次，先是恭喜了林莫瑤一番，便和沈德瑞待在書房裡，許久不曾出來。

這也是自從上次一別之後，林莫瑤再次見到李賦。

只是和從前不同，李賦現在的眉梢漸漸多了一些愁緒，想必此番前來找沈德瑞，也是為了如今朝堂的新局勢。

二人一直在書房待到了下午，李賦臨走時，站在沈家的庭院裡，目光往後院的方向略微掃了一眼，只是，並未看到他想見之人。他想到剛剛臨走時，沈德瑞說的一句話——

「老臣以後便不能再輔佐殿下了，只是，老臣有一句話還請殿下謹記——秉承本心，方可大為。」

收回思緒，李賦看著沈府滿堂結綵，這才想起來，再過半月，便是那少女出嫁之時。有時候，李賦都在想，若是那日她允了自己，現在這般張燈結綵的，是不是就是他的東宮了？

「呵呵……」到底，李賦還是拋下了心中所想，輕輕的搖頭苦笑了一聲。

隨侍聽見他笑，出於恭維，便笑著問了一句。「殿下，何事這般高興？」

李賦笑著嘆了口氣，抬起頭看向天空。風雪早已過去，如今的天空晴空萬里，寒風雖然刺骨，可那豔陽照在身上，也頗有溫暖之意，倒是將這些寒意給驅散了不少。

「沒什麼，走吧，回宮。」

行到沈府門口，看著下人們將從外採買而來的東西，一樣樣搬到門內，李賦突然腳步一頓，吩咐道：「沈大人是本宮的恩師，既然沈大人之女出嫁，本宮作為學生，略盡綿薄之力也未嘗不可。回宮之後，你傳本宮旨意，命宮內善於主持婚宴的嬤嬤帶著人，來給沈大人幫忙。」也算是本宮為妳盡一點力了。

「奴才遵旨。」隨侍連忙領旨。

李賦離開之後，第二日便有宮裡的嬤嬤帶著數名宮女前來幫忙，讓焦頭爛額的林氏輕鬆了不少。

沈康平親自將各家的帖子寫了，再交給府裡下人送出去，並根據禮單上的東西，往外撥銀子去買。有了宮裡嬤嬤的幫忙，那些手忙腳亂的下人們也開始變得井然有序起來，雖說趕得有些急，到底還是準備全了。

林莫瑤的嫁衣也趕在婚期前三日繡完了。這件嫁衣除了林莫瑤自己在袖口的位置繡了一朵小花之外，其他地方皆由栩星閣最好的繡娘，不眠不休好幾日才將將做出來。剩下的其他東西，有栩星閣的那些繡娘，倒是也趕製出來了。

這邊沈家和赫連家匆匆準備婚事，許多人自然覺得奇怪，不過，也有人覺得正常。這兩家剛剛經過變數，特別是赫連家，經過一次牢獄之災，差點就落了個通敵叛國的罪名，雖說現在翻了案，是被人陷害所致，到底經過此事也沾上了些晦氣，這個時候舉辦一場喜事，去去晦氣，倒也沒有人說出什麼不妥來。

第一百一十九章　成親了

到了出嫁這日，賓客還未到，林莫瑤早早的便被宮中兩個嬤嬤給拉了起來，又是忙著洗漱，又是忙著給她淨面的。

前世自己出嫁的時候，也是宮裡的嬤嬤來伺候自己，這些流程，林莫瑤早已爛熟於心，如今只不過是再來一次罷了。

只是，雖說流程不變，可這心境到底是變了。前世林莫瑤也曾期盼嫁給李響，可那時到底太過自負，並沒有這般期盼和不知所措，或許，這才是真的嫁給心愛之人的心態吧。

有宮裡的嬤嬤在，林氏不需要動手，只消這樣站著看兩個嬤嬤幫林莫瑤準備便好。此時，見林莫瑤一動也不動的坐著，小臉通紅的任由兩個嬤嬤替她淨面、準備，林氏心中更是生出一抹不捨，眼眶就忍不住紅了。

林莫瑤坐在椅子上，透過鏡子看到了林氏的反應，心中一抹酸澀湧上，雙眼也跟著紅了。

一旁的嬤嬤見狀，連忙勸道：「這大喜的日子，小姐可千萬不能哭啊！」

林氏一聽，知曉是自己的情緒感染了女兒，便收了不捨，硬生生將眼淚給憋了回去，點頭附和道：「是啊，阿瑤，今天是妳大喜的日子，可千萬不能哭！」

「娘……」林莫瑤被嬤嬤壓著，不能轉身，只能透過鏡子看向林氏，眼中淚花湧動，彷彿下一瞬就要落下。

嬤嬤見狀，只能取來一塊帕子，輕輕的放在林莫瑤的眼角，將眼中的淚水給悉數吸了，隨後勸道：「小姐可別哭，不然老奴就不好上妝了。」

林莫瑤聞言，輕輕的點了點頭，調整了自己的情緒，重新坐好，任由嬤嬤幫她上了妝、點了唇。

做完這一切之後，嬤嬤才站在林莫瑤的身後，看著鏡子中反映出來的倒影，左右端詳，隨後笑了笑，恭維道：「小姐本就生得貌美，這上了妝就更漂亮了。」

林莫瑤羞澀一笑，輕聲道：「嬤嬤過獎了。」

嬤嬤回以一笑，又給林莫瑤梳了髮髻，插上一應飾品髮飾，最後才從身後宮女手中的托盤上，將大紅色的蓋頭拿在手裡，準備給林莫瑤戴上。

就在這時，林氏動了動，往前邁了一步，出聲道：「嬤嬤，請稍等一會兒。」

嬤嬤見她這般，並未多言，只是拿著蓋頭往後退了退，並且揮手屏退了身後的宮女、下人，將空間留給母女二人。

林氏站在林莫瑤的身後，伸出手輕輕扶住了女兒的肩膀，滿臉寵溺的笑道：「我的阿瑤真美。」

林莫瑤坐著，透過鏡子看向林氏，亦伸出手，輕輕撫上林氏放在她肩膀上的手，頗為不捨的喊了一聲。「娘……」

林氏心有所感，頓時眼眶就紅了，卻又怕影響了女兒，便偏過頭去，硬生生將眼淚憋了回去。

林莫瑤一直看著林氏，自然是看見了，但並未說破，心中明瞭，林氏這是為了她好。

「過了門，就是別人家的媳婦了，記得要孝敬公婆，夫妻和睦。」儘管昨天夜裡林氏已經交代過了這些話，可是此時，林氏卻還是忍不住再次叮囑。

林莫瑤微微點頭，生怕動作大了會將頭上的髮飾給晃下來，口中應道：「娘，我都記下了。」

林氏這才強忍酸澀，點了點頭。為了不影響女兒的情緒，便不再言語，從身後嬤嬤的手上接過蓋頭，親手為林莫瑤蓋上。林莫瑤就這樣看著蓋頭緩緩落下，漸漸遮擋了她的全部視線。

蓋頭落下之後，嬤嬤便和林氏一起，將林莫瑤扶到了軟榻上坐著，屋內的人順勢上前，開始說著討喜的吉利話。雖然林莫瑤的目光被蓋頭擋住了，到底還是能感受到周圍人的喜氣，心中也生出了一絲歡喜和期盼，然而更多的是緊張。

隨著時間過去，漸漸地便能聽見外面人聲開始鼎沸了，不過一會兒，就聽見喜娘在門外催了。

林莫瑤剛準備起身，就被一旁站著的嬤嬤給按了下去。今日她們二人會全程陪著林莫瑤到赫連家，直到三日回門之後才會回宮。

林莫瑤不明所以，就聽嬤嬤說道——

「小姐莫急，只待喜娘來催三道再出門。」

「嬤嬤，這是為何？」一旁的墨蘭、墨香聽了，滿是好奇。

嬤嬤見她們都是待嫁的小姑娘，便笑了笑，解釋道：「若是喜娘才來催，新娘就急不可耐的出去，難免顯得急躁。待喜娘催了三次再走，也免得讓夫家的人笑話新娘迫不及待的要嫁過去呢！」

幾人聽後，了然的點了點頭，紛紛笑了起來，吵嚷著讓林莫瑤等喜娘催夠了才能出去。

林莫瑤聽著她們的嬉鬧，嘴角也是含笑。這時，她才恍惚記起，前世婚禮這日，也是有喜娘來催的，只是她當時迫嫁心切，在喜娘來催的時候，便不顧阻攔的出去了，現在想來，自己那時便惹了李響和杜欣若狠狠的笑話了一番吧？

思緒飄遠，不過一會兒，喜娘便來催了第三次。這一次，嬤嬤再不擺架子，而是徑直將房門給打開，自有墨香和墨蘭二人扶著林莫瑤慢慢走了出去。

喜娘的身後，跟著一個身穿長袍的英俊少年，正是沈家的長子沈康平。沈康琳出嫁那日，便是沈康平送她出門，此次，卻是來送林莫瑤了。

「阿瑤，上來吧，大哥送妳出門。」沈康平上前一步，站在林莫瑤的面前先是說了一聲，緊跟著便背過身去，半蹲在林莫瑤的面前。

林莫瑤透過蓋頭的縫隙，看到的就是沈康平那寬厚的後背。

「那就有勞大哥了。」林莫瑤輕言一聲，便在墨香、墨蘭的攙扶下，爬上了沈康平的後背。

沈康平一把將林莫瑤給揹了起來，口中說道：「妹妹扶好了，大哥這就送妳出門。」說完，揹著林莫瑤，跟在喜娘的身後朝著外院而去。

兩人的身旁，喜娘不停的說著吉祥話，直到一行人來到沈家的大門口。

林莫瑤蓋著蓋頭，並沒有看到門外前來迎親的少年，只是在聽了眾人的恭賀之後，被沈康平揹進了花轎。

花轎從沈家出發，在城中轉了幾圈才慢慢往將軍府而去，林莫瑤坐在轎子裡，還有些愣愣的，若不是喜轎晃動的感覺那麼真實，她都還有些不相信這一切。

這一路上，林莫瑤的思緒亂飄，從前世到今生，從重生到和赫連軒逸的相遇，林林總總閃過腦海之中，到最後，自己漸漸放下前世的芥蒂，一切都恍若作夢一般。

喜轎就是在林莫瑤這樣胡亂的思緒中，來到了將軍府門口。在感受到轎子晃晃悠悠落下之後，林莫瑤從蓋頭下瞧見面前的轎門被人踢了一腳，隨後轎簾被人掀開，一隻手出現在林莫瑤的視線當中。

那隻手，是林莫瑤再熟悉不過的。她嘴角微微揚起，伸出了手，迅速被那隻大手給包裹進去。外面冷風吹過，林莫瑤卻絲毫感覺不到寒冷，只因為這隻手給了她全部的溫暖。

赫連軒逸輕柔而又緩慢的將林莫瑤小心的扶下了喜轎，喜娘隨後便將一根紅綢遞到了她的手裡，紅綢的另外一端，被赫連軒逸握著。

赫連軒逸走在前面，林莫瑤走在後面，被喜娘扶著，跨過火盆，慢慢來到賓客聚集的花廳，也就是這次舉行儀式的地方。

「一拜天地。」

「二拜高堂。」

「夫妻對拜。」

「禮成，送新人入洞房——」

全程，林莫瑤都被喜娘扶著，讓她跪便跪，讓她拜便拜，整個儀式下來，饒是林莫瑤心中早有準備，也有些暈頭轉向的，直到被送進洞房裡。

門外還有賓客，赫連軒逸不敢在這裡待太久，儘管他很想留下來陪新娘子，卻也知道輕重，所以，在將林莫瑤送到新房之後，便握著林莫瑤的手，輕聲道：「阿瑤，我先去前面招待客人，妳且在這等我，我很快就回來。」

林莫瑤此時臉色通紅，幸好有蓋頭擋住，才不至於被赫連軒逸看了個真切。聽了他的話，林莫瑤反而有些鬆了口氣，連忙點頭，應聲道：「好。」

赫連軒逸本想悄悄掀開蓋頭一親芳澤，只可惜房裡除了喜娘之外，還有宮裡跟著來的兩個嬤嬤，赫連軒逸不敢造次，只能生生忍住，待招待了賓客之後，再回來和心上人溫存也不遲。

等待的時刻總是讓人有些難耐，林莫瑤也不敢妄動，就這樣老老實實的坐在床上，不一會兒，就聽見隨同而來的嬤嬤來到她的面前。林莫瑤聞到了一股香味，自早起到現在就沒怎麼吃東西的林莫瑤，一聞到這個味道，便感覺肚子開始叫了起來。

「赫連少爺回來怕是還早，少夫人就先吃些東西墊墊肚子吧。」

林莫瑤既然已經過了門，那以後便不能再稱呼她為小姐了，林莫瑤一開始聽到那聲「少夫人」還愣了一下，隨即便反應過來，原來對方是在喚她。

蓋頭下面，嬤嬤已經將一碗甜羹遞了過來，林莫瑤便拿了勺子，稍稍吃了點，只兩口便不吃了。

「嬤嬤，收起來吧，今日禮服繁重，只稍稍墊一墊便好了。」林莫瑤輕聲說道。

嬤嬤也是過來人，知道林莫瑤這是怕吃多了，待會兒內急不好，便也不勉強，讓下人將碗勺給拿了下去，之後便安靜的陪在林莫瑤的身邊一起等著。

大約過了一個時辰，林莫瑤便聽見門外一陣喧鬧聲，由遠及近朝著新房而來，果不其然，過了一會兒就聽見赫連軒逸被一群人簇擁著走進了新房，只是，那些進門的人，還未瞧見新娘的模樣呢，就被宮裡來的兩個嬤嬤帶著人給轟了出去。

這些人都是赫連軒逸的軍中好友，或者是京城的一些世家子弟，和赫連軒逸也算親近，此次來也是為了鬧一番洞房的，只是大家都沒想到，這兩個嬤嬤好大的氣勢，直接就將眾人給攆了出來。礙於對方的身分，大家也不敢造次，只能失望而歸，有那不甘心的，還一步三回頭，就想著能親眼看看新娘子的模樣，卻被人發現，拉著就走了。

還好大家也不糾結，嬉嬉鬧鬧的也就出去了。

屋裡頓時就只剩林莫瑤和赫連軒逸，並喜娘和兩個嬤嬤、幾個伺候的下人。

只聽那喜娘笑呵呵的說著吉祥話，然後領了赫連軒逸，交給他一桿秤，指引他將林莫瑤的蓋頭給掀開了。

隨著蓋頭掀開，赫連軒逸便看見林莫瑤兩頰緋紅、無盡嬌羞的模樣，不自覺的看癡了。一旁的喜娘見狀，便笑了起來，打趣道：「瞧瞧，新娘子太美，竟是將我們的新郎官也給迷住了！」

赫連軒逸這才回神，從袖中摸了一個荷包出來，一甩手就丟給了喜娘。

喜娘連連道謝，便又端來一個托盤，上面擺放著兩個精緻可愛的酒杯，裡面早已經有人倒上了美酒。

「阿瑤，給。」赫連軒逸自取了一個杯子，另外一個則遞到了林莫瑤的面前。

林莫瑤紅著臉看了看他，又看了看酒杯，接了過來。

喝過了交杯酒，喜娘和兩個嬤嬤又說了一堆吉祥話，便退了出去，還體貼的幫著二人將房門給關上了。

門外，幾個婢女低聲交頭接耳，林莫瑤聽見了墨香和墨蘭的聲音，似乎是在吩咐院中的其他婢女今夜不用伺候，她們二人留下守夜便可，窸窸窣窣的聲音響起，不一會兒就安靜了。

突然，林莫瑤身子一歪，被人拉到了懷裡，緊跟著一道黑影兜頭罩下，薄唇便被人含住了。她頓時呆若木雞，兩眼瞪大，竟是不知道該做何反應了。

未感覺到懷中人兒的回應，赫連軒逸不由得加重了力道。

林莫瑤吃痛，一把就將赫連軒逸給推了開。

經此突變，林莫瑤臉上的紅暈更甚，顯得越發的嬌豔，而且這紅暈竟會蔓延，此時她的耳後、脖頸，通通就和這小臉一般，紅得像能隨時滴出血來。從前和赫連軒逸也不是沒有這般親近過，只是不知今夜為何會這麼羞澀，不光如此，林莫瑤的心中更是被這略帶懲戒的吻弄得起了漣漪。

赫連軒逸被林莫瑤這般一推，眼中閃過一抹狡黠，順著林莫瑤的力道就往後倒了下去。

林莫瑤只聽見「砰」的一聲，見赫連軒逸眉頭輕輕蹙起，她一下子就慌了。

「你怎麼不知道躲的？撞到哪裡了？我瞧瞧！」林莫瑤聽見響聲，又見赫連軒逸躺下的位置，便知道他是撞到頭了，也不管兩人此刻所在的地方，爬過去就要查看赫連軒逸的頭。

赫連軒逸見狀，嘴角閃過一抹得逞的笑容，在林莫瑤趴到他的身上時，頓時來了一個翻身，直接就將林莫瑤壓到了身下。

「啊……」林莫瑤嚇了一跳，叫了起來，待後背接觸到床之後，才鬆了口氣，一回頭就要瞪赫連軒逸，卻正好見到他那陰謀得逞的笑容，林莫瑤立即就明白過來，直接一惱，怒道：「你故意的！」說完，抬手就要打。

赫連軒逸原本只是想逗弄林莫瑤一番，只是，此刻這種姿勢，再加上林莫瑤這似怨似嗔的模樣，頓時撩起了他心中的火，他只感覺自己口乾舌燥了起來，難受得緊。

「阿瑤……」胸中火焰燒得難受，赫連軒逸開口喊了一聲。

這一開口，林莫瑤便發現他的聲音都變了，先是一愣，和赫連軒逸那雙眼睛對上，頓時看到了滿目的情慾和克制，而且身上的人體溫也越來越高了。林莫瑤頓時唰的一下，再次面紅耳赤，一動也不敢動了。

趁著赫連軒逸調整手臂的姿勢時，林莫瑤乘機就想跑，可身子剛剛一動，就被赫連軒逸給圈了回來，直接將人抱緊，一低頭，便噙住了她的唇，這一次，比之前更為霸道，卻更讓林莫瑤沈迷。

不知道過了多久，林莫瑤在赫連軒逸的懷中早已經軟成了一攤爛泥，根本連一絲反抗的力氣都生不出來了。此時的她，雙眼迷離，看著讓人沈迷，特別是在口中無意識的吐出一聲嚶嚀的時候，赫連軒逸再也把持不住，大手一揮，床幔緩緩落下。

隨著一件件精美至極的禮服被人從床幔之間拋出，室內的溫度也隨之越來越高，床笫之間，兩人耳鬢廝磨，身體糾纏，一聲聲誘人入骨的呻吟聲輕輕響起，帶著主人的癡戀與滿足，這一刻，彷彿這世間不再有任何事物能將這二人分開……

第一百二十章　一世安康

三日回門，沈德瑞也是在這日對著家人宣佈了自己的打算。

當林氏聽到沈德瑞願意陪她回林家村的話，內心是感動不已。

沈康琳和沈康平雖然心有所感，到底還是認同了父親的決定，而且如今沈康琳已然是林家的媳婦了，若沈德瑞和林氏回到林家村，也方便她伺候孝敬，倒也不錯。

至於沈康平，他孤家寡人一個，到哪兒都無所謂，只是想到逝去的母親，若是當初父親也這般將家人放在第一位，怕是母親也不會遺憾離去了。不過，沈康平也就是想想，心中並未因此對林氏生出間隙。

既然決定了，那便開始準備。

沈家人這邊收拾行裝，那邊沈德瑞就在朝堂之中提出辭官，儘管早已有了心理準備，李賦還是有些不捨，但是最終，依舊放了沈家人離開。

沈德瑞辭官之後，赫連澤久久等不到復職，乾脆大手一揮，帶著妻兒也跟著去了興州府。

李賦收到消息的時候，兩家人已經在去興州府的路上了。

其實，倒也不是李賦不想給赫連澤復職，實在是之前所經歷之事，雖說已經翻案，外界的人認為是郭康勾結秦相陷害赫連澤，但實際上，李賦知道，那些證據並不全都是假的。

而赫連澤也很清楚，因為這件事的存在，他與李賦之間就已經埋下了一道溝渠，越不過去了，倒不如陪伴妻兒來得實在。

同年四月，皇帝到底還是沒熬過去，舉國大喪，這個時候，那些曾經好奇過為何沈家和赫連家這般匆促成婚的人，便找到了理由，紛紛唏噓，這兩家怕是早就得到了消息。

新帝繼位，大刀闊斧的整改了朝綱，廢除丞相一職，分權於六部、大理寺、通政司，分理天下庶務，以防再有秦相那樣濫權的人出現。

之後，李賦更是接連發下了好幾道政事改革，樣樣皆以便民為主，受到了天下萬民的追崇。

新帝繼位三年，西南方受大旱之災，幸而新帝早有準備，在災難發起的第一時間，便派出官員賑災，安頓災民，又因為前兩年，新帝強制推行玉米種植，才讓國庫和周邊城鎮有足夠的糧食熬過這次旱災。

放下上報災情的奏摺，李賦臉上有著笑意，隨後拿起放在一旁一本毫不起眼的小冊子翻開，上面赫然書了一行大字——

三年後西南方大旱，務必傾全力以救之，否則民不聊生，生靈塗炭。

在這句話的下方，列出了數個災難預防的方法，並且附有各種精細的圖紙。

李賦緩緩摩挲著這本冊子，回想那日林莫瑤將這本小冊交於他手時說的話——

「太子殿下，阿瑤別無所求，只求殿下繼位之後，能以民生為重，做一個好皇帝。」

當李賦看到冊子上所寫諸事之後，產生過將林莫瑤強制留下的想法，但最終，他還是放他們一家人離開了。

又過三年，揭羅國上國書，正式宣佈臣服大齊，當李賦見到了新任的揭羅國國王之後，才從他口中得知，當初赫連澤並未通敵叛國，而是與揭羅國國王達成了協定，助他奪回揭羅國主權，而揭羅國國王從此臣服於大齊。

同年，李賦親自去了興州府，來到林家村，遠遠的看著那個曾經叱吒風雲、征戰沙場的將軍，此刻身上一絲煞氣也無，任由一個三歲小兒騎在他的脖頸之上，歡叫指揮，好不快活。而在他的身後，一對打扮樸素的夫妻攜手而立，看著面前嬉鬧的祖孫二人，滿眼幸福。

李賦就這樣坐在馬車裡看了許久，最後放下了手中的簾子。「走吧，回宮。」

馬車緩緩掉頭，李賦沒再往後看一眼，自然也就沒有見到那原本嬉鬧的一家人，突然全部停了下來，以那長者為首，依次跪下，衝著李賦離開的方向，深深地磕了個頭，目送他離開。

待馬車消失在了盡頭，一行人才相攜慢慢起身，老者重新抱起小孩，繼續之前還未結束的遊戲。

林莫瑤看著祖孫二人開心的嬉鬧，騎在赫連澤脖子上的小娃娃，更是笑得小臉紅彤彤的，不由得回過頭，一手輕撫小腹，與站立在她身旁的赫連軒逸相視一笑。

世間美好，不過如斯……

——全書完

覓得良配，緣定今生／水暖

2018年6月出版

換個良人嫁

兩世為人，原以為即將再續前世之情緣，
孰不知，竟是妹有情、郎無意的結局，
反倒這橫生冒出的「福星」表哥老是助她逢凶化吉，
無意間攪亂這一池春水……
莫非老天早已另有安排？

文創風 642 1

平平都是同個娘親所生，待遇竟大不同！
宋嘉禾想不透，論長相跟才華都優異於胞姊，
可她這名門嫡次女卻委屈得如同二等庶女，
兩世為人的饋贈，也讓她看清母女緣薄的實情；
橫豎後宅尚有祖母可倚仗，且父兄還拎得清，
與其苦待自己，奢望偏心的娘親能一碗水端平，
不如劃清界線，揭穿母女情深、姊妹相親的假象！

文創風 643 2

大概她與季恪簡今生緣淺，
一見鍾情、再見傾心的戲碼並未如期上演，
不過老天爺卻讓她多了個「福星」時常於左右幫襯；
這名叫魏闕的三表哥，來歷頗為傳奇，雖貴為梁王嫡次子，
卻因寤生而不受生母待見，幼時離家就被異人傳授為徒，
年少即戰功卓著，在軍中威望日隆……
如此前程似錦的棟梁材，要嫁他的閨秀自然多如過江之鯽，
可一思及魏家兄弟將來為權力而互相傾軋的局面，
她是只敢遠觀而不敢褻玩焉啊！

文創風 644 3

魏闕得承認，他對宋家表妹有超乎尋常的關注，
約莫是兩人同病相憐都不受生母愛戴，
遂見不得她不爭氣，才屢次出手相助，
孰不知她的一顰一笑早已點滴入心……

文創風 645 4 完

少帝退位讓賢，梁王繼位，魏家一躍成為帝王家，
隨之而來的奪嫡之爭也趨近白熱化。
魏闕在遭遇無情暗算後，非但大難不死，
還適時化危機為轉機，向聖上表明心意，
望能求娶名門貴女──宋嘉禾。
這烈火烹油、鮮花著錦的賜婚聖旨到了宋家，
宋嘉禾天真地以為情定魏闕之後，
就不會再被愛慕季恪簡的安樂公主給記恨，
無奈當皇家未來的媳婦，捲入權力角逐，哪能獨善其身啊～～

嬌嬌小娘子養成　雀鳥搖身變鳳凰／香拂月

2018年5月出版

閣老的糟糠妻

她與姨娘活得困苦，在嫡母嫡姊手下討生活的日子，
若不是有了一位神秘公子的幫助，
哪能逃過各種陷害手段？
她有心回報，可他跟自己索要的卻是……

文創風 636 1

父親是個小縣令，生母是柔弱的妾室，嫡母與嫡姊蠻橫凶狠，
使盡下流手段要毀她名聲，指婚、私會外男樣樣來，
她防不勝防，千鈞一髮之際，幸得一位神秘的公子出手相助；
除了以身相許，她決心恩公要自己做什麼便做什麼！
只是天底下真有這麼善心的男人麼？她沒做什麼，他卻是處處出手，
連自家後宅的陰私事都幫她料理，這位公子是否太神通廣大了些？
對自己又如此好意，她又能回報他什麼呢……

文創風 637 2

嫡母已逝，生母從姨娘變正室，自己也算是名正言順的嫡女，
總算能喘口氣，過一過小日子；可恩公的態度越來越奇怪，
他似乎依舊擔心自己的處境，總怕她遇事無人相幫，
前世今生，她從未遇過如此為自己著想的人，
不過他先是要她拒絕一門親事，接著又親口向她求親？!
但看恩公的態度，也不像是瞧上了自己呀……莫非是心有所屬卻求之不得，
只好娶了她當個擋箭牌，算是回報他的恩情？
這下她要報恩是該全心全意，還是且走且看啊……

文創風 638 3

莫名重生回到自己少年時，他胥良川怎能重蹈覆轍，看著胥家絕後、覆滅？
可這一世，一切變化的關鍵仍從渡古縣城的趙家起始，
只是趙家怎麼多了個庶女趙三小姐，還意外教他牽扯上了？
這位從未出現過的趙三小姐看來嬌弱，但心性堅韌，
她生得有多柔美，意志便有多強，幾次三番的交手總令他欣賞；
他自詡為趙三的恩公，最後卻是反倒折服於她，
連恩情都拿出來做藉口，使點詐、唬了她以身相許又如何？
他也是以一生一世一雙人相許呀……

文創風 639 4 完

從前一世到這一世，兩人從互不相識到結為恩愛夫妻，
雉娘從未活得如此幸福安心，也因此更謹慎、小心翼翼地護著這個家，
只是打從他們趙家入京之後，她的身世起了幾番變化，
她隱隱約約地察覺自己恐怕並非縣令之女，卻又不願探究真相；
而隨著她身世變化，從後宮到京城的皇親國戚全被牽動，
她與夫君也牽扯進了皇子鬥爭的暗潮之中，
情勢早已跟前世完全不同，逼得他們夫妻倆不得不出手，
究竟要到何時才能度了這一關，過上平靜無波的小日子？

文創風 649

起手有回小女子 4 完

國家圖書館出版品預行編目資料

起手有回小女子 / 笙歌著. --
初版. -- 臺北市 : 狗屋, 2018.06-
冊 ; 公分. --（文創風）
ISBN 978-986-328-882-4（第4冊：平裝）. --

857.7 107005729

著作者	笙歌
編輯	黃淑珍
校對	黃亭蓁　簡郁珊
發行所	狗屋出版社有限公司
地址	台北市104中山區龍江路71巷15號1樓
電話	02-2776-5889～0
發行字號	局版台業字845號
法律顧問	蕭雄淋律師
總經銷	知遠文化事業有限公司
電話	02-2664-8800
初版	2018年7月
國際書碼	ISBN-13　978-986-328-882-4

定價250元
狗屋劃撥帳號：19001626
網址：love.doghouse.com.tw　E-mail：love@doghouse.com.tw